Three Centuries of Spanish Short Stories

Literary Selections and Activities for the Student of Spanish

Three Centuries of Spanish Short Stories

Literary Selections and Activities for the Student of Spanish

Astrid A. Billat
Meredith College

Cover image: Parc Guell in Barcelona, © istockphoto / Jennifer Stone

ISBN 13: 978-1-58510-303-4
ISBN 10: 1-58510-303-9

This book is published by Focus Publishing / R. Pullins Company, PO Box 369, Newburyport MA 01950.

10 9 8 7 6 5 4 3 2 1

0210TS

Contenido

Prefacio

To the Instructor

Three Centuries of Spanish Short Stories: Literary Selections and Activities for the Student of Spanish is a textbook designed for college students of Spanish at the fifth-semester or higher level. This textbook can be used for a 300 level literature course or for a special topics course. Its goal is to introduce students to a variety of Spanish short stories produced from 1800 to the present day. Its aim is to strengthen students' reading, speaking and writing skills.

Three Centuries of Spanish Short Stories includes short stories of a great thematic variety, a characteristic of the modern Spanish short story. Students will read short fiction that deals with themes as varied as hardship of children and adolescents, stories of immigrants in Spain, woman's roles in society, fantastic fiction, folktales, disabilities, "fall in love" and "fall out of love."

Pedagogical approach

- The pedagogical philosophy is interactive. Students are invited to use what they know and to find out about what they don't know. Dialogue, self-awareness, critical thinking as well as cultural comparisons are fostered.
- This is a classroom textbook with flexible activities—that is, activities for the individual as well as for the group; involving both dialogue and writing. This facilitates different types of class dynamics according to the instructor's goals.
- The approach is multidisciplinary—that is, though the main content deals with literature, texts are used to uncover historical, cultural and sociological issues.

Short stories selection

The seventeen short stories included in *Three Centuries of Spanish Short Stories: Literary Selections and Activities for the Student of Spanish* have carefully been selected to introduce students to the different literary trends of nineteenth, twentieth and twenty-first century Spain. In addition, these readings inspire students to not only think critically and creatively about certain topics, but they also invite them to express themselves in Spanish about a number of aspects of modern Spain. Moreover, students will most likely have a personal connection to many of the themes introduced by these short stories. The short fiction selected for this textbook was written by both internationally known and lesser-known authors. The purpose for this selection is to expose students to both the canonical and non-canonical literary production of Spain.

Organization and pedagogy

- Biografía e información literaria

  A short biography of the author is offered, followed by a paragraph about the literary and cultural context in which the selected short story was written. This introduction prepares students to better understand the short story they are about to read.

- Bibliografía

  A short bibliography of the author's works and websites about him or her are provided.

Antes de leer

- Para conversar

  The goal of these questions is to activate students' existing knowledge about the story's topic. These activities, which should be done in small groups, invite students to express themselves in Spanish in a way that will help them prepare for the reading. Since they are working in small groups, students feel less intimidated and are able to build their confidence as Spanish speakers. The instructor can go from group to group, listen to students and assist them with their linguistic needs in Spanish. Once all groups have completed their activities, the instructor can call on individuals to share their thoughts.

- Palabras difíciles

  An English translation of difficult words and expressions is provided to assist students in their reading. The instructor can go over these words and expressions in class if desired.

- Práctica del vocabulario

  Vocabulary exercises help student become more familiar with the difficult words and expressions. Exercises can be either done in class or as homework.

Lectura

Each reading has been carefully selected so it is not too lengthy or too difficult. A glossary of difficult words and expressions accompanies each reading.

Después de leer

- Preguntas de comprensión

  Students should answer these questions in small groups, first orally, to practice their speaking skills, and then in writing. The goal of these questions is to make sure students understand the plot of the short story. By completing them in small groups, students can use each other to clarify doubts they may have about the text. This exercise also prepares students for the interpretation questions. Once students have finished answering the plot comprehension questions, the instructor can call on each group. This gives the instructor the opportunity to make sure all students have fully understood the text and therefore are ready for the next step: textual interpretation.

- Preguntas de interpretación

  The goal of this exercise is to teach students how to interpret a text. It guides students to look for symbols and messages hidden in the text. Just as the comprehension questions, this exercise should be completed during class time in small groups. Students are able to develop their speaking and writing skills with this exercise. Once all students are done, the instructor should invite them to offer their perspective on the reading.

Escritura creativa

Once students are done with the textual interpretation, "Escritura creativa" invites them to develop their writing skills and their imagination. Depending on how much time the instructor has, these activities can be done in small groups during class or can be assigned as homework. Once students have completed their work, they will have the opportunity to present it to the rest of the class. They can write it on an overhead transparency or project it with a document camera and read it at the same time. Examples of such activities are: "Change the story's ending" or "write a letter from one character to another." Before students present their work to the rest of the class, the instructor should edit any linguistic errors. If there is not enough time to complete this activity in class, the professor may have students post their text on Blackboard or WebCT for other students to view and respond to. The teacher should edit students' creative texts before they are posted.

Timeline

Three Centuries of Spanish Short Stories includes seventeen short stories. When planning his or her course, the instructor should envision spending at least three hours of class time on each short story.

- **Homework:** Before class, students should read the biographical and literary information included before each short story. They should also study the list of difficult words for the text and complete the vocabulary exercises.
- **Day one:** A proposed structure (a 50-minute class)
  - Lecture: A brief introduction about the period and the author (10 minutes).
  - Form groups (no more than 3 students per group).
  - Assign "Para conversar" to complete in groups (15 minutes).
  - Discussion with the whole class (10 minutes).
  - Explain difficult words (10 minutes). Answer any questions about the words.
  - Conclusion of first day's class.
  - **Homework:** Students should read the text for the following class period and make a list of their impressions of the text.
- **Day two:** A proposed structure (a 50-minute class)
  - Ask students to express their impression of the text. The instructor or a student should write reactions on blackboard (5 minutes).
  - Form groups (no more than 3 students per group).
  - Assign "Preguntas de comprensión" (20 minutes) or allow more time depending on students' level.
  - Call on students to answer questions. Clarify any doubts students may have (10 minutes).
  - Assign "Preguntas de interpretación." Students should work on them for the remainder of class time.
- **Day three:** A proposed structure (a 50-minute class)
  - Students should work with the same group from previous class time.
  - Ask students to complete "Preguntas de interpretación" (20 minutes).

- Call on students to answer questions. The instructor should write answers on blackboard. If there are different opinions on the text's meaning, this is a good opportunity to have class discussion (15 minutes).
- Ask students to get in their groups again and assign "Escritura creativa."
- The instructor should edit each group's creative writing.
- If time allows, have students present their work on an overhead transparency or, if available, on a document camera. If there is not enough time, however, an alternative is for students to post their writing on WebCT, Blackboard or another course management system.

Introduction: To the Student

Welcome to *Three Centuries of Spanish Short Stories: Literary Selections and Activities for the Student of Spanish!* This textbook was designed for a student like you: a student of Spanish who wishes to know more about Spain's literary production in the nineteenth, twentieth and the twenty-first centuries but who also struggles somewhat with the target language.

Use of Spanish in the classroom

Three Centuries of Spanish Short Stories is a textbook that is designed for you to learn about the modern Spanish short story. It is also created to strengthen your speaking, reading and writing skills in Spanish. It is therefore *essential* that you use Spanish during class at all time. The activities you find in this textbook are designed to help you express yourself on a number of issues. Most activities are to be completed in small groups, what allows you to express your ideas *in Spanish* in a comfortable environment.

For each literary reading you will study in this class, there are pre-reading and post-reading activities.

Antes de leer

In the section **Biografía e información literaria**, you will learn about the author and the literary context in which the short story was written. This will not only help you better understand the reading, but it will also build your literary knowledge about modern Spain.

Obras importantes y enlaces is a list of the author's most important works and websites to learn more about him or her. It encourages you to further your knowledge about the author.

Para conversar is an activity that your instructor will have you complete in small groups during class time. The goal of this exercise is to draw a parallel between the reading and your personal experience. It will help you get a better understanding of the reading.

Palabras difíciles is a list of difficult words and expressions that you will find in the reading. Each word and expression is accompanied by its English translation.

Práctica del vocabulario are exercises you may complete in class or at home. They are exercises designed to make you more familiar with the difficult words and expressions you are about to find in the reading.

Lectura The short stories you will read have been carefully selected so that they are not too long or difficult for you. They also have been selected because they are representative of a literary trend or an important sociological aspect of modern Spain. Each difficult word and expression has been highlighted and its translation is included before the short story and at the end of the textbook. It is essential that you carefully read the assigned short story before coming to class because most class activities will depend on your having read the text. However, you should not worry if you have not fully understood the reading. The exercises you will complete during class will help you come to a better understanding of the text.

Después de leer

Preguntas de comprensión are comprehension questions about the short story you have read at home. They are to be completed with your classmates (in a small group) during class time. These questions will help you better understand the plot.

Preguntas de interpretación are questions about the text's meaning, symbolism, themes and messages. Along with your classmates, you are invited to carefully think about the possible messages that you may find in a short story.

Escritura creativa is an activity that you should complete after you are done with the reading. Here, you are encouraged to use your creativity and imagination. Go ahead and write something fun and creative for your instructor and classmates to read!

Un poco de historia is a section you will find after all the short stories. This short historical overview of Spain in the XIXth, XXth and XXIst centuries will help you understand the political climate of the country at the time when the short story was written.

Glosario español-inglés is included at the end of the textbook. There, you will find a Spanish-English glossary of the difficult words highlighted in the short stories.

I hope you will enjoy the readings and activities in *Three Centuries of Spanish Short Stories: Literary Selections and Activities for the Student of Spanish* and that they will inspire you to continue learning about Hispanic literatures and cultures. ¡Qué disfrutes!

Paella de mariscos.

Agradecimientos

I would like to express my sincere gratitude to Ron Pullins, my editor, for all his help and support. Many thanks to Linda Diering, Production Manager, Hailey Klein, Editorial Associate and Cindy Zawalich, Editorial & Production Assistant at Focus for their invaluable help!

I sincerely appreciate Earl, William, Andrew and Mimi's support while I wrote this textbook. *¡Les quiero mucho!*

I am very grateful to the Department of Modern Languages and Literatures and Faculty Development at Meredith College for their support during the redaction of *Three Centuries of Spanish Short Stories.*

I wish to thank Professor Lynn Talbot of Roanoke College and Professor Salvatore Poeta of Villanova University for their very useful advice when reviewing my textbook.

I am very grateful to Dr. Rachel Bauer, Kellie Deaton and Lauren Poteat for their amazing photographs. I also wish to thank Dr. Bénédicte Boisseron, Professor Carrie Holland, Dr. Kevin Hunt, Professor Lucrecia Maclachlan, Dr. Débora Maldonado-DeOliveira, Dr. Marie Papoteuse, Dr. Brent Pitts, Perla Saitz, Dr. Mary Lorene Thomas and Dr. Jonathan Wade for their invaluable advice and support. Last, but not least, I sincerely appreciate my Spanish 353 students' input about the texts and the activities and the Department of Modern Languages and Literatures' student workers for all their help.

Ahora… ¡A leer, analizar y discutir!

Una Breve Introducción

El cuento en España

Algunos críticos consideran el cuento como un género "menor", primero porque suele ser más corto que la novela y luego porque, técnicamente, como género hace menos de 200 años que existe. Sin embargo, como lo vemos en la breve introducción que sigue, el cuento o narración breve ha existido desde hace muchos años[1].

Se puede encontrar los primeros cuentos en la literatura española del siglo XIV. En realidad, Don Juan Manuel, sobrino del rey Alfonso X El Sabio, ha escrito 51 narraciones cortas didácticas—los *exemplas*—en *El libro del Conde Lucanor* (1323-1335).

En el Siglo de Oro, Miguel de Cervantes Saavedra (1547-1616) escribió numerosos cuentos. Su colección famosa de cuentos se llama *Novelas ejemplares.*

En el siglo XIX, el cuento se convierte en un género literario muy popular y por primera vez nace como género. En realidad, se usa el término cuento para referirse a una narración corta. En este mismo siglo en España, se escriben numerosos cuentos que pertenecen a estéticas literarias diferentes.

Efectivamente, durante la primera mitad del siglo XIX, Fernán Caballero[2] es autora de muchos cuadros de costumbres y Mariano José de Larra escribe

1 Enrique Anderson Imbert escribió un excelente resumen de la historia del cuento español desde sus orígenes hasta 1959. Ver *El cuento español.* Buenos Aires: Editorial Columba, 1959. También consultar *Cuentos de este siglo. Treinta narradoras españolas contemporáneas.* Barcelona, Lumen, 1995; *Cuento español contemporáneo*, eds. Ángeles Encinar y Anthony Percival. Madrid, Cátedra, Colección Letras hispánicas, 1993; *Cuento español de posguerra*, ed. Medardo Fraile. Madrid: Cátedra, 1988. Estos trabajos ofrecen una excelente fuente de información sobre el desarrollo del cuento español.

2 Fernán Caballero es el pseudónimo de la autora Cecilia Francisca Josefa Böhl de Faber.

unos artículos de costumbres.[3] En la segunda parte del siglo XIX, se escriben unos cuentos que se pueden calificar de realistas[4] y naturalistas[5] (Pedro Antonio de Alarcón, Leopoldo Alas Clarín, Emilia Pardo Bazán) y cuentos de carácter folclórico.[6] A pesar de que el romanticismo[7] termina en España a eso de 1850, Gustavo Adolfo Bécquer continúa la tendencia romántica cuando publica sus *Leyendas*, unas narraciones de estilo romántico y gótico.

A finales del siglo XIX, la producción literaria por la llamada generación del 98[8] es bastante importante. Autores como Miguel de Unamuno, José Martínez Ruíz "Azorín" y Pío Baroja crean numerosas obras de muchos géneros, como el ensayo, la poesía, el teatro, la novela y finalmente el cuento.

Al principio del siglo XX, se ven unas tendencias vanguardistas[9] en el cuento. Un autor vanguardista español muy famoso es Ramón Gómez de la Serna, inventor de las Greguerías.[10]

---

3 **El costumbrismo:** tendencia literaria en la que se retratan las costumbres típicas de un país o de una región. Cuando el autor retrata las costumbres de un país, se refiere a su obra como un "cuadro de costumbres." Si el autor usa un tono satírico hacia las costumbres de su país, se puede decir que escribe "artículos de costumbres."

4 **El realismo:** movimiento literario prevalente en España a finales del siglo XIX (entre 1868-1898). Una obra realista retrata con mucha precisión la vida diaria de la clase media. Benito Pérez Galdós es el escritor español más famoso cuando se habla del realismo.

5 **El naturalismo:** corriente literaria prevalente en España y Francia a finales del siglo XIX. En sus escritos, los autores naturalistas ponen el énfasis en la herencia biológica del individuo. Es decir que se cree que una persona no puede escapar su destino y su medio ambiente. Los personajes de la ficción naturalista suelen ser pobres, enfermos y/o víctimas de violencia doméstica. Emilia Pardo Bazán es la autora naturalista más importante en España.

6 Versiones españolas de cuentos folclóricos internacionales aparecen muy frecuentemente en la segunda parte del siglo XIX. Autores como Fernán Caballero y Antonio de Trueba introducen este género en España. Para tener más información sobre el cuento folclórico, ver "Escritores del siglo XIX frente al cuento folklórico" por Montserrat Amores García, Cuadernos de investigación filológica, nº 19-20, 1993-1994, páginas 171-181.

7 **El romanticismo:** corriente literaria prevalente en España en la primera mitad del siglo XIX. En su obra literaria, el autor romántico usa la imaginación y los sentimientos más que la razón. Los escritos románticos suelen ser subjetivos e individualistas.

8 **La generación del 98:** Grupo literario que expresa en su obra literaria la crisis de identidad nacional que España sintió cuando en 1898 perdió sus últimas colonias: Cuba, Puerto Rico y las Filipinas. Numerosos autores como Miguel de Unamuno, Ramón Pérez de Ayala y "Azorín" intentan en su obra recrear una identidad fuerte de España después del desastre de 1898.

9 **El vanguardismo:** movimiento literario del siglo XX que surge en España durante la década de los 10. Este movimiento quiere renovar la expresión literaria y artística con la introducción de nuevas técnicas experimentales.

10 Ramón Gómez de la Serna define sus greguerías como: "humorismo+ metáfora= greguerías."

Después de la guerra civil (1936-1939), se produce una ruptura literaria en la sociedad española. Por un lado, muchos autores[11] deben exiliarse fuera de España. Por otro lado, los autores que se quedan en España o son simpatizantes del régimen franquista o no lo son y por consecuencia no pueden expresar sus ideas por la censura. Entre los años 1939-1950, conocidos como "los años del hambre", España sufre de un aislamiento internacional socioeconómico. Los pocos cuentos escritos durante esta época presentan unos temas bélicos, ideológicos, moralizantes y escapistas.

En la década de los cincuenta, los autores de "la generación del medio siglo" (autores nacidos entre 1923-1936), logran que el cuento sea más aceptado. Ellos publican sus cuentos en revistas y periódicos. Mediante sus cuentos, los autores se presentan como testigos de lo que pasa en la sociedad española de los años cincuenta. Muchos cuentos escritos en esta década son considerados de crítica social.

En la década de los sesenta, se destaca una modernización de la técnica narrativa en el cuento español. En Latinoamérica, sucede lo que se llama "el Boom" literario, es decir que en el cuento, el aspecto realista y tradicional es reemplazado por un aspecto innovador y experimental. Por ejemplo, es muy común encontrar múltiples narradores, una trama que no es presentada en un orden cronológico, etc.[12]

Después de 1975, se ve un auge en el cuento español. Numerosas editoriales literarias empiezan a tener mucho interés en publicar cuentos. Además, se establecen muchos premios literarios lo que invita a más y más cuentistas a publicar. Desde un punto de vista social, España se convierte en un país más cosmopolita, con vínculos internacionales. Desde 1978, España está libre de censura. Los cuentos de las décadas de los ochenta y noventa reflejan una nueva sociedad, libre y democrática. Se ven muchos cuentos de carácter fantástico y de carácter feminista.

A finales del siglo XX y al principio del siglo XXI, se sigue escribiendo cuentos fantásticos y feministas pero también nuevos temas aparecen: la inmigración[13] y la realidad de vivir con impedimento físico y/o mental.

---

11 Muchos autores democráticos, izquierdistas o anti-franquistas tienen que emigrar fuera de España durante o después de la Guerra civil: Max Aub, Ramón J. Sender, Rafael Diestre, Benjamín Jarnés, Francisco Ayala, y Rosa Chacel son algunos.

12 Un buen ejemplo de este estilo de organización se puede encontrar en la película norteamericana *Pulp Fiction*.

13 En 2005 se publica una colección de cuentos dedicados a la inmigración *Inmenso estrecho: cuentos sobre inmigración* (Kailas, 2005). En 2006, se publica una segunda colección, *Inmenso estrecho II* (Kailas, 2006).

Paseo nocturno por la playa.

A pesar de que el cuento como género haya sido reconocido sólo hace menos de unos doscientos años, es obvio que ha tenido—y que sigue teniendo—un lugar importantísimo en la literatura española.

A modo de conclusión, les dejo que lean las palabras de un gran cuentista español contemporáneo, José María Merino, acerca del cuento:

"Ni el cuento ni el cine toleran la dispersión y el vagabundeo narrativo a que la novela suele ser tan aficionada... En el cuento, el *hecho narrativo* debe producirse con la mayor intensidad, en la menor extensión posible".[14]

Para hacernos pensar...

Formen un grupo de dos personas y contesten las siguientes preguntas.

1. Para Uds., ¿Cuál es el propósito de leer una obra de ficción? Hagan una lista de las razones.
2. ¿Cuáles son las diferencias entre un cuento corto (o una novela)?
3. ¿Piensan que la ficción es una imitación de la vida? Expliquen su opinión
4. ¿Leyeron alguna vez un cuento que les impactó mucho? ¿Por qué?
5. En su opinión, ¿qué elementos debe tener un **buen** cuento?

---

14 Prólogo, *Cien años de cuentos: 1898-1998. Antología del cuento español en castellano.* Alfaguara, Madrid, 1998.

1. Mariano José de Larra

(Madrid, 1809-Madrid, 1837)

Biografía e Información Literaria

Escritor y periodista, Mariano José de Larra nace en Madrid durante la ocupación francesa por las tropas de Napoleón. Como su padre es "afrancesado"—es decir que apoya a Francia en su ocupación de España— la familia se exilia a Francia en 1813. Larra regresa a España en 1818 después de recibir una educación francesa en Bordeaux y en París. A los veinte años, se casa con Josefa Wetoret. A pesar de que este matrimonio es infeliz producirá tres hijos.

El 13 de febrero de 1837, Dolores Armijo, la amante de Mariano José de Larra, rompe con él definitivamente. Larra, ya de naturaleza melancólica, no puede aguantar vivir sin Dolores y se suicida a la edad de 27 años.

Larra es conocido como uno de los más grandes autores románticos españoles. Es especialmente talentoso en su escritura de artículos de crítica y sátira social. Los temas principales de sus escritos son los males de España: la censura, la falta de moralidad, el uso incorrecto del castellano, el carlismo. Se refiere también a la obra de Larra como **costumbrista** porque él escribe **artículos de costumbres.**

El costumbrismo se puede definir como una tendencia literaria en la cual el autor retrata o interpreta las costumbres de su país. Se refiere al retrato de una escena típica como un cuadro de costumbres. Un artículo de costumbres es, como veremos a continuación, un texto en el que el autor presenta las costumbres de un país usando un tono satírico.

El artículo "Yo quiero ser cómico" fue publicado en el número 34 de la *Revista Española* el 1 de marzo de 1833.

En todos sus artículos, Larra usa un pseudónimo literario; aquí, Fígaro, es el seudónimo de Larra. En "Yo quiero ser cómico", Larra critica el teatro madrileño. De un modo satírico, comunica que los actores del teatro madrileño no son personas bien educadas: saben poco de historia y de la lengua castellana.

Obras más importantes

Artículos

1828 *El Duende Satírico del Día*. Larra escribe con el seudónimo de El Duende.

1832 *El Pobrecito Hablador*. Larra escribe con el seudónimo de Bachiller Juan Pérez de Murguía.

1833 *La Revista Española*. Larra escribe con el seudónimo de Fígaro.

Obras históricas

1834 *Macías* (Drama histórico)

1834 *El doncel de don Enrique el Doliente* (Novela histórica)

Enlaces

Estudios críticos

En la página de la biblioteca Miralles se encuentran numerosos estudios realizados sobre Mariano José de Larra.

http://www.bibliotecamiralles.org/escritores.html

Página de la Biblioteca Virtual Miguel de Cervantes. Puede encontrar su biografía, su obra y otros enlaces.

http://www.cervantesvirtual.com/bib_autor/larra/presentacion.shtml

http://www.epdlp.com/escritor.php?id=1912

Antes de leer

Para conversar

En grupos de dos, discutan las siguientes preguntas. ¡Ojo! ¡Sólo hablen español!

1. ¿Les gusta el teatro? ¿Han visto muchas obras? ¿Cuáles son sus favoritas?
2. En su opinión, ¿qué cualidades debe tener un buen actor?
3. ¿Han actuado en obras de teatro alguna vez? ¿Qué obras eran? ¿Qué papel tenían? ¿Les gustó o no?

Palabras difíciles

acuchillado/a: *stabbed*
afable: *good-natured*
ahuecar: *to deepen* (*voice*)
ajustar: *to hire*
alabar: *to praise*
el apunte: *sketch*
la apuntación: *written note*
el apuntador: *the prompter*
asemejarse: *to look like*
el ayuntamiento: *city council*
la bellota: *acorn*
un calavera: *madcap, rake*
el capacete: *part of the armor that protects the head*
la careta: *mask*
casero/a: *home made*
columpiarse: *to swing*
el cómico: *actor*
las costumbres: *customs, habits*
el criado: *servant*
el cronista: *feature writer*
Cuaresma: *Lent*
dar tormento a: *to torture*
deparar: *to offer, to give*
descoyuntado/a: *dislocated*
desgraciadamente: *unfortunately*
desmentir: *to deny, refute*
el eje: *axle*
el empeño: *endeavor*
la empresa: *public sector, a private company*
entablar: *to initiate*
escasamente: *scarcely*
escoger: *to chose*
el/la escribiente: *clerk*
estar en boga: *to be in vogue, in fashion*
flor y nata: *crème de la crème*
el gracioso: *the joker, the funny one*
holgazán: *lazy*
la índole: *kind, nature*
injerir: *to insert, to include*
el juego de escarpias: *a set of screws*
la letra de molde: *capital letter*
la levita: *frock coat*
mal intencionado/a: *malicious*
mordaz: *sharp*
pacer: *to graze*
perlático/a: *paralyzed*
el papel: *the role*
la pauta: *the norm, the rules*
el pícaro: *rogue, villain*
presumir: *to predict, to suppose*

la propiedad (del lenguaje): *correctness*
quejarse: *to complain*
el reo: *defendant*
representar: *to act*
la riña: *quarrel, argument*
la ropilla: *clothing with short sleeves*
sacar a la luz pública: *to make public*
singularizarse: *to single oneself out*
sobresalientemente: *outstanding*
las tablas: *stage*
tarado/a: *mentally handicapped*
la temporada: *season*
los tirantes: *suspenders*
el traje (teatro): *costume*
verídico/a: *truthful*
verter: *to convey*
zurdo/a: *clumsy*

Práctica del vocabulario

A. ¿Cierto o falso?

____ 1. A veces, soy una persona un poco zurda
____ 2. Tengo muchas riñas con mis compañeros de cuarto
____ 3. Está en boga mandar mensajes de texto
____ 4. Cuando me gradúe de la universidad, quiero trabajar para una empresa
____ 5. Mi universidad es flor y nata
____ 6. Yo sería un/a buen/a cómico/a

B. Empareja las palabras con su sinónimo.

____ descoyuntar — a. contratar
____ asemejarse — b. elegir
____ ajustar — c. perezoso/a
____ deparar — d. parecerse
____ escoger — e. dislocar
____ holgazán — f. protestar
____ quejarse — g. conceder

C. Empareja las palabras con su antónimo.

____ alabar — a. desagradable
____ ajustar — b. afirmar
____ afable — c. delicado/a
____ desmentir — d. criticar
____ mordaz — e. falso
____ singularizar — f. despedir
____ verídico — g. generalizar

Yo quiero ser cómico (1833)

Mariano José de Larra

Paseo de la Explanada, Alicante.

No fuera yo **Fígaro**[1], ni tuviera esa travesura y maliciosa **índole** que malas lenguas me atribuyen si no **sacara a la luz pública** cierta visita que no ha muchos días tuve en mi propia casa.

Columpiábame en mi mullido sillón, de estos que dan vueltas sobre **su eje**, los cuales son especialmente de mi gusto por **asemejarse** en cierto modo a muchas gentes que conozco, y me hallaba en la mayor perplejidad sin saber cuál de mis numerosas **apuntaciones** elegiría para un artículo que no me correspondía **injerir** aquel día en la Revista. Quería yo que fuese interesante sin ser **mordaz**, y conocía toda la dificultad de **mi empeño**, y sobre todo que fuese serio, porque no está siempre un hombre de buen humor, o de buen talante, para comunicar el suyo a los demás. No dejaba de atormentarme la idea de que fuese histórico, y por consiguiente **verídico**, porque mientras yo no haga más que cumplir con las obligaciones de fiel **cronista** de los usos y **costumbres** de mi siglo, no se me podrá culpar de **mal intencionado**, ni de amigo de buscar **pendencias** por una sátira más o menos.

Hallábame, como he dicho, sin saber cuál de mis notas **escogería** por más inocente, y no encontraba por cierto mucho que escoger, cuando me **deparó** felizmente la casualidad materia sobrada para un artículo, al anunciarme **mi criado** a un joven que me quería hablar indispensablemente.

1 El seudónimo literario de Larra.

Pasó adelante el joven haciéndome una cortesía bastante **zurda**, como de hombre que necesita y estudia en la fisonomía del que le ha de favorecer sus gustos e inclinaciones, o su humor del momento, para conformarse prudentemente con él; y **dando tormento** a los **tirantes** y rudos músculos de su fisonomía para adoptar una especie de **careta** que desplegase a mi vista sentimientos mezclados de afecto y de deferencia, me dijo con voz forzadamente sumisa y cariñosa:

— ¿Es usted el redactor llamado Fígaro?

— ¿Qué tiene usted que mandarme?

—Vengo a pedirle un favor… ¡Cómo me gustan sus artículos de usted!

—Es claro… Si usted me necesita…

—Un favor de que depende mi vida acaso… ¡Soy un apasionado, un amigo de usted!

—Por supuesto… siendo el favor de tanto interés para usted…

—Yo soy un joven…

—Lo **presumo**.

—Que quiero ser **cómico**, y dedicarme al teatro.

— ¿Al teatro?

—Sí, señor… como el teatro está cerrado ahora…

—Es la mejor ocasión.

—Como estamos en **cuaresma**, y es la época de ajustar para la próxima **temporada** cómica, desearía que usted me recomendase…

— ¡Bravo **empeño**! ¿A quién?

—**Al Ayuntamiento**.

— ¡Hola! **¿Ajusta** el Ayuntamiento?

—Es decir, a **la empresa**.

— ¡Ah! ¿Ajusta la empresa?

—Le diré a usted… según algunos, esto no se sabe… pero… para cuando se sepa.

—En ese caso, no tiene usted prisa, porque nadie la tiene…

—Sin embargo, como yo quiero ser cómico…

—Cierto. ¿Y qué sabe usted? ¿Qué ha estudiado usted?

— ¿Cómo? ¿Se necesita saber algo?

—No; para ser actor, ciertamente, no necesita usted saber cosa mayor…

—Por eso; yo no quisiera **singularizarme**; siempre es malo entrar con ese pie en una corporación.

—Ya le entiendo a usted; usted quisiera ser cómico aquí, y así será preciso examinarle por la **pauta** del país. ¿Sabe usted castellano?

—Lo que usted ve..., para hablar; las gentes me entienden...

—Pero la gramática, y **la propiedad**, y...

—No, señor, no...

—Bien, ¡eso es muy bueno! Pero sabrá usted **desgraciadamente** el latín, y habrá estudiado humanidades, bellas letras...

—Perdone usted.

—Sabrá de memoria los poetas clásicos, y los comprenderá, y podrá **verter** sus ideas en **las tablas**.

—Perdone usted, señor. Nada, nada. ¿Tan poco favor me hace usted? Que me caiga muerto aquí si he leído una sola línea de eso, ni he oído hablar tampoco... Mire usted...

—No jure usted. ¿Sabe usted pronunciar con afectación todas las letras de una palabra, y decir unas voces por otras, «actitud» por «aptitud», y «aptitud» por «actitud», «diferiencia» por «diferencia», «háyamos» por «hayamos», «dracmático» por «dramático», y otras semejantes?

—Sí, señor, sí, todo eso digo yo.

—Perfectamente; me parece que sirve usted para el caso. ¿Aprendió usted historia?

—No, señor; no sé lo que es.

—Por consiguiente, no sabrá usted lo que son **trajes**, ni épocas, ni caracteres históricos...

—Nada, nada, no señor.

—Perfectamente.

—Le diré a usted...; en cuanto a trajes, ya sé que en siendo muy antiguo, siempre a la romana.

—Esto es: aunque sea griego el asunto.

—Sí señor: si no es tan antiguo, a la antigua francesa o a la antigua española; según... **ropilla**, **trusas**, **capacete**, **acuchillados**, etc. Si es más moderno o del día, **levita a la Utrilla**[2] en los calaveras, y polvos, casacón y media en los padres.

— ¡Ah! ¡Ah! Muy bien.

---

2 *Frock coat in the style of Utrilla*. Según los eruditos Correa Calderón, Enrique Rubio y Montes Bordajandi, Utrilla era un sastre (tailor) famoso de la época de Larra. Ver *Artículo literario y narrativa breve del romanticismo español*. Edición de María J. Alonso Seoane, Antonio Ubach y Ana Isabel Ballestero. Madrid: Clásicos Castalia 279, 2004.

—Además, eso en el ensayo general se le pregunta al galán o a la dama, según el sexo de cada uno que lo pregunta, y conforme a lo que ellos tienen en sus arcas, así…

— ¡Bravo!

—Porque ellos suelen saberlo.

—¿Y cómo presentará usted un carácter histórico?

—Mire usted; **el papel** lo dirá, y luego, como el muerto no se ha de tomar el trabajo de resucitar sólo para **desmentirle** a uno… Además, que gran parte del público suele estar tan enterada como nosotros…

—¡Ah!, ya… Usted sirve para el ejercicio. La figura es la que no…

—No es gran cosa; pero eso no es esencial.

—Y de educación, de modales y usos de sociedad, ¿a qué altura se halla usted?

—Mal; porque si va a decir verdad, yo soy un pobrecillo: yo era **escribiente** en una mala administración; me echaron por **holgazán**, y me quiero meter a cómico porque se me figura a mí que es oficio en que no hay nada que hacer…

—Y tiene usted razón.

—Todo lo hace **el apunte**, y… por consiguiente, no conozco esos señores usos de sociedad que usted dice, ni nunca traté a ninguno de ellos.

—Ni conocerá usted el mundo, ni el corazón humano.

—**Escasamente**.

—¿Y cómo representará usted tantos caracteres distintos?

—Le diré a usted: si hago de rey, de príncipe o de magnate, **ahuecaré** la voz, miraré por encima del hombro a mis compañeros, mandaré con mucho imperio…

—Sin embargo, en el mundo esos personajes suelen ser muy **afables** y corteses, y como están acostumbrados, desde que nacen, a ser obedecidos a la menor indicación, mandan poco y sin dar gritos…

—Sí, pero ¡ya ve usted!, en el teatro es otra cosa.

—Ya me hago cargo.

—Por ejemplo, si hago un papel de juez, aunque esté delante de señoras o en casa ajena, no me quitaré el sombrero, porque en el teatro la justicia está **dispensada de tener crianza**[3]; daré fuertes golpes en el tablero con mi bastón de borlas, y pondré cara de caballo, como si los jueces no tuviesen entrañas…

—No se puede hacer más.

---

3 The law has the right not to be well-behaved.

—Si hago de delincuente me haré el perseguido, porque en el teatro todos los **reos** son inocentes...

—Muy bien.

—Si hago un papel de **pícaro**, que ahora **están en boga**, cejas arqueadas, cara pálida, voz ronca, ojos atravesados, aire misterioso, apartes melodramáticos... Si hago **un calavera**, muchos brincos y zapatetas, carreritas de pies y lengua, vueltas rápidas y habla ligera... Si hago **un barba**[4], andaré a compás, como **un juego de escarpias**, me temblarán siempre las manos como **perlático** o **descoyuntado**; y aunque el papel no apunte más de cincuenta años, haré **del tarado** y decrépito, y apoyaré mucho la voz con intención marcada en la moraleja, como quien dice a los espectadores: "Allá va esto para ustedes".

—¿Tiene usted grandes calvas para las barbas?

—¡Oh!, disformes; tengo una que me coge desde las narices hasta el colodrillo; bien que ésta la reservo para las grandes solemnidades. Pero aun para diario tengo otras, tales que no se me ve la cara con ellas.

—¿Y los **graciosos**?

—Esto es lo más fácil: estiraré mucho la pata, daré grandes voces, haré con la cara y el cuerpo todos los raros visajes y estupendas contorsiones que alcance, y saldré vestido de arlequín...

—Usted hará furor.

—¡Vaya si haré! Se morirá el público de risa, y se hundirá la casa a aplausos. Y especialmente, en toda clase de papeles, diré directamente al público todos los apartes, monólogos, gracias y parlamentos de intención o lucimiento que en mi parte se presenten.

—¿Y memoria?

—No es cosa la que tengo; y aun esa no la aprovecho, porque no me gusta el estudio. Además, que eso es cuenta del **apuntador**. Si se descuida, se le lanzan de vez en cuando un par de miradas terribles, como diciendo al público: "¡Ven ustedes qué hombre!"

—Esto es; de modo que el apuntador vaya tirando del papel como de una carreta, y sacándole a usted la relación del cuerpo como una cinta. De esa manera, y hablando él **altito**[5], tiene el público el placer de oír a un mismo tiempo dos ejemplares de un mismo papel.

—Sí, señor; y, en fin, cuando uno no sabe su relación, se dice cualquier tontería, y el público se la ríe. ¡Es tan guapo el público! ¡Si usted viera!

---

4 Un hombre viejo.

5 alto.

—Ya sé, ¡ya!

—Vez hay que en una comedia en verso añade uno un párrafo en prosa: pues ni se enfada, ni menos lo nota. Así es que no hay nada más común que añadir…

—¡Ya se ve, que hacen muy bien! Pues, señor, usted es cómico, y bueno. ¿Usted ha **representado** anteriormente?

—¡Vaya! En comedias **caseras**. He alborotado con el García y el Delincuente honrado.

—No más, no más; le digo a usted que usted será cómico. Dígame usted, ¿sabrá usted hablar mal de los poetas y despreciarlos, aunque no los entienda; **alabar** las comedias por el lenguaje, aunque no sepa lo que es, o por el verso, mas que no entienda siquiera lo que es prosa?

—¿Pues no tengo de saber, señor? Eso lo hace cualquiera.

—¿Sabrá usted **quejarse** amargamente, y **entablar** una querella criminal contra el primero que se atreva a decir en **letras de molde** que usted no lo hace todas las noches **sobresalientemente**? **¿Sabrá usted decir de los periodistas que quién son ellos para**[6]…?

—Vaya si sabré; precisamente ése es el tema nuestro de todos los días. Mande usted otra cosa.

Al llegar aquí no pude ya contener mi gozo por más tiempo, y arrojándome en los brazos de mi recomendado:

—¡Venga usted acá, mancebo generoso! —exclamé todo alborozado—; ¡venga usted acá, **flor y nata** de la andante **comiquería**!: usted ha nacido en este siglo de hierro de nuestra gloria dramática para renovar aquel **siglo de oro**,[7] en que sólo comían los hombres **bellotas** y **pacían** a su libertad por los bosques, sin la distinción del tuyo y del mío. Usted será cómico, en fin, o se han de olvidar las reglas que hoy rigen en el ejercicio.

Diciendo estas y otras razones, despedí a mi candidato prometiéndole las más eficaces recomendaciones.

—Revista Española, n.º 34, 1 de marzo de 1833.
Firmado: Fígaro.

6 Will you be able to say about the journalists that who are they to… [criticize]?

7 *Golden Age.* Here, Larra refers to the flourishing era in literature and arts in Spain which took place during the XVI and XVII centuries.

Después de leer

Preguntas de comprensión

En grupos de dos contesten las siguientes preguntas primero oralmente y después escriban sus respuestas.

1. Al principio del artículo, ¿qué necesita encontrar Fígaro?
2. ¿Qué favor le pide a Fígaro el joven que le visita en su casa?
3. ¿Ha estudiado mucho el joven? ¿Habla él bien el castellano?
4. ¿Qué trabajo hacía antes el joven? ¿Por qué ya no trabaja allí?
5. Hagan una lista de cómo el joven representa a los siguientes personajes:

   un rey — un pícaro
   un juez — un barba
   un delincuente — un gracioso

6. ¿Tiene el joven mucha experiencia de cómico? ¿Ha actuado en muchas obras?
7. ¿Piensa Fígaro que el joven es buen candidato para ser cómico? ¿Lo recomendará?

Preguntas de interpretación

En grupos de dos contesten las siguientes preguntas primero oralmente y después escriban sus respuestas.

1. Miren el primer párrafo. ¿Cómo se presenta el narrador, Fígaro? ¿Qué opinión parece tener la sociedad de él?
2. Lean nuevamente la introducción titulada "Biografía e información literaria" sobre Mariano José de Larra. ¿Por qué, en su opinión, Fígaro dice "—No; para ser actor, ciertamente, no necesita usted saber cosa mayor…"? ¿Qué crítica hace aquí Larra?
3. El joven le dice a Fígaro que no habla bien el castellano, que no sabe de historia ni que tiene memoria. En cada caso, busquen las reacciones de Fígaro y comenten acerca del tono que emplea.
4. ¿Por qué, según Fígaro, el joven será "flor y nata de la andante comiquería!"?

Actividades de escritura creativa

En grupos de dos, hagan las siguientes actividades. Su profesor/a revisará lo que han escrito y luego cada grupo presentará su trabajo al resto de la clase.

1. Son actores de teatro en Madrid. El artículo de Larra les enfurece. Escriban una respuesta a Mariano José de Larra.
2. Escriban un mini artículo costumbrista que critique un aspecto de la ciudad donde viven. ¿Cuál será su seudónimo?

2. Gustavo Adolfo Bécquer

(Sevilla,1836-Madrid,1870)

Biografía e Información Literaria

Poeta, prosista y dramaturgo, Gustavo Adolfo Bécquer nace en Sevilla el 17 de febrero de 1836 en una familia muy rica de origen flamenca.[1] Su padre, José Domínguez Bécquer es un pintor famoso que vive muy bien de su arte. Desafortunadamente, José Domínguez Bécquer fallece en 1841 cuando su hijo Gustavo sólo tiene cinco años. Seis años más tarde, en 1847, Doña Joaquina Bastida de Vargas—la madre de Gustavo y Valeriano—también fallece.

En 1854 Gustavo se muda a Madrid para seguir una carrera literaria. Los años vividos en Madrid son muy difíciles y hace varios trabajos para sobrevivir. En 1860 se casa con Casta Esteban Navarro con quien tendrá tres hijos, Gregorio, Jorge y Emilio. Diez años más tarde, en 1870, Gustavo Adolfo Bécquer fallece a los 34 años diez días después de caer enfermo.

Gustavo Adolfo Bécquer es conocido mundialmente como un gran poeta romántico cuya poesía es la fundación para los grandes líricos españoles del siglo XX. Además de ser el autor de bellos poemas, Gustavo Adolfo Bécquer también escribe numerosas leyendas las cuales publica primero en periódicos entre 1861-3 y luego en una obra titulada *Leyendas*. En muchas de sus leyendas, como "El gnomo", Bécquer nos ofrece una narración de estilo misterioso, sobrenatural, mágico y gótico.

A pesar de vivir durante una época en que el realismo es prevalente, Bécquer escoge expresar sus sentimientos profundos a través de la escritura **de estilo romántico**.

1 Flemish.

Características del romanticismo

- Es una corriente literaria muy común en las letras españolas durante la primera mitad del siglo XIX.
- El autor expresa sus sentimientos personales.
- La subjetividad y el individualismo caracterizan los escritos románticos.
- El autor romántico hace uso de gran imaginación en sus obras.

Algunos autores románticos españoles

- Juan Valera
- Gustavo Adolfo Bécquer
- José de Espronceda
- Mariano José de Larra
- José Zorilla
- Rosalía de Castro

Obras más importantes

Narrativa corta

1861-3 *Leyendas*

Poesía

1868 *Rimas* (76 poemas)

Teatro

1859 *La novia y el pantalón*

1859 *Las distracciones, zarzuela en un acto*

1859 *La venta encantada*, zarzuela en tres actos y en verso

Enlaces

Estudios críticos

En la página de la biblioteca Miralles se encuentran numerosos estudios realizados sobre Gustavo Adolfo Bécquer.

http://www.bibliotecamiralles.org/escritores.html

Página de la Biblioteca Virtual Miguel de Cervantes. Puede encontrar su biografía, su obra y otros enlaces.

http://www.cervantesvirtual.com/bib_autor/becquer/

http://www.xtec.es/~jcosta/

http://us.geocities.com/becquer.geo/. Aquí se puede leer las Rimas de Bécquer.

Imágenes

Página de la Biblioteca Virtual Miguel de Cervantes. Puede encontrar algunas imágenes.

http://www.cervantesvirtual.com/bib_autor/becquer/pcuartonivel.jsp?conten=imagenes

Antes de leer

Para conversar

En grupos de dos, discutan las siguientes preguntas. ¡Ojo! ¡Sólo hablen español!

1. Hagan una lista de algunos personajes fantásticos que suelen aparecer en la literatura y/o en las películas. ¿Cuáles son sus favoritos? ¿Por qué?
2. Busquen la definición de un "gnomo" en el diccionario y apúntenla. En su opinión, ¿cómo es físicamente un gnomo?

Palabras difíciles

acontecer: *to occur, to take place*
la algarabía: *gibberish, chatter*
la algazara: *noise, racket*
aplastar: *to crush*
apresurar el paso: *to quicken one's step, to accelerate*
arrojado/a: *thrown out of*
arrollar: *to crush*
atañer: *to concern*
el atrevimiento: *daring, audacity*
aullar: *to howl*
la bóveda: *vault*
brindarse: *to offer*
el campanario: *bell tower*
el cántaro: *pitcher, jug*
cascado/a: *hoarse, harsh*
el chascarrillo: *funny story*
el chisme: *gossip*
el consejo: *advice*
el corro: *circle*
la cueva: *cave*
deslumbrarse: *to be blinded*
destacarse: *to stand out*
detenerse: *to linger*
dilatarse: *to expand*
discurrir: *to pass through*
el enebro: *juniper tree*
el enjambre: *a swarm*
las entrañas: *entrails*
entretenerse: *to have fun*
envenenado/a: *poisoned*
la esmeralda: *emerald*

espantado/a: *scared*
espeso/a: *thick*
el espíritu: *spirit*
extraviado/a: *lost*
el gemido: *groan, moan*
la golondrina: *dove*
con…gracia: *in a funny way*
el granizo: *hail*
la grieta: *crack, crevice*
grueso/a: *thick*
el guante: *glove*
la guarida: *den*
hacer aspavientos: *to wave one's arms about, to gesticulate*
hallar: *to find*
el haz: *shaft*
herir: *to hurt*
hervir: *to boil*
hormiguear: *to bustle, to swarm*
insinuarse: *to make advances to someone*
el jacinto: *hyacinth*
jaspeado/a: *veined*
la locuela: *loca*
loquear: *to behave foolishly*
el matorral: *thicket, bushes*
mecerse: *to swing, to rock*
la mole: *mass, shape*
el mozo: *young boy*
el pantano: *marsh, swamp*
la peña: *rock*
el pórtico: *porch*
la res: *animal*
revestirse de: *to disguise oneself as*
revolotear: *to flutter around*
el señor cura: *the priest*
el seno: *heart* (*figuratively*), *center*
el sol poniente: *the setting sun*
de soslayo: *sideways*
temblón/a: *shaky*
el tesoro: *treasure*
traer: *to bring*
la veleta: *weathervane*
el venero: *water spring*
la vertiente: *slop*
la veta: *veins* (*in marble*)
las viejas del lugar: *the village's old ladies*

Práctica del vocabulario

A. Empareja cada palabra con la definición que le corresponde.

____ el chascarrillo	a.	poner el énfasis
____ la esmeralda	b.	cuando muchas personas hablan al mismo tiempo y no se puede entender
____ destacarse	c.	persona que se balancea y/o que se columpia
____ el corro	d.	una persona que hace muchos gestos y muecas exageradas
____ espantado/a	e.	un muchacho joven
____ la algarabía	f.	un cuento cómico
____ mecerse	g.	una inclinación en una montaña
____ el mozo	h.	una persona que tiene miedo

____	hacer aspavientos	i.	una piedra preciosa de color verde
____	la vertiente	j.	el círculo

B. Si contestas "Sí", firma tu nombre aquí por favor. Busca en la clase quién contesta afirmativamente a las siguientes preguntas.

Firma tu nombre aquí

1. ¿Loqueas con frecuencia los fines de semana?

   ____

2. ¿Puedes contar un chascarrillo en menos de un minuto?

   ____

3. Para Halloween del año pasado, ¿te revestiste de bruja[2]?

   ____

4. ¿Le insinuaste a alguna persona alguna vez?

   ____

5. ¿Cuentas muchos chismes?

   ____

6. ¿Alguna vez hallaste dinero en la calle?

   ____

C. ¿Mientes o dices la verdad?

Escribe una frase con cada palabra (6 frases en total). Puedes escribir algo verdadero o algo falso. Luego, lee tus frases y tus compañeros deben adivinar[3] si dices la verdad o si mientes.

las viejas del lugar	el pantano	extraviado/a
aullar	detenerse	la cueva

1. ____

   ____

2. ____

   ____

---

2 witch.

3 guess.

3. ____

____

4. ____

____

5. ____

____

6. ____

____

El gnomo (1861-63)

(Fragmento de la parte I)

Gustavo Adolfo Bécquer

Las muchachas del lugar volvían de la fuente con sus **cántaros** en la cabeza, volvían cantando y riendo con un ruido y **una algazara** que sólo pudieran compararse a la alegre **algarabía** de una banda de **golondrinas** cuando **revolotean espesas como el granizo alrededor de la veleta de un campanario.**[4]

En el pórtico de la iglesia, y sentado al pie de un **enebro**, estaba el tío Gregorio. El tío Gregorio era el más viejecito del lugar: tenía cerca de **noventa navidades,**[5] el pelo blanco, la boca de risa, los ojos alegres y las manos **temblonas**. De niño fue pastor, de joven soldado; después cultivó una pequeña heredad, patrimonio de sus padres, hasta que, por último, le faltaron las fuerzas y se sentó tranquilo a esperar la muerte, que ni temía ni deseaba. Nadie contaba un **chascarrillo** con más **gracia** que él, ni sabía historias más estupendas, ni traía a cuento tan oportunamente un refrán, una sentencia o un adagio.

Las muchachas, al verle, **apresuraron el paso** con ánimo de irle a hablar, y cuando estuvieron en **el pórtico**, todas comenzaron a suplicarle que les contase una historia con que entretener el tiempo que aún faltaba para hacerse de noche, que no era mucho, pues **el sol poniente hería de soslayo** la tierra, y las sombras de los montes **se dilataban** por momentos a lo largo de la llanura.

El tío Gregorio escuchó sonriendo la petición de las muchachas, las cuales, una vez obtenida la promesa de que les refería alguna cosa, dejaron los cánta-

---

4 Thick like hail around the weathervane of a bell tower.

5 Noventa años.

Gárgola gótica.

ros en el suelo, y sentándose a su alrededor formaron **un corro**, en cuyo centro quedó el viejecito, que comenzó a hablarles de esta manera:

—No os contaré una historia, porque aunque recuerdo algunas en este momento, **atañen** a cosas tan graves, que ni vosotras, que sois unas **locuelas**, me prestaríais atención para escucharlas, ni a mí, por lo avanzado de la tarde, me **quedaría espacio para referirlas**[6]. Os daré en su lugar un **consejo**.

— ¡Un consejo!—exclamaron las muchachas con aire visible de mal humor—. ¡Bah!, no es para oír consejos para lo que nos hemos detenido; cuando nos hagan falta ya nos los dará el señor cura.

—Es—prosiguió el anciano con su habitual sonrisa y su voz **cascada** y temblona—que el señor cura acaso **no sabría dárosle en esta ocasión tan oportuna como os lo puede dar**[7] el tío Gregorio; porque él, ocupado en sus rezos y letanías, no habrá echado, como yo, de ver que cada día vais por agua a la fuente más temprano y volvéis más tarde.

Las muchachas se miraron entre sí con una imperceptible sonrisa de burla: no faltando algunas de las que estaban colocadas a sus espaldas que se tocasen la frente con el dedo, acompañando su acción con un gesto significativo.

¿Y qué mal encontráis en que nos **detengamos** en la fuente charlando un rato con las amigas y vecinas?... —dijo una de ellas—. ¿Andan acaso **chismes**

6 I would not have enough time to tell it to you.

7 He would not be able to give you this advice in a situation as pertinent as I could now.

en el lugar porque **los mozos** salen al camino a echarnos flores o vienen a **brindarse** para traer nuestros cántaros hasta la entrada del pueblo?

—De todo hay—contestó el viejo a la moza que le había dirigido la palabra en nombre de sus compañeras —. **Las viejas del lugar** murmuran de que hoy vayan las muchachas a **loquear** y **entretenerse** a un sitio al cual ellas llegaban de prisa y temblando a tomar el agua, pues sólo **de allí puede traerse**[8]; y yo encuentro mal que perdáis poco a poco el temor que a todos inspira el sitio donde se halla la fuente, porque podría acontecer que alguna vez os sorprendiese en él la noche.

El tío Gregorio pronunció estas últimas palabras con un tono tan lleno de misterio, que las muchachas abrieron los ojos **espantadas** para mirarle, y con mezcla de curiosidad y burla tornaron a insistir:

— ¡La noche! ¿Pues qué pasa de noche en ese sitio, que tales **aspavientos hacéis** y con tan temerosas y oscuras palabras nos habláis de lo que allí podría **acontecernos**? ¿Se nos comerán acaso los lobos?

—Cuando **el Moncayo**[9] se cubre de nieve, **los lobos**, **arrojados** de sus **guaridas**, bajan en rebaños por su falda, y más de una vez los hemos oído **aullar** en horroroso concierto, no sólo en los alrededores de la fuente, sino en las mismas calles del lugar; pero no son los lobos los huéspedes más terribles del Moncayo: en sus profundas simas, en sus cumbres solitarias y ásperas, en su hueco seno, viven unos **espíritus** diabólicos que durante la noche bajan por sus **vertientes** como **un enjambre**, y pueblan el vacío, y **hormiguean** en la llanura, y saltan de roca en roca, juegan entre las aguas o **se mecen** en las desnudas ramas de los árboles. Ellos son los que aúllan en **las grietas de las peñas**; ellos los que forman y empujan esas inmensas bolas de nieve que bajan rodando desde los altos picos y **arrollan** y **aplastan** cuanto encuentran a su paso; ellos los que llaman con **el granizo** a nuestros cristales en las noches de lluvia y corren como llamas azules y ligeras sobre **el haz de los pantanos**. Entre estos espíritus que, arrojados de las llanuras por las bendiciones y los exorcismos de la Iglesia, han ido a refugiarse a las crestas inaccesibles de las montañas, los hay de diferente naturaleza y que al parecer a nuestros ojos **se revisten de** formas variadas. Los más peligrosos, sin embargo, los que **se insinúan** con dulces palabras en el corazón de las jóvenes y las deslumbran con promesas magníficas, son los gnomos. Los gnomos viven en **las entrañas** de los montes; conocen sus caminos subterráneos, y, eternos guardadores de **los tesoros** que encierran, velan día y noche junto a **los veneros** de los metales y las piedras preciosas. ¿Veis? —prosiguió el viejo señalando con el palo que le servía de apoyo la cumbre del Moncayo, que se levantaba a su derecha, **destacándose** oscuro y gigantesco sobre el cielo

---

8 It can only be brought from there.

9 The highest peak in Spain. It is situated in the provinces of Zaragoza and Aragón.

violado y brumoso del crepúsculo —, ¿veis esa inmensa **mole** coronada aún de nieve?, pues en **su seno** tienen sus moradas esos diabólicos espíritus. El palacio que habitan es horroroso y magnífico a la vez.

Hace muchos años que un pastor, siguiendo a **una res extraviada**, penetró por la boca de una de esas **cuevas**, cuyas entradas cubren **espesos matorrales** y cuyo fin no ha visto ninguno. Cuando volvió al lugar, estaba pálido como la muerte; había sorprendido el secreto de los gnomos; había respirado su **envenenada** atmósfera, y pagó **su atrevimiento** con la vida; pero antes de morir refirió cosas estupendas. Andando por aquella caverna adelante, había encontrado al fin unas galerías subterráneas e inmensas, alumbradas con un resplandor dudoso y fantástico, producido, por la fosforescencia de las rocas, semejantes allí a grandes pedazos de cristal cuajado de en mil formas caprichosas y extrañas. El suelo, **la bóveda** y las paredes de aquellos extensos salones, obra de la Naturaleza, parecían **jaspeados** como los mármoles más ricos; pero **las vetas** que los cruzaban eran de oro y plata, y entre aquellas vetas brillantes se veían como incrustadas multitud de piedras preciosas de todos los colores y tamaños. Allí había **jacintos** y **esmeraldas** en montón, y diamantes, y rubíes, y zafiros, y qué sé yo, otras muchas piedras desconocidas que él no supo nombrar; pero tan grandes y tan hermosas, que sus ojos **se deslumbraron** al contemplarlas. Ningún ruido exterior llegaba al fondo de la fantástica caverna; sólo se percibían a intervalos **unos gemidos** largos y lastimosos del aire que **discurría** por aquel laberinto encantado, un rumor confuso de fuego subterráneo que **hervía** comprimido, y murmullos de aguas corrientes que pasaban **sin saberse por dónde.**[10]

Después de leer

Preguntas de comprensión

En grupos de dos contesten las siguientes preguntas primero oralmente y después escriban sus respuestas.

1. ¿De dónde regresan las chicas? ¿Qué cargan en la cabeza?
2. Describe al tío Gregorio. Parece ser un hombre simpático. ¿Por qué?
3. ¿Qué quieren las chicas que haga el tío Gregorio?
4. ¿Qué consejo les da a las chicas el tío Gregorio?
5. Según el tío Gregorio, ¿qué pasa en el Moncayo y en el pueblo cuando llega el invierno?
6. ¿Quiénes son los espíritus diabólicos?

---

10 Without anyone knowing where.

7. Según el tío Gregorio, ¿por qué las chicas tienen que tener cuidado cuando buscan agua?
8. ¿Qué le pasó una vez a un pastor perdido?
9. ¿Qué vio el pastor? ¿Qué le pasó?

Preguntas de interpretación

En grupos de dos contesten las siguientes preguntas primero oralmente y después escriban sus respuestas.

1. En la literatura gótica española del siglo XIX, se encuentran los siguientes elementos:
   - un ambiente sobrenatural y misterioso
   - el bien versus el mal
   - bestias feroces
   - personajes sobrenaturales
   - lugares tenebrosos

   Busquen en el texto ejemplos específicos de las características del cuento gótico.
2. En su opinión, ¿este cuento le puede dar miedo a uno? Si creen que este cuento da miedo ¿qué estrategias literarias utiliza Bécquer para crear miedo y suspenso?
3. Si opinan que "El gnomo" no da miedo, entonces ¿qué estrategia debería utilizar Bécquer para crear un cuento que verdaderamente suscite miedo en su audiencia?

Actividades de escritura creativa

En grupos de dos, hagan las siguientes actividades. Su profesor/a revisará lo que han escrito y luego cada grupo presentará su trabajo al resto de la clase.

1. Son periodistas para *El cuento hispano*. Escriban una reseña de "El gnomo". ¿Qué cualidades ofrece este cuento? ¿Quién debería o no debería leer este cuento?
2. Son cineastas en Hollywood. Van a crear una nueva película de horror, "El gnomo". ¿A qué autores escogen para los siguientes roles?
   - el tío Gregorio
   - las muchachas
   - el gnomo
   - el pastor

   Describan en detalle cómo será el gnomo físicamente y dónde tendrá lugar la acción.

3. Juan Valera

(Cabra—Córdoba, 1824-Madrid, 1905)

Biografía e Información Literaria

Novelista, cuentista, poeta y crítico literario, estudia filosofía en el Seminario de Málaga (1837-1840). Se muda a Madrid para estudiar derecho. Sin embargo, después de terminar la carrera de derecho se va a Italia, el 16 de marzo de 1847. Allí, durante dos años tomará un puesto diplomático en Nápoles al lado del embajador, El Duque de Rivas—poeta y dramaturgo español, gran seguidor del romanticismo. Al final de su vida, Valera padece de ceguera.[1] Fallece el 18 de abril de 1905.

Juan Valera es un hombre muy culto. Además de escribir numerosas novelas, poemas, críticas literarias, obras teatrales y ensayos, también habla, lee y escribe francés, inglés, italiano y alemán.

A pesar de que Juan Valera sigue el movimiento romántico en la mayoría de sus escritos, el cuento "la muñequita" [2](1894) es sin embargo diferente. En este cuento folclórico,[3] Valera se burla de la vulgaridad[4] de esta narración corta y al mismo tiempo comunica su preocupación por las cuestiones de moralidad y ética.

---

1 Blindness.

2 "La muñequita" es una versión española del cuento folclórico internacional conocido como "The Biting Doll."

3 Folktale.

4 En 1894, Valera escribe otra versión menos vulgar que "La muñequita." Este nuevo cuento se titula "La buena fama." Para una comparación entre estos dos cuentos, leer el artículo "Juan Valera. De "La muñequita" a "La buena fama": un mismo cuento en dos versiones" por Montserrat Amores García.

Obras más importantes

Narrativa larga

1874 *Pepita Jiménez*

1875 *Las ilusiones del doctor Faustino*

1877 *El comendador Mendoza*

1878 *Pasarse de listo*

1879 *Doña Luz*

1895 *Juanita la Larga*

1897 *Genio y figura*

1899 *Morsamor*

Narrativa corta

1859 *Parsondes*

1860 *Florilegio de cuentos, leyendas y tradiciones vulgares*

1879 *El bermejino prehistórico*

1882 *Cuentos y diálogos*

1895 *La buena fama*

1894 *La muñequita*

1896 *Cuentos y chascarrillos andaluces*

1898 *Garuda o la cigüeña blanca*

1907 *Novelas y fragmentos*

1908 *Cuentos*

Teatro

1878 *Asclepigenia*

1878 *La venganza de Atahualpa*

1878 *Lo mejor del tesoro*

1880 *Estragos de amor y de celos*

1880 *Gopa*

Enlaces

Estudios críticos

En la página de la biblioteca Miralles se encuentran numerosos estudios realizados sobre Juan Valera.

http://www.bibliotecamiralles.org/escritores.html

Página de la Biblioteca Virtual Miguel de Cervantes. Puede encontrar su biografía, su obra y otros enlaces.

http://www.cervantesvirtual.com/bib_autor/Valera/

Fotografías

En la página de la Biblioteca Virtual Miguel de Cervantes, se encuentran numerosas fotografías del autor y de su familia.

http://www.cervantesvirtual.com/bib_autor/Valera/imagenes.shtml

Fotografías de la región de Andalucía.

http://cvc.cervantes.es/actcult/paisajes/andalucia/default.htm

Antes de leer

Para conversar

En grupos de dos, discutan las siguientes preguntas. ¡Ojo! ¡Sólo hablen español!

1. De niño/a, ¿tenían un juguete especial con el que pasaban mucho tiempo?
2. ¿Cuál es su cuento de hadas[5] favorito?
3. Si tuvieran una muñeca que habla, ¿qué harían con ella?

5 Fairy tale.

Palabras difíciles

a toda prueba: *foolproof*
acontecer: *to take place, to happen*
agarrar: *to grab*
el almocafre: *a hand tool used to remove weeds*
allanar: *to overcome obstacles*
el ándito: *outer corridor*
andrajoso/a: *ragged*
el ángel bienhechor: *a benefactor angel*
aseado: *clean, neat*
atracar: *to make someone eat and drink in excess*
el bicho: *insect*
el burro: *donkey*
las cogotudas hambrientas: *starving stuck-up ladies*
conjeturar: *to figure out*
conmutar la pena de muerte: *to commute death penalty*
la cortedad: *shyness*
el cuerpo: *body*
custodiarse: *to watch over*
el chambelán o gentilhombre: *noble who served the King in his chamber*
de quince abriles: *fifteen years old*
desahogarse: *to relieve oneself*
el destierro: *exile*
desvelado/a: *awake*
emplumado/a: *covered with feathers*
encallecerse: *to become callused*
la entereza: *integrity*
escardar: *to weed*
escarnecido/a: *ridiculed*
el esmero: *care*
el espumarajo: *foamy saliva*
estar a la mira: *to be on the lookout*
estar hecho/a un Argos: *Argus is a mythological person who has a hundred eyes. To be very vigilant.*
estrellarse: *to fail*
los faralaes bordados: *embroidered and flounced*
garbosito/a: *graceful*
el harapo: *rag*
el haza (fem.): *a part of a field where crops are planted*
el/la huésped: *guest*
los humos: *the airs*
insinuante: *suggestive*
lograr: *to achieve, to attain*
magullado/a: *bruised*
más bendita que el pan: *good—literally, "more blessed than the bread"*
menesteroso/a: *to be lacking the most basic in order to survive*
morganáticamente: *a marriage between one person who is of royal or noble rank and one who is of a lower social rank*
la muñeca: *doll*
el obstáculo: *obstacle*
el olfato: *sense of smell*
el paraninfo: *the man who gives away the bride*
pasmado/a: *stunned, amazed*
perpetuo/a: *perpetual*
por dicha: *luckily*
las prerrogativas anejas: *privilege*
procurar: *to try*
prometer su mano: *to promise to become the husband or wife*
rechazar: *to turn down*
reposado/a: *calm*
retraer: *to dissuade, to put off*
S. M.: *Su majestad, His Majesty*

sigiloso/a: *stealthy, secretive*
singularísimo/a: *very strange, exceptional*
tener a raya: *to keep at bay*
tieso/a: *stiff*
los títulos de escarnio: *insults*
tonti-locas: *tontas y locas*
trocar: *to exchange*
valerse: *to make use of*
la viuda: *widower*

Práctica del vocabulario

A. Completa el párrafo con las palabras apropiadas

la muñeca	pasmadas	prometer su mano
más bendita que el pan	la viuda	de quince abriles

Érase una vez una muchacha muy bonita y ______________ que vivía en un reino muy grande. Como ella era muy guapa y muy joven, sólo era ______________. Por eso, su madre no quería ______________ a ningún hombre todavía. Ella encontró un día una ______________ que tenía poderes fabulosos. La muchacha y su madre, quien era ______________ porque su esposo había muerto, se quedaron ______________ cuando la muñeca un día habló.

B. ¿Estás de acuerdo o no?

1. Si alguien te rechaza, te hace muy feliz.
2. Una persona sin hogar es menesterosa.
3. Una madre siempre protege a sus hijos, por eso está a la mira.
4. En el verano, hay muchos bichos.
5. Por dicha, la muchacha encontró la muñeca.
6. Es singularísimo que una muñeca hable.

C. Empareja cada palabra con su antónimo.

____	reposado/a	a. el atrevimiento
____	sigiloso/a	b. flojo/a
____	la entereza	c. dormido/a
____	la cortedad	d. inquieto/a
____	aseado/a	e. debilidad
____	tieso/a	f. sucio
____	desvelado/a	g. honrado/a
____	escarnecido/a	h. ruidoso/a

La muñequita (1894)

Juan Valera

Hace ya siglos que en una gran ciudad, capital de un reino, cuyo nombre no importa saber, vivía una pobre y honrada **viuda** que tenía una hija **de quince abriles**, hermosa como un sol y cándida como una paloma.

La excelente madre se miraba en ella como en un espejo, y en su inocencia y beldad juzgaba poseer una joya riquísima que **no hubiera trocado** por todos los tesoros del mundo.

Muchos caballeros, jóvenes y libertinos, viendo a estas dos mujeres tan **menesterosas**, que apenas ganaban hilando para alimentarse, tuvieron la audacia de hacer interesadas e indignas proposiciones a la madre sobre su hermosa niña; pero ésta las **rechazó** siempre con aquella **reposada entereza** que convence y **retrae** mil veces **más que una exagerada y vehemente indignación.**[6] Lo que es a la muchacha nadie se atrevía a decir los que suelen llamarse con razón atrevidos pensamientos. Su candor y su inocencia angelical **tenían a raya** a los más insolentes y desalmados. La buena viuda además estaba siempre **hecha un Argos**, velando sobre ella.

Aconteció, pues, que la fama de las rarísimas y altas calidades de la muchacha llegó a oídos del rey, el cual, como mozo y apasionado, quiso verla, y, habiéndola visto, se enamoró locamente. Su majestad **se valió**, según costumbre, de su primer ***chambelán*** **o** ***gentilhombre***, persona muy discreta, **sigilosa** e **insinuante**, para que interviniese en este negocio y **allanase obstáculos**; pero toda la habilidad de aquel experimentado **paraninfo** y todo el mar de dinero en que prometía hacer nadar a la viuda y a su hija fueron a **estrellarse** contra la inaudita virtud de ambas, más firme que una roca. El *ultimátum* con que se terminaron tan importantes negociaciones estaba concebido y expresado en estos términos por la buena de la viuda: "Si **S. M.** quiere venir a mi casa con el cura, que venga cuando guste; mi hija tendrá a mucha honra ser la reina, su esposa; pero si S. M. piensa que **ha de lograr algo de otra suerte,**[7] se equivoca muy mucho".

En una época de severas virtudes, ya que no de virtudes severas, de sentimientos democráticos, aquella contestación hubiera sido aplaudida; mas entonces había tal corrupción en las costumbres y era tal el espíritu aristocrático y de subordinación a las altas jerarquías sociales, que el rey, los cortesanos, las damas y pueblo todo, para no indignarse de **los humos** de la viuda y de su hija, determinaron reírse y declararlas **tonti-locas**, llamándolas ***las cogo-***

6 more than an exaggerated and violent outrage.

7 is to manage to get something in a different way.

***tudas hambrientas**, las reinas **andrajosas**, las pereciendo por su gusto* y otros dictados y **títulos de escarnio.** No podían las tristes tocar siquiera **el ándito** de la casa en que vivían sin verse poco menos que silbadas y abochornadas. Cuando iban a misa los domingos, decían las comadres al verlas pasar:

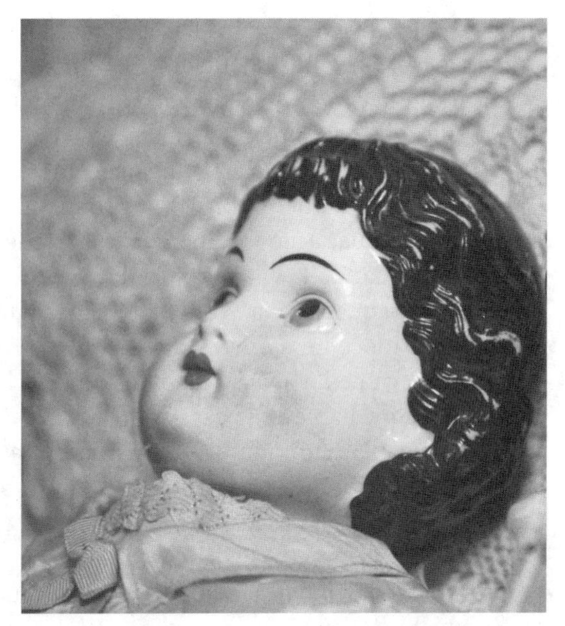

La muñeca en descanso.

—Ahí va la reina; miren qué majestad y qué entono. ¿Cómo puede ir tan **tiesa** con el estómago vacío?

Con lo cual y con otras frases del mismo género apuraban y hacían llorar a la chica, que era **más bendita que el pan**, y que no sabía soltar la lengua y contestarles su merecido.

Ella y su madre tenían una paciencia y una dulzura **a toda prueba** y nunca se exacerbaban con los malos tratamientos, ni se arrepentían de haber despreciado tan buena ocasión de hacerse ricas.

La muchacha, no contenta con ser sufrida y perdonar las injurias, era en extremo amorosa para con todos. A los mismos seres inanimados o al parecer inanimados se extendía su caridad. Amaba las flores, los árboles, las estrellas, las nubes y hasta las chinitas del río. A nadie le hacía daño, antes **procuraba** hacer todo el bien posible. Más esto no mejoraba, sino empeoraba su suerte. **No teniendo ya quién le diese qué hilar para mantenerse,**[8] tuvo que ir a trabajar al campo en compañía de su madre, donde ora cogiendo aceitunas, ora espigando, ora en otras más recias faenas, se tostaba su linda cara con los rayos del sol, **se encallecían** sus blancas y delicadas manos y se entristecía su alma, oyendo que de continuo la llamaban por mofa *la reina*.

Un día, esta infeliz, que estaba **escardando** en **una haza**, sacó de la tierra, al revolverla con **el almocafre**, una muñequita muy vieja, estropeada, sucia y desnuda; pero, en vez de despreciar a la muñequita y apartarla de sí con asco, la miró con la más tierna compasión, la tomó en sus brazos, la hizo mil cariños y se la llevó a su casa. Allí la lavó y la peinó con el mayor **esmero**, la cosió o curó las roturas o heridas que tenía en diferentes partes de su pequeño cuerpo

8 Since no one gave her any work in order for her to get by.

y la dejó como nueva. Con **los harapos** más limpios y vistosos que pudo hallar a mano le hizo, por último, un vestido si no elegante, **aseado y garbosito**.

La muñeca casi estaba bonita con sus recientes adornos y se diría que sonreía agradecida a su señora, la cual seguía queriéndola mucho, abrazándola y hasta acostándola consigo en la misma cama.

Animada la muñeca con los repetidos y extraordinarios favores que le prodigaba su ama, acabó de perder **la cortedad**, y por las noches, con mucho recato y cuando la viuda estaba durmiendo (porque la viuda dormía en el mismo cuarto que su hija), rompía a hablar y tenía con la muchacha las más agradables e inocentes conversaciones.

La muñeca pedía a veces algo de comer, y la muchacha buscaba para ella lo mejorcito que había en la casa.

Es innegable que todo esto tenía bastante de sobrenatural; mas para la candidez de la chica, única persona que lo sabía, lo natural y lo sobrenatural eran una misma cosa, que no despertaba en su espíritu ni sobresalto ni extrañeza.

Por dicha, la viuda, su madre, que sabía mucho más de las cosas del mundo, se quedó **desvelada** una noche, oyendo con asombro y admiración que hablaba la muñeca y, **conjeturando** que debía ser obra del diablo, determinó pegarla fuego en cuanto amaneciese.

La viuda hubiera indudablemente realizado tan cruel proyecto si su hija, con lágrimas y ruegos, no la hubiese disuadido. La muchacha no consiguió, sin embargo, quedarse con la muñeca en casa. La viuda no la había perdonado del todo, sólo había **conmutado la pena de muerte** que en un principio impuso, en la de **destierro perpetuo**.

La muñeca salió, pues, desterrada y fue a parar a casa de una primita de nuestra heroína, a quien ésta se la confió, rogándole que la cuidase mucho, que hablase con ella y que la diese de comer. La primita prometió hacerlo así, mas no por eso dejó de **estar a la mira** su verdadera dueña, que iba, de vez en cuando, a visitar a la muñeca que estaba en la nueva casa, cuando tuvo lugar un suceso, si no del todo inesperado, un poco extraordinario.

Ya se sabía que la muñeca se alimentaba, lo cual no deja de ser **singularísimo** en una muñeca; pero no se sabían las consecuencias que pudieran derivarse de la mencionada premisa, cuando una noche, estando la muñequita acostada con la prima, pidió, con voz clara e inteligible, lo que no siempre piden los niños pequeñuelos y **lo que tanto se agradece y celebra que tomen la costumbre de pedir.**[9] Hizo, en efecto, lo que pedía, donde a la prima le pareció más conveniente que lo hiciera, y ésta se quedó **pasmada** cuando advirtió que

9 One is so happy that a small child gets used to asking (to use the bathroom).

era oro purísimo en no muy menudos granos lo que la muñeca acababa de hacer.

A la mañana siguiente supo la novedad la madre de la prima, vio el oro, se inflamó su codicia y determinó no decir a sus parientes nada de lo acontecido, aprovechándose de la excelente propiedad de la muñequita para hacerse poderosa. Con este propósito fue al mercado, compró de las mejores cosas que había de comer y **atracó** de lo lindo a su encantada **huéspeda**. Aquella noche no le dejó dormir con su hija, sino que la acostó consigo, adornando la cama con una rica colcha de damasco que ponía en el balcón los días de procesión y con sábanas finas de **faralaes bordados**.

A media noche pidió la muñequita lo que había pedido la noche anterior. La mujer, que esperaba el oro con impaciencia y que para verlo había dejado el candil encendido, le contestó: «Hazlo ahí, mis amores», y no bien lo dijo, la muñequita empezó a hacerlo en gran abundancia. Pero, ¿cuál no sería la ira de aquella avarienta mujer, cuando notó, vio y olió, en vez de la materia que esperaba, otra del todo diversa y desagradable al **olfato**? En su furor, agarró por una pierna a la muñequita y la dio de golpes contra las paredes. Abriendo, por último, la ventana de su alcoba, la tiró por ella con violencia tan prodigiosa, que la pobre muñequita anduvo por el aire más de tres o cuatro minutos y fue al cabo a dar con su **magullado cuerpo** en el corral del palacio.

Llegó en esto la mañana, y el rey, que solía entregarse a los mayores excesos sin respeto a Dios ni a los hombres, se despertó harto mal de salud, y, como es natural, bajó al corral a **desahogarse** un poco. Se ignora si fue casualidad o providencia, pero es lo cierto que el rey se puso a hacer lo que era necesario justamente encima de la muñeca.

Allí fue ella. La muñequita, incomodada, **le agarró un bocado feroz.**[10] Su majestad creyó que era algún **bicho** y salió corriendo y gritando, porque le dolía lo que no es decible. Vinieron todos los cirujanos de cámara y no pudieron conseguir que la muñequita soltase su presa. El rey ponía el grito en el cielo y a cada momento se sentía peor. La reina madre estaba tan desconsolada, que se la podía ahogar con un cabello. Todos empezaron a temer por la vida del rey.

Entonces no hubo más remedio que publicar un bando en el cual se decía que se darían los premios más exorbitantes al hombre que curase al rey y que éste, arrepentido ya de su mala vida, quería casarse, si Dios le sacaba con bien de aquella enfermedad, y **prometía su mano de esposo**, no ***morganáticamente***, sino con todas las **prerrogativas anejas**, a cualquiera mujer que tuviese virtud bastante para libertarle de aquella odiosa muñequita, que no le

10 She bit him ferociously and did not let go.

dejaba tomar asiento en el trono y que le tenía postrado en la cama echando **espumarajos** por la boca, como hombre entregado a todos los diablos.

No hay que jurarlo para que todos lo crean. Era un diluvio de personas de ambos sexos las que, incitadas de tan enormes recompensas, vinieron a curar al rey; pero fue en vano; ninguna lo consiguió. Al fin, nuestra pobre amiga, la **escarnecida** ama de la muñeca, más por caridad y singular afecto que al rey tenía, a pesar del delito de éste en quererla seducir y en burlarse de ella, no habiéndolo logrado, que con intención de llegar a ser reina vino a palacio como **un ángel bienhechor**, tocó a la muñequita, la habló cariñosamente y la muñequita soltó lo que tan apretado tenía.

Agradecido el rey, a tanto favor, se casó con nuestra amiga. Así triunfó su virtud y su inocencia. Los que por burla la llamaban reina, tuvieron que llamarla reina de veras. A la excelente viuda la hicieron princesa de la sangre, con título de alteza serenísima. Al primer *chambelán* o *gentil-hombre* lo pasearon por la ciudad, caballero **en un burro y emplumado**. Y en cuanto a la muñequita, sólo tenemos que añadir que, cumplida ya su *misión*, dejó de hablar, de morder y de hacer las demás operaciones impropias de una muñeca. La reina, sin embargo, la conservó cuidadosamente vestida con riquísimos trajes.

Aun en el día, después de tantos siglos como han pasado, la muñeca **se custodia** y muestra a los viajeros en el museo de antigüedades de la capital en que estas cosas acontecieron.

Viena, 1894.

Después de leer

Preguntas de comprensión

En grupos de dos contesten las siguientes preguntas primero oralmente y después escriban sus respuestas.

1. ¿Quiénes son las protagonistas? ¿Dónde viven y en qué época tiene lugar la historia?
2. ¿Cómo es físicamente la muchacha? Describan su situación financiera.
3. ¿Qué opina el rey de la muchacha? ¿Qué quiere él y cuál es la reacción de la viuda?
4. ¿Cómo reacciona la gente del pueblo ante la actitud de la viuda?
5. ¿Cómo trata la muchacha a su muñeca?
6. ¿Por qué es especial la muñeca?
7. ¿Qué hace la viuda un día con la muñeca de su hija?
8. ¿Qué descubre la prima sobre la muñeca?

9. ¿Por qué la tía de la protagonista tira la muñeca por la ventana?
10. ¿Qué hace la muñeca con el rey?
11. ¿Qué pide el rey?
12. ¿Cómo termina el cuento?

Preguntas de interpretación

En grupos de dos contesten las siguientes preguntas primero oralmente y después escriban sus respuestas.

1. Describan la personalidad de la muchacha.
2. Describan la personalidad de la viuda.
3. Analicen el papel de la muñeca en el cuento. Piensen en cada ocasión, cómo reacciona la muñeca al trato que le dan.[11]
   - La muñeca y la muchacha
   - La muñeca y la viuda
   - La muñeca y la tía de la muchacha
   - La muñeca y el rey
4. ¿De qué manera es la muñeca un vehículo para el éxito final de la muchacha?
5. ¿Qué posibles mensajes nos quiere comunicar Juan Valera a través de este cuento?

Actividades de escritura creativa

En grupos de dos, hagan las siguientes actividades. Su profesor/a revisará lo que han escrito y luego cada grupo presentará su trabajo al resto de la clase.

1. La muñeca además de poder hablar, también sabe escribir. Ella le escribe una carta a la joven. ¿Qué le cuenta en su carta?
2. Imagínense cómo es la vida en el reino ahora que la muchacha es reina. ¿Cuáles son algunos cambios sociales que ella hace?
3. Los llaman desde Hollywood. Quieren hacer una película de "La muñequita". ¿Qué actores escogerían ustedes para los siguientes roles y por qué?
   - la muñequita (qué tipo de muñeca sería)
   - la muchacha
   - la viuda
   - la tía de la muchacha
   - el rey

11 how she reacts to the way she is being treated.

4. Emilia Pardo Bazán

(La Coruña, 1851-Madrid, 1921)

Biografía e Información Literaria

Nace en La Coruña, España en 1851. Como es hija única, ella recibe una educación estelar. Desde muy joven, lee obras literarias y se dedica a escribir poemas y cuentos. A los nueve años escribe su primer poema y a los quince años, su primer cuento "Un matrimonio del siglo XIX".

Se casa muy joven, a los 16 años de edad, con José Quiroga un estudiante de derecho. Justo después de casarse estalla la revolución de 1868—un levantamiento contra la reina Isabel II. En 1873, con su esposo y sus padres salen de España para mudarse a Francia. Aprovechan para viajar a varios países europeos. Este viaje suscita en ella el deseo de aprender varios idiomas. Ella aprende inglés, francés y alemán. Durante su estancia en Francia, descubre **el naturalismo**, movimiento literario empezado por el novelista francés Emile Zola y conoce personalmente a Víctor Hugo. En 1876, nace su primer hijo, Jaime. En 1882, nace su hija, Carmen.

Pardo Bazán es una figura literaria tan conocida en España que el Rey Alfonso XIII le da el título de Condesa. En 1916, es nombrada catedrática de Literatura Contemporánea de Lenguas Neolatinas en la Universidad Central por el ministro de instrucción pública.

El 12 de mayo de 1921, la Condesa Emilia Pardo Bazán fallece por una complicación de diabetes.

Su obra literaria y el naturalismo

El cuento "El pañuelo" ("Pluma y lápiz", número 30, 1901) ilustra perfectamente la corriente literaria naturalista. La situación familiar y económica de la joven protagonista y finalmente su destino trágico son características típicas de la narrativa naturalista.

A pesar de que se dedica a todos los géneros literarios—poesía, ensayo, cuento, artículos críticos y hasta teatro—Emilia Pardo Bazán es, ante todo, conocida como novelista.

Ella introduce en España la corriente literaria **naturalista. El naturalismo** es un movimiento literario empezado por el novelista francés Emile Zola.

Las características del naturalismo

- La novela naturalista retrata el ser humano y su vida con una fidelidad científica.
- Hay una exageración de los aspectos feos de los seres humanos.
- Se cree que la vida del ser humano es determinada por la herencia y el medio ambiente. Hay que luchar para sobrevivir.
- Siempre se representan las personas que pertenecen a las clases más bajas de la sociedad.

Obras más importantes

Narrativa larga

1881 *Un viaje de novios*

1883 *La cuestión palpitante*

1883 *La Tribuna*

1886 *Los pazos de Ulloa*

1887 *La madre naturaleza*

1891 *La piedra angular*

Narrativa corta

1891 *Cuentos de Marineda*

1896 *Cuentos de Navidad y Reyes*

1911 *Cuentos de amor*

Enlaces

Estudios críticos

En la página de la biblioteca Miralles, se puede encontrar numerosos estudios realizados sobre Emilia Pardo Bazán.[1]

http://www.bibliotecamiralles.org/escritores.html

En la página de la Biblioteca Virtual Miguel de Cervantes, se puede encontrar información sobre su vida y su obra:

http://www.cervantesvirtual.com/bib_autor/Pardo_Bazan/

También, se puede consultar la página por Michelle Wilson de Michigan State University:

http://www.terra.es/personal6/bardonmanuela/p.htm

Fotografías

En la página de la Biblioteca Virtual Miguel de Cervantes, se puede ver fotografías de la región de Galicia:

http://cvc.cervantes.es/actcult/paisajes/galicia/default.htm

Fotografías de la autora y de su familia.

http://www.cervantesvirtual.com/bib_autor/Pardo_Bazan/retazos_flash.shtml

Antes de leer

Para conversar

En grupos de dos, discutan las siguientes preguntas. ¡Ojo! ¡Sólo hablen español!

1. Cuando eras más joven o recientemente, ¿trabajaste muy duro para poder comprarte algo que te gustaba mucho? ¿Qué trabajo hiciste? ¿Qué te compraste?
2. ¿Cómo te sentiste después?
3. ¿Pondrías tu seguridad o tu vida en peligro para poder lograr algo que es muy importante para ti? Si contestas positivamente, da más detalles.

---

1 Creada por Enrique Miralles, Profesor de Literatura Española en la Universidad de Barcelona.

Palabras difíciles

Todas las palabras que están escritas en itálico en el texto son modismos de la región del norte de España.

ahogado/a: *drowned*
el andrajo: *old and dirty piece of clothing*
apañar: *to hook*
arracimarse: *to gather, to be around*
arrastrar: *to drag down*
arremangarse: *to roll up*
a todo tronar: *a lot*
colmarse de: *to be filled with*
la Cuaresma: *Lent*
la chicuela: *the young girl*
desprender: *to cut off*
echar de cara: *to throw someone face down*
en el colo: *against her breasts*
el escollo: *rock*
el esmero: *great care, very cautiously*
el/la huérfano/a: *orphan*
incorporarse: *to get up*
lucir: *to show off*
un mamón ajeno: *someone else's baby*
la manecita: *little hand*
la marea: *tide*
mercar: *to buy, to acquire*
el paje: *a convex basket*
el pañuelo: *shawl*
patullar: *to stomp around*
percebitos (percebe): *a type of shellfish that is attached to rocks close to the ocean shore*
dos perrillas: *currency*
las pescantinas: *the women who sell fish at the market.*
piñas de percebes: *a group of shellfish that is attached to rocks close to the ocean shore*
el primer lance bueno: *a first good catch*
el trapo: *piece of cloth*
rechoso/a: *chubby*
rehusar: *to refuse*
rematado/a: *topped off with*
la saya: *skirt*
sorber: *to swallow*
la teja: *sweet made with flour and sugar*
uñas lívidas: *nearly purple mollusk that lives on rocks*
zozobrar: *to capsize*

Práctica del vocabulario

A. Empareja cada palabra con la definición que le corresponde.

____ el pañuelo
____ el/la huérfano/a
____ zozobrar
____ ahogado/a
____ el esmero

a. ponerse de pie
b. vestirse y adornarse con cuidado
c. pisar con fuerza y desatentadamente
d. naufragar
e. un niño o una niña a quien se le murió el padre y la madre

____	el andrajo	f. llevar a alguien o algo por el suelo, tirando de él o de ello
____	el trapo	g. trozo de tela usada para abrigarse o como accesorio de moda
____	lucir	h. con mucho cuidado
____	patullar	i. pedazo de tela desechado.
____	incorporarse	j. persona que muere por no respirar, especialmente en el agua
____	arrastrar	k. prenda de vestir vieja, rota o sucia.

B. Empareja las palabras con su sinónimo.

____	arracimarse	a. llenarse de
____	desprender	b. tragar
____	la saya	c. dulces
____	colmarse de	d. una canasta curvada
____	el escollo	e. juntarse
____	sorber	f. negarse a
____	la teja	g. piedras
____	el paje	h. la falda
____	rehusar	i. cortar

C. ¿Cierto o falso?

____ 1. Un pañuelo es un trozo de tela para protegerse del frío o que uno se pone porque está de moda

____ 2. Un niño huérfano vive con sus padres

____ 3. Si tu barco zozobra y no sabes nadar, te puedes ahogar

____ 4. Las pescantinas son peces pequeños que viven en el Atlántico

____ 5. Una persona que te echa de cara en el suelo es buena persona

____ 6. Los chicos suelen ponerse una saya

____ 7. Es muy elegante llevar un trapo

____ 8. Si no se sabe nadar, se puede sorber el agua del mar

____ 9. Después de caerse el chico, normalmente se incorpora

____ 10. Los peces se arraciman en los lugares donde hay comida

El pañuelo (1901)

Emilia Pardo Bazán

Cipriana se había quedado **huérfana** desde aquella vulgar desgracia que nadie olvida en el puerto de Areal: una lancha que **zozobra**, cinco infelices **ahogados** en menos que se cuenta… Aunque la gente de mar no tenga asegurada la vida, ni se alabe de morir siempre en su cama, una cosa es eso y **otra que menudeen lances así.**[2] La racha dejó sin padres a más de una docena de chiquillos; pero el caso es que Cipriana tampoco tenía madre. Se encontró a los doce años, sola en el mundo… en el reducido y pobre mundo del puerto.

Era temprano para ganarse el pan en la próxima villa de Marineda; tarde para que nadie la recogiese. ¡Doce años! Ya podía trabajar la mocosa… Y trabajó, en efecto. Nadie tuvo que mandárselo. Cuando su padre vivía, la labor de Cipriana estaba reducida a encender el fuego, arrimar el *pote* a la lumbre, lavar y retorcer la ropa, ayudar a tender las redes, coser los desgarrones de la camisa del pescador. Sus **manecitas** flacas alcanzaban para cumplir la tarea, con diligencia y precoz **esmero**, propio de mujer de su casa. Ahora, que no había *casa*, faltando en que traía a ella la comida y el dinero para pagar la renta, Cipriana se dedicó a servir. Por una taza de caldo, por un puñado de paja de maíz que sirviese de lecho, por unas **tejas,** y sobre todo por un poco de calor de compañía, la chiquilla cuidaba de la lumbre ajena, lindaba las vacas ajenas, tenía **en el colo** toda la tarde un **mamón ajeno**, cantándole y divirtiéndole, para que esperase sin impaciencia el regreso de la madre.

Cuando Cipriana disponía de un par de horas, se iba a la playa. Mojando con delicia sus curtidos pies en las *pozas* que deja al retirarse la marea, recogía mariscada, cangrejos, mejillones, lapas, *nurichas,* almejones, y vendía su recolección por una o dos **perrillas**, a las *pescantinas* que iban a Marineda. En un **andrajo** envolvía su tesoro y lo llevaba siempre en el seno. Aquello era para mercar un pañuelo de la cabeza… ¿Qué se habían ustedes figurado? **¿Qué no tenía Cipriana sus miajas de coquetería?**[3]

Sí, señor. Sus doce años se acercaban a trece, y en las *pozas,* en aquel agua tan límpida y tan clara, que espejeaba al sol. Cipriana se había visto cubierta la cabeza con un **trapo** sucio… El pañuelo es la gala de las mocitas en la aldea, su lujo, su victoria. **Lucir** un pañuelo majo, de colorines el día de fiestas; un pañuelo de seda azul y naranja… ¿Qué no haría **la chicuela** por conseguirlo? Su padre se lo tenía prometido para **el primer lance bueno;**[4] ¡y quién sabe si el

---

2 … that such things happen so often.

3 Are you telling me that she was not into flirting?

4 A first good opportunity.

Mar tenebroso.

ansia de regalar a la hija aquel pedazo de seda charro y vistoso había impulsado al marinero e echarse a la mar en ocasión de peligro!

Sólo que, para **mercar** un pañuelo así, se necesita juntar mucha perrilla. Las más veces, **rehusaban las pescantinas** la cosecha de Cipriana. ¡Valiente cosa! ¿Quién cargaba con tales porquerías? Si a lo menos fuesen unos **percebitos**, bien gordos y ***rechosos***, ahora que se acercaba **la Cuaresma** y los señores de Marineda pedían marisco **a todo tronar**. Y señalando a un **escollo** que solía cubrir el oleaje, decían a Cipriana:

—Si **apañas** allí una buena cesta, te damos dos reales.

¡Dos reales! Un tesoro. Lo peor es que para ganarlo era menester andar listo. Aquel escollo rara vez y por tiempo muy breve se veía descubierto. Los enormes percebes que **se arracimaban** en sus negros flancos, disfrutaban de gran seguridad. En las mareas más bajas, sin embargo, se podía llegar hasta él. Cipriana se armó de resolución; espió el momento; **se arremangó la saya** en un rollo a la cintura, y provista de cuchillo y un ***paje*** o cesto ligeramente convexo, echose a **patullar** ¿Qué podría ser? ¿Qué subiese **la marea** deprisa? Ella correría más… y se pondría en salvo en la playa.

Y descalza, trepando por las desigualdades del escollo, empezó, ayudándose con el cuchillo, a **desprender** piñas de percebes. ¡Qué hermosura! Eran como dedos rollizos. Se ensangrentaba Cipriana las manitas, pero no hacía caso. El *paje* **se colmaba** de piñas negras, **rematadas** por centenares de **lívidas uñas** …

Entretanto subía la marea. Cuando venía la ola, casi no quedaba descubierto más que el pico del escollo. Cipriana sentía en las piernas el frío glacial del agua. Pero seguía desprendiendo percebes: era precioso llenar el cesto a tope, ganarse los dos reales y el pañuelo de colorines. Una ola furiosa la tumbó, **echándole de cara** contra la peña. **Se incorporó** media risueña, media asustada... ¡Caramba, qué marea tan fuerte! Otra ola azotadora, la volcó de costado. Y la tercera, la ola grande, una montaña líquida, la **sorbió** la **arrastró** como a una paja, sin defensa entre un grito supremo... Hasta tres días después no salió a la playa el cuerpo de la huérfana.

Después de leer

Preguntas de comprensión

En grupos de dos contesten las siguientes preguntas primero oralmente y después escriban sus respuestas.

1. Lean el primer párrafo y contesten lo siguiente: ¿Dónde tiene lugar la acción? Describan la situación familiar de Cipriana. ¿Qué tipo de vida parece tener Cipriana?
2. Miren el segundo párrafo del texto. ¿Qué tipo de trabajo hace Cipriana? ¿Qué recibe a cambio de su trabajo?
3. ¿Qué le gusta hacer a Cipriana en su tiempo libre?
4. ¿Qué desea comprarse Cipriana? ¿Por qué es muy importante para ella conseguir este objeto?
5. ¿Cómo podría Cipriana conseguir dos reales?
6. Describan la escena cuando entra en el mar para recoger los percebes.
7. ¿Qué pasa cuando está recogiendo los percebes?
8. ¿Cómo termina el cuento? ¿Cómo muere la joven protagonista?

Preguntas de interpretación

En grupos de dos contesten las siguientes preguntas primero oralmente y después escriban sus respuestas.

1. Lean nuevamente la descripción que se ofrece del movimiento literario *el naturalismo*. Busquen ejemplos específicos en el cuento "El pañuelo" que son típicos de la narrativa naturalista.
2. ¿Les gusta o no les gusta este cuento? ¿Cuáles son los aspectos que les gustan y cuáles son los que no les gustan? ¿Cómo se sintieron al leer "El pañuelo"?

3. ¿Qué tipo de relación parece tener Cipriana con la gente del pueblo? ¿Por qué creen que ella tiene esta relación? Busquen ejemplos específicos en el texto para apoyar su opinión.
4. ¿Qué tipo de personalidad tiene Cipriana? Busquen ejemplos específicos en el texto para apoyar su opinión.
5. Expliquen el simbolismo del "pañuelo de colorines" en el cuento. ¿Qué puede simbolizar este artículo de ropa?
6. Si consideran nuevamente el movimiento literario naturalista, expliquen cuál puede ser un posible símbolo de la marea que sube y de las olas del mar que al final le quitan la vida a la protagonista.
7. El cuento termina con la frase "hasta tres días después no salió a la playa el cuerpo de la huérfana". Expliquen el efecto que tiene este final.

Actividades de escritura creativa

En grupos de dos, hagan las siguientes actividades. Su profesor/a revisará lo que han escrito y luego cada grupo presentará su trabajo al resto de la clase.

1. El final de "El pañuelo" es trágico. Cambien el final a uno que sea más positivo.
2. Escríbanle una carta a Emilia Pardo Bazán explicándole por qué les gustó o no les gustó este cuento.
3. Desde el cielo, Cipriana le escribe una carta a su papá (que está en "otra sección" del cielo). ¿Qué le dice?
4. Una semana después de la muerte de Cipriana, la gente del pueblo publica una dedicatoria en el periódico local. Escríbanla.

5. Miguel de Unamuno y Jugo

(Bilbao, 1864-Salamanca, 1936)

Biografía e Información Literaria

Escritor, poeta y filósofo, estudia Letras y Filosofía en la Universidad de Madrid. Obtiene su licenciatura[1] a los 19 años y su doctorado[2] a los 20 años. El 31 de enero de 1891 se casa con Concha Lizárraga. En 1901, se muda a Salamanca para ser profesor de griego y es nombrado rector de la Universidad de Salamanca. Unamuno es un hombre con fuertes ideas políticas. Por enfrentarse numerosas veces al Rey Alfonso XIII y al dictador Miguel Primo de Rivera, le quitan el puesto de Rector, y es desterrado[3] a Francia. En 1930, al caer el régimen de Primo de Rivera, Unamuno regresa a Salamanca. En 1931, recupera su puesto académico de rector. Cuando empieza la guerra civil española, Miguel de Unamuno es arrestado y encerrado en su casa donde muere de repente el 31 de diciembre de 1936.

Es autor de numerosas obras en varios géneros. Escribe poesía, teatro, ensayo, novela, *nívolas*[4] y cuentos cortos. Una de sus obras maestras que fue traducida a numerosos idiomas es *Niebla* (1914). En *Niebla*, se ilustra la preocupación de Unamuno con el lugar que el ser humano tiene en el universo. Se describe la lucha existencial de su protagonista principal, Augusto Pérez. Augusto, quien está perdido en la niebla existencial, sufre un gran fracaso amoroso cuando su amada Eugenia lo rechaza. Infeliz con su vida, Augusto

1 B.A.

2 PhD.

3 exiled.

4 La *nívola* es un género inventado por Unamuno. Es una narración larga en la que, según Unamuno, los personajes son vivos y quieren descubrir su identidad. En las *nívolas* de Unamuno hay un juego entre la realidad y la ficción. El autor español se refiere a los personajes de sus *nívolas* como *reales*.

toma el tren para Salamanca con el propósito de hablar con el autor de *su* novela (la novela de su vida), Miguel de Unamuno.

Miguel de Unamuno tiene numerosas preocupaciones filosóficas: la inmortalidad, la lucha del individuo por realizarse, la fe en Dios y la procreación. Algunos de estos temas aparecen en el cuento "El amor que asalta" (*El espejo de la muerte. Novelas cortas* Madrid, Renacimiento, 1913) en el que el protagonista Anastasio está buscando el amor y el significado de la vida.

Obras más importantes

1895 *En torno al casticismo*

1897 *Paz en la guerra*

1902 *Amor y pedagogía*

1910 *Mi religión y otros ensayos*

1911 *Soliloquios y conversaciones*

1913 *Del sentimiento trágico de la vida en los hombres y en los pueblos*

1914 *Niebla*

1917 *Abel Sánchez*

1920 *Tres novelas ejemplares y un prólogo*

1921 *La tía Tula*

Enlace

La Biblioteca virtual Miguel de Cervantes ofrece una biografía breve de Miguel de Unamuno.

http://cvc.cervantes.es/actcult/obras/literatura_xx/descripcion_autores.htm#Miguel%20de%20Unamuno.

Para entender mejor

Un poco de información

Para entender el texto mejor, es necesario subrayar lo siguiente.

- El nombre del protagonista *Anastasio* significa "nacido nuevamente, resucitado".
- El nombre *Eleuteria* es de origen griego y significa "libre".
- *Eclesiastés* es uno de los libros del Antiguo testamento.

- *Aliseda*: un pueblo de unos 2500 habitantes que se sitúa en la región española de Extremadura. El *Tesoro de Aliseda* es de un período anterior a Cristo. Se compone de una diadema y de unos anillos.

Antes de leer

Para conversar

En grupos de dos, discutan las siguientes preguntas. ¡Ojo! ¡Sólo hablen español!

1. Describan su compañero/a romántico/a ideal. ¿Qué cualidades tiene esta persona?
2. ¿Piensan que sólo existe una persona "correcta" para nosotros en el mundo o es posible que haya numerosas personas con quienes somos compatibles?
3. Nadie es perfecto. ¿Qué defectos pueden aceptar de su compañero/a? ¿Cuáles son los defectos que no son aceptables para nada?
4. ¿Cómo definen el amor? ¿Qué es el amor para Uds.? ¿Creen que hay muchos tipos de amor? ¿Cuáles son?
5. Piensan que se puede vivir felizmente sin nunca encontrar "su alma gemela" o es necesario ser amado/a y amar para sentirse satisfecho/a en la vida.
6. En su opinión, ¿cuándo se está listo emocionalmente para tener una relación romántica exitosa?

Palabras difíciles

la amatoria: *love*
arrastrar: *to drag*
el arrobamiento: *ecstasy*
bastarle a uno: *something to be enough for someone*
borrarse: *to be erased*
cabal y entero: *honest and upright*
el cendal: *gauze*
conchabar: *to plot*
el consuelo: *comfort*
cuchichear: *to whisper*
desasosegar: *to disturb*
desflecar: *to fray*
el deshacimiento: *worry*
la diestra: *right hand*
embozarse: *to hide*
endiosar: *to deify*
escarbar: *to rummage around*
febril: *feverish*
la vulgarísima fonda: *a cheap inn*
el fondista: *the owner of the cheap inn*
fumigar: *to spray*
hecho y derecho: *full-grown, full-fledged*

la huesa: *a grave*
el jirón: *shred*
leve: *light*
la luna de miel: *honeymoon*
mejer (mezclar): *to mix*
la mocedad: *youth*
palidecer: *to go pale*
pavoroso/a : *horrific*
perito/a: *skilled, expert*
el recinto: *premises*
restregarse: *to rub*
el sino: *fate*
sobrenadar: *to stay above water*
temblar: *to shake*
tocar a rebato: *to beat very strongly as a sign of an imminent danger*
vacuo : *empty*
el vahído: *dizzy spell*
la vejez: *old age*

Práctica del vocabulario

A. ¿Cierto o falso?

____ 1. La mayoría de las personas escriben con la diestra
____ 2. La luna de miel suele ser un momento pavoroso para muchas personas
____ 3. Si alguien está triste, es bueno ofrecerle consuelo
____ 4. Si estás enfermo, es posible que palidezcas
____ 5. Dormir en una fonda suele ser muy caro
____ 6. Cuchichear es un sinónimo de gritar
____ 7. Cuando una persona tiene mucho calor, suele temblar

B. Empareja cada palabra con la definición que le corresponde.

____ la mocedad	a. una persona que es experta
____ la vejez	b. estar preocupado
____ perito/a	c. una persona que es muy joven
____ el deshacimiento	d. que tiene fiebre
____ febril	e. una persona que es anciana
____ el vahído	f. disimular
____ embozarse	g. mareo

C. Empareja cada palabra con su antónimo.

____ vacuo/a	a. descubrir
____ borrar	b. pesado/a
____ perito/a	c. indiferencia
____ embozar	d. deshonesto/a

____	leve	e. escribir
____	cabal	f. corrompido/a
____	entero/a	g. incompetente
____	arrobamiento	h. lleno/a

El amor que asalta (1913)

Miguel de Unamuno

¿Qué es eso del Amor, de que están siempre hablando tantos hombres y que es el tema casi único de los cantos de los poetas? Es lo que se preguntaba **Anastasio.**[5] Porque él nunca sintió nada que se pareciese a lo que llaman Amor los enamorados. ¿Sería una mera ficción, o acaso un embuste convencional con que las almas débiles tratan de defenderse de la vaciedad de la vida, del inevitable aburrimiento? Porque eso sí, para **vacuo** y aburrido, y absurdo y sin sentido, no había, en sentir de Anastasio, nada como la vida humana.

Arrastraba el pobre Anastasio una existencia lamentable, sin estímulo ni objetivo para el vivir, y cien veces se habría suicidado si no aguardase, con una oscura esperanza a prueba de un continuo desengaño, que también a él le llegase alguna vez a visitar el Amor. Y viajaba, viajaba en su busca, por si cuando menos lo pensase **le acometía de pronto en una encrucijada del camino.**[6]

Ni sentía codicia de dinero, disponiendo de una modesta pero para él más que suficiente fortuna, ni sentía ambición de gloria o de honores, ni anhelo de mando y poderío. Ninguno de los móviles que llevan a los hombres al esfuerzo le parecía digno de esforzarse por él, y no encontraba tampoco el más **leve consuelo** a su tedio mortal ni en la ciencia, ni en el arte, ni en la acción pública. Y leía el **Eclesiastés**[7] mientras esperaba la última experiencia, la del Amor.

Habíase dado a leer a todos los grandes poetas eróticos, a los analistas del amor entre hombre y mujer, las novelas todas **amatorias**, y descendió hasta esas obras lamentables que se escriben para los que aún no son hombres del todo y para los que dejaron en cierto modo de serlo: se rebajó hasta **escarbar** en la literatura pornográfica. Y es claro, aquí encontró menos aún que en otras partes huella alguna del Amor.

Y no es que Anastasio no fuese hombre **hecho y derecho**; **cabal y entero** y que no tuviese carne pecadora sobre los huesos. Sí, hombre era como

5 Significa nacido nuevamente, resucitado.

6 he would suddenly be struck by it at some crossroads.

7 Libro del Antiguo testamento en el cual se trata de la búsqueda del significado de la vida, de la vanidad del placer y del afán humano.

los demás, pero no había sentido el amor. Porque no cabía que fuese amor la pasajera excitación de la carne que olvida la imagen provocadora. Hacer de aquello el terrible dios vengador, el consuelo de la vida, el dueño de las almas, **parecíale**[8] un sacrilegio, tal como si se pretendiese **endiosar** al apetito de comer. Un poema sobre la digestión es una blasfemia.

No, el Amor no existía en el mundo para el pobre Anastasio. Leyó y releyó la leyenda de Tristán e Iseo, y le hizo meditar aquella terrible novela del portugués Camilo Castello Branco: A mulher fatal. "¿Me sucederá así?—pensaba— ¿Me arrastrará tras de sí, cuando menos lo espere y crea, la mujer fatal?" Y viajaba, viajaba en busca de la fatalidad ésta.

"Llegará un día—se decía—en que acabe de perder esta vaga sombra de esperanza de encontrarlo, y cuando vaya a entrar en la **vejez**, sin haber conocido ni **mocedad** ni edad viril, cuando me diga: ¡ni he vivido ni puedo ya vivir!, ¿qué haré? Es un terrible **sino** que me persigue, o es que todos los demás **se han conchabado** para mentir". Y dio en pesimista.

Ni jamás mujer alguna le inspiró amor, ni creía haberlo él inspirado. Y encontraba mucho más **pavoroso** que no poder ser amado el no poder amar, si es que el amor era lo que los poetas cantan. ¿Pero sabía él, Anastasio, si no había provocado pasión escondida alguna en pecho de mujer? ¿No puede acaso encender amor una hermosa estatua? Porque él era, como estatua, realmente hermoso. Sus ojos negros, llenos de un fuego de misterio, parecían mirar desde el fondo tenebroso de un **tedio henchido de ansias**;[9] su boca se entreabría como por una sed trágica; en todo él palpitaba un destino terrible. Y viajaba, viajaba desesperado, huyendo de todas partes, dejando caer su mirada en las maravillas del arte y de la naturaleza, y diciéndose: ¿Para qué todo esto?

Era una tarde serena del tranquilo otoño. Las hojas, amarillas ya, se desprendían de los árboles e iban envueltas en la brisa tibia a **restregarse** contra la yerba del campo. El sol se **embozaba** en un **cendal** de nubes que se **desflecaban** y deshacían en **jirones**. Anastasio miraba desde la ventanilla del vagón cómo iban desfilando las colinas. Bajó en la estación de **Aliseda**[10] donde daban a los viajeros tiempo para comer, y fuese al comedor de la fonda, lleno de maletas.

Sentóse distraídamente y esperó que le trajesen la sopa. Más al levantar los ojos y recorrer con ellos distraídamente la fila de los comensales, tropezaron con los de una mujer. En aquel momento metía ella un pedazo de manzana en su boca, grande, fresca y húmeda. Claváronse uno a otro las miradas

8 le parecía.

9 boredom filled with longing.

10 Aliseda es un un pueblo de unos 2500 habitantes que está en la región española de Extremadura. En este pueblo se encuentra El Tesoro de Aliseda—una diadema y unos anillos. Es de un período anterior a Cristo.

y **palidecieron** y al verse palidecer palidecieron más aún. Palpitábanles los pechos. La carne le pesaba a Anastasio; un cosquilleo frío le **desasosegaba**.

Ella apoyó la cara en **la diestra** y pareció que le daba **un vahído**. Anastasio entonces, sin ver en **el recinto** nada más que a ella, mientras el resto del comedor se esfumaba, se levantó tembloroso, se le acercó y con voz seca, sedienta, ahogada y temblona le **cuchicheó** casi al oído:

—¿Qué le pasa? ¿Se pone mala?

— ¡Oh, nada, nada; no es nada..., gracias...!

—A ver...—añadió él, y con la mano temblorosa le cogió del puño para tomarle el pulso.

Fue entonces una corriente de fuego que pasó del uno al otro. Sentíanse mutuamente los calores; las mejillas se les encendieron.

—Está usted **febril**... —susurró él balbuciente y con voz apenas perceptible.

Alfonso III, Claustro del Pazo de Fonseca, Santiago de Compostela.

— ¡La fiebre es... tuya! —respondió ella, con voz que parecía venir de otro mundo, de más allá de la muerte.

Anastasio tuvo que sentarse; las rodillas se le doblaban al peso del corazón, que **le tocaba a rebato**.

—Es una imprudencia ponerse así en camino—dijo él, hablando como por máquina.

—Sí, me quedaré—contestó ella.

—Nos quedaremos—añadió él.

—Sí, nos quedaremos... ¡Y ya te contaré; te lo contaré todo!—agregó la mujer.

Recogieron sus maletas, tomaron un coche y emprendieron la marcha al pueblo de Aliseda, que dista cinco kilómetros de su estación. Y en el coche, sentados el uno frente al otro, tocándose las rodillas, **mejiendo** sus miradas, le cogió la mujer a Anastasio las manos con sus manos y fue contándole su historia. La historia misma de Anastasio, exactamente la misma. También ella viajaba en busca del Amor; también ella sospechaba que no fuese todo ello sino un enorme embuste convencional para engañar el tedio de la vida.

Confesáronse uno a otro, y según se confesaban iban sus corazones aquietándose. A la trágica turbación de un principio sucedió en sus almas un reposo terrible, algo como un **deshacimiento**. Imaginábanse haberse conocido de siempre, desde antes de nacer; pero a la vez todo el pasado **se borraba** de sus memorias, y vivían como un presente eterno, fuera del tiempo.

— ¡Oh, **que no te hubiese conocido antes**[11] **Eleuteria**![12]—le decía él.

— ¿Y para qué, Anastasio?—respondía ella—. Es mejor así, que no nos hayamos visto antes.

— ¿Y el tiempo perdido?

— ¿Perdido le llamas a ese tiempo que empleamos en buscarnos, en anhelarnos, en desearnos el uno al otro?

—Yo había desesperado ya de encontrarte…

—No, pues si hubieses desesperado de ello te habrías quitado la vida.

—Es verdad.

—Y yo habría hecho lo mismo.

—Pero ahora, Eleuteria, de hoy en adelante…

— ¡No hables del porvenir, Anastasio, **bástemonos el presente**![13] Los dos callaron. Por debajo del **arrobamiento** que les embargaba sonaba extraño rumor de aguas de abismo sin fondo. No era alegría, no era gozo lo que **sobrenadaba** en la seriedad trágica que les envolvía.

—No pensemos en el porvenir —reanudó ella—ni en el pasado tampoco. Olvidémonos de uno y de otro. Nos hemos encontrado, hemos encontrado al Amor y basta. Y ahora Anastasio, ¿qué me dices de los poetas?

—Qué mienten, Eleuteria, que mienten; pero muy de otro modo que lo creía yo antes. Mienten, sí; el amor no es lo que ellos cantan…

—Tienes razón, Anastasio; ahora siento que el Amor no se canta. Y siguió otro silencio, un silencio largo, en que, cogidos de las manos, estuvieron mirándose a los ojos y como buscándose en el fondo de ellos el secreto de sus destinos.

Y luego empezaron a **temblar**.

¿Tiemblas, Anastasio?

— ¿Y también tú, Eleuteria?

---

11 I wish I had known you before.

12 Eleuteria viene del griego. Significa "libre."

13 Let the present be enough for us!

—Sí, temblamos los dos.

— ¿De qué?

—De felicidad.

—Es cosa terrible esta felicidad; no sé si podré resistirla.

—Mejor, porque eso querrá decir que es más fuerte que nosotros.

Encerráronse en un sórdido cuarto de una **vulgarísima fonda**. Pasó todo el día siguiente y parte del otro sin que dieran señal alguna de vida, hasta que, alarmado **el fondista** y sin obtener respuesta a sus llamadas, forzó la puerta. **Encontráronles**[14] en el lecho, juntos, desnudos, y fríos y blancos como la nieve. El **perito** médico aseguró que no se trataba de suicidio, como así era en efecto, y que debían de haberse muerto del corazón.

— ¿Pero los dos?—exclamó el fondista. — ¡Los dos! —contestó el médico.

— ¡Entonces es contagioso...!— y se llevó la mano al lado izquierdo del pecho, donde suponía tener su corazón de fondista. Intentó ocultar el suceso, para no desacreditar su establecimiento, y acordó **fumigar** el cuarto, por si acaso.

No pudieron ser identificados los cadáveres. Desde allí los llevaron al cementerio, y desnudos y juntos, como fueron hallados, **echáronlos** en una misma **huesa** y encima tierra. Sobre esta tierra ha crecido yerba y sobre la yerba llueve. Y es así el cielo, él que les llevó a la muerte, el único que sobre su tumba llora.

El fondista de Aliseda, reflexionando sobre aquel suceso increíble—nadie tiene más imaginación que la realidad, se decía—, llegó a una profunda conclusión de carácter médico legal, y es que se dijo: "¡Estas **lunas de miel**...! No se debía permitir que los cardíacos se casasen entre sí".

Después de leer

Preguntas de comprensión

En grupos de dos contesten las siguientes preguntas primero oralmente y después escriban sus respuestas.

1. Lean el primer y el segundo párrafo y contesten lo siguiente. ¿Qué tipo de vida parece tener Anastasio? ¿Qué busca?
2. Según el tercer párrafo, ¿qué tipo de motivación existencial parece tener Anastasio? Es decir, en otras palabras ¿qué hace Anastasio con su tiempo?
3. ¿A qué tipo de lecturas se dedica Anastasio? Enumeren las varias obras literarias que él lee. ¿Por qué lee estos libros?

---

14 les encontraron.

4. En el octavo párrafo, se describe físicamente a Anastasio. ¿Cómo es él?
5. En el décimo párrafo se describe el encuentro entre Anastasio y la mujer. ¿Dónde se vieron por primera vez? ¿Qué hacía él y qué hacía ella?
6. Describan las numerosas reacciones físicas en los dos personajes cuando se vieron y cuando se hablaron por primera vez.
7. ¿Cómo se describe el cuarto donde los amantes consumieron su amor? ¿Por qué se describe así?
8. ¿Cómo termina el cuento?

Preguntas de interpretación

En grupos de dos contesten las siguientes preguntas primero oralmente y después escriban sus respuestas.

1. Busquen en el texto referencias religiosas.
2. Tomando en cuenta las referencias religiosas que encuentran en el texto, ¿por qué piensan que Unamuno escogió el nombre Anastasio para su personaje? ¿Qué puede simbolizar este nombre?
3. Miren nuevamente las numerosas reacciones físicas cuando los dos personajes se conocen por primera vez. ¿Cómo Unamuno parece describir el amor? ¿Qué opinan de esta visión del amor?
4. ¿Creen que Anastasio es un hombre *libre*? Si no lo es, ¿de qué puede estar preso? En este contexto, ¿qué papel juega Eleuteria en la vida de Anastasio? (ver el significado del nombre *Eleuteria*).
5. Busquen en el texto ejemplos específicos de presagios[15] que indican que ellos se van a morir.
6. Considerando el final del cuento, ¿creen que Anastasio llega a ser libre? ¿Opinan que si él pudiera expresarse, nos diría que le gustó cómo acabó su vida? ¿Creen, al contrario, que él fue castigado?
7. Al principio del cuento, el narrador nos indica que para Anastasio, si no fuera por la esperanza de que "también a él le llegase alguna vez a visitar el Amor...cien veces se habría suicidado". (27). Tomando en cuenta el final del cuento, expliquen la ironía. ¿Por qué, en su opinión, Unamuno termina "El amor que asalta" de esta manera?
8. Unamuno fue un hombre con preocupaciones filosóficas y metafísicas muy profundas. ¿Pueden pensar en unas cuestiones filosóficas que Unamuno quiera investigar a través de este cuento? ¿Creen que a través de este cuento Unamuno critica la fe cristiana? Expliquen su opinión.

---

15 foreshadowing.

9. ¿Se sintieron distintos/as después de leer "El amor que asalta"? Expliquen si este relato tuvo un impacto en su visión de la vida. ¿Pueden relacionar ideas presentes en este relato con su experiencia personal?

Actividades de escritura creativa

En grupos de dos, hagan las siguientes actividades. Su profesor/a revisará lo que han escrito y luego cada grupo presentará su trabajo al resto de la clase.

1. Escribe una estrofa de un poema expresando tus sentimientos sobre el amor en general. Tu poema no tiene que rimar, pero intenta crear tus versos para que haya un cierto ritmo.
2. Como en la tradición de las nivolas de Unamuno, Anastasio le escribe una carta a Unamuno, su creador. ¿Piensas que él le pide otro final a Unamuno o piensas que está feliz con el final de "su vida"?
3. El amor. Escríbele una carta a "Querida Abby". Dile lo que estás buscando en un/a compañero/a romántico/a y cuál es tu visión del amor.
4. Un anuncio personal. Descríbete a ti mismo/a de un modo original y describe a un/a novio/a ideal. Sé creativo/a.

6. José María Sánchez Silva

(Madrid, 1911-Madrid, 2002)

Biografía e Información Literaria

Ensayista, periodista, guionista y cuentista, José María Sánchez Silva es el único ciudadano español al que se le ha otorgado el Premio Hans Christian Andersen por sus cuentos infantiles. A pesar de una niñez difícil en la que queda huérfano a los nueve años después de la muerte de su madre, Sánchez Silva logra tener una carrera literaria brillante.

A los veinte años estudia en *El Debate*, una escuela de periodismo vinculada a la iglesia católica. Su primer empleo es como periodista para la agencia *Logos*. También trabaja para el periódico *Arriba*, el periódico de la Falange española[1], donde asciende rápidamente. En 1939, es nombrado redactor en jefe y en 1949 es director auxiliar. Muchos años después de jubilarse como periodista, José María Sánchez Silva sigue escribiendo para el periódico español ABC.

En su obra literaria, José María Sánchez Silva, además de comunicar su ideología conservadora, casi siempre toca el tema de la niñez, la orfandad y de la dificultad de vivir en la época de posguerra en España.

El cuento "Tal vez mañana" que proviene del libro *La ciudad se aleja* (1946) nos hace reflexionar sobre unos temas filosóficos sobre la locura y la cordura. ¿Quién es verdaderamente loco?, ¿el hombre sin pasado y sin futuro, o la joven que cree que la realidad es sueño?

---

1 La Falange española es un partido político español de derecha extrema, ultraconservador, nacionalista y fascista. Fue fundado en 1933 por José Antonio Primo de Rivera (hijo del General Miguel de Rivera).

Obras más importantes

Cuentos y relatos

1934 *El hombre de la bufanda*

1953 *Primavera de papel*

1953 *Historias menores de Marcelino Pan y Vino*

1954 *Historias de mi calle*

1954 *Aventura en el cielo de Marcelino Pan y Vino*

1956 *Fábula de la burrita Non*

1958 *Tres novelas y pico*

1962 *¡Adiós, Josefina!*

1967 *Ladis, un gran pequeño*

1981 *Cosas de ratones y conejos*

Premios

1968 Premio Andersen Prize Medalla de oro

1945 Premio Nacional de Periodismo

1946 Premio Mariano de Cavia

1956 Premio Nacional de Literatura

Enlaces

http://www.epdlp.com/escritor.php?id=2558
http://www.biografiasyvidas.com/biografia/s/sanchez_silva.htm

Antes de leer

Para conversar

En grupos de dos, discutan las siguientes preguntas. ¡Ojo! ¡Sólo hablen español!

1. ¿Dónde suelen ir de vacaciones con su familia? ¿Van a un sitio específico todos los años?
2. ¿Conocieron alguna vez a una persona que tuviera problemas mentales? Expliquen en qué sentido esta persona era diferente.
3. ¿Tuvieron un sueño alguna vez en el que tuvieran la impresión de que estaban despiertos? Expliquen en detalle su sueño.

Palabras difíciles

la acelga: *chard*
airado/a: *angry*
el acceso: *a fit, anger attack*
el ademán: *gesture*
el algarrobo: *carob tree*
arrastrar: *to drag*
asqueado/a: *revolted, sickened*
aterrado/a: *terrified*
el bicho: *animal, creature*
el bodoque: *raised pattern*
el bordado: *embroidery*
la casulla: *chasuble*
el chasquido: *tongue click*
el ciprés: *cypress*
la colina: *hill*
el comerciante: *storekeeper*
la comisura: *corner*
la confitería: *candy store*
la Costa Brava: *coastal northeastern region of Catalonia*
cuerdo/a: *mentally sane*
la cúpula: *dome*
el dado: *dice*
deslizarse: *to slide, to flow*
destocado/a: *without a hat*
detenerse: *to stop*
dulcificar: *to soften*
ensimismarse: *to be lost in thought*
erguir: *to rise, to lift up*
espiar: *to spy*
estremecerse: *to shudder, to tremble*
la faz: *face*
el friso: *frieze*
granate: *maroon*
innegable: *undeniable*
el hilo: *linen*
la lana: *wool*
la madeja: *hank*
el manicomio: *mental hospital*
la mercería: *notions store*
la misa: *mass*
mosén: *title used for a clergyman*
el mostrador: *counter*
el ocaso: *sunset*
el olmo: *elm tree*
paulatinamente: *little by little*
pedregoso/a: *rocky, stony*
pestañear: *to blink*
reanudarse: *to resume*
el resabio: *bad habit*
el riachuelo: *stream*
la saliente: *west*
la seda: *silk*
semejar: *to look like*
sestear: *to take a nap*
sobrarle a uno: *to have something left*
soltar: *to let go*
sujetar: *to hold*
el surco: *wrinkle, line*
la telaraña: *spider web*
la traíña: *fishing net*
veraniego/a: *summery*
el visillo: *lace curtain*
la zancada: *stride*

Práctica del vocabulario

A. Empareja cada palabra con la definición que le corresponde.

____	semejar	a. que no lleva sombrero o gorro
____	el manicomio	b. una red para pescar
____	destocado/a	c. la mala costumbre
____	granate	d. la arruga
____	la traíña	e. suavizar
____	la faz	f. parecerse a
____	el resabio	g. el hospital psiquiátrico
____	el surco	h. un color con tonos rojizos
____	dulcificar	i. la cara
____	pedregoso/a	j. que tiene muchas rocas

B. ¿Estás de acuerdo o no? Para cada oración, indica si estás de acuerdo o no.

1. Si miras una película de horror sueles estar aterrado.
2. Cuando hace mucho calor, es necesario llevar un suéter de lana.
3. Si estás cansado, necesitas sestear.
4. Es innegable que irse de vacaciones es estupendo.
5. Es agradable hablar con una persona airada.
6. Cuando estás de vacaciones, sueles pasar tiempo en un manicomio.
7. El ruido de un riachuelo es muy relajante.
8. Muchos bichos quedan atrapados en una telaraña.

C. Si contestas "Sí", firma tu nombre aquí por favor. Busca en la clase quién contesta afirmativamente a las siguientes preguntas.

1. ¿Te gusta caminar destocado/a durante el invierno?

   ____

2. ¿Te sientes aterrado/a cuando ves una araña enorme?

   ____

3. ¿Tienes algunos resabios?

   ____

4. ¿Algunas veces, te ensimismas en la clase de español?

   ____

5. ¿Te preocupa tener surcos en la faz cuando seas una persona mayor?

____

6. ¿Te gusta hacer tu tarea paulatinamente?

____

Tal vez mañana (1946)

José María Sánchez Silva

En derredor de Dios, como en derredor de una torre vetusta,
doy vueltas hace miles de años. Rilke.

En la pequeña **mercería** del pueblo se desarrolla una escena de cierta violencia. La señorita Lina, de **la colina veraniega**, se obstina en adquirir un **bordado** que al parecer no existe.

—Señorita—repite **el comerciante**—: le aseguro que usted está equivocada. Aquí no ha sido.

—¡Lo he visto con mis propios ojos!—replica **airada** la joven.

—Lo habrá visto; pero aquí no hemos vendido ese dibujo.

—¡Es un bordado redondo, le digo; de **hilo**, con florecitas largas y **bodoques** pequeños en **seda**!—insiste ella.

El comerciante **cree apurada toda su paciencia**[2]. Lleva un buen rato discutiendo. Hay dos personas que esperan hace mucho. **El mostrador** está lleno de piezas y cartones de bordados que ha sacado el comerciante.

—¡**No me he de ir**[3] sin él!—exclama la señorita—. Ustedes sólo venden las cosas a quienes quieren.

— ¡**Esto ya colma la medida**[4], señorita! -dice el comerciante, con sus ojos redondos fijos coléricamente en el aniñado rostro de su interlocutora.

De pronto, ha entrado Quimet, el chico de la tienda, avisando:

—¡Que viene Demetrio!

Enseguida, el comerciante **ha dulcificado** su expresión. Una de las señoras que esperaba se ha puesto en pie precipitadamente y mira hacia la puerta con asustada indecisión. Una **innegable** expectación se ha apoderado de todos.

—Siéntense, señora, no pasa nada— ha dicho el comerciante con forzada amabilidad.

2 He thinks he has no more patience left.

3 No me voy.

4 This is going too far, lady!

—Pero ¿no es el loco?—ha preguntado la señora.

—Sí; pero es completamente inofensivo, ya lo verá usted. Conviene estar tranquilos, sin embargo.

La señora Lina, en silencio, se ha vuelto hacia la puerta. Enseguida, ha entrado un hombre alto, bien vestido, **destocado**, de **faz** colorada, que se ha dirigido derechamente al mostrador.

—Buenos días, Demetrio— ha saludado el comerciante.

—Quiero lana. **Madejas de lana**—solicita Demetrio.

—Bien, muy bien, Demetrio. Ahora mismo. ¿De qué color las deseas?

—De tres, de tres colores.

La señorita Lina mira a Demetrio con gran curiosidad. La otra señora se ha tranquilizado aparentemente.

—De tres colores, ¿verdad?—el comerciante vuelve cargado de madejas—. Pondremos blanco, **granate** y amarillo. ¿Le parece a usted Demetrio?

—Sí, granate, blanco y amarillo. Pero tengo prisa.

El comerciante ha envuelto las tres madejas. Lina sigue mirando al loco sin **pestañear**. Pudiera decirse que es un hombre hermoso. Quizá tenga cuarenta años. Es alto y fuerte. Viste de azul oscuro.

Demetrio ha recogido su paquete y ha depositado sobre el mostrador un montoncito de billetes. Enseguida, ha salido con grandes **zancadas** diciendo:

—Hasta otro día.

La señorita Lina, olvidando su bordado, le ha seguido. Demetrio camina de prisa. Muy pronto, Quimet, el chico de la tienda, ha corrido tras él gritando:

—¡Demetrio, Demetrio!

El loco **se detiene**.

—Que **le sobra** dinero –explica el chico.

Demetrio ha guardado los billetes sobrantes en el bolsillo de la americana y ha proseguido su marcha sin ver a la señorita Lina.

El pueblecito de la **Costa Brava**, visto en verano desde una alta ventana orienta a **saliente**, se extiende junto a la curva de la playa **pedregosa**. **La cúpula** del Santuario se levanta por encima de todo, si no se tiene en cuenta **el friso** oscuro de la lejana cordillera ondulante, apoyada suavemente contra el cielo azul. Entre los pinos las casitas veraniegas **semejan** grandes **dados** blancos, inmóviles, caídos así por la suerte de un gigantesco jugador. Algún **ciprés** eleva muy alta su lanza funeraria y hacia el lado del **riachuelo yerguen** sus testas plateadas unos cuantos **olmos**. Hay viñas también en el pueblo y **algarrobos** y almendros. Mas allá, el puertecito poblado de barcazas, motoras y **traíñas**. En las afueras, alejado un tanto mar se acuesta el gran dado del **Manicomio**, con sus ventanas iguales, lanzando al aire el alegre seis doble de sus huecos cuadrados y rojos, apenas interrumpidos por la línea viva y caprichosa de las

Calella de Palafrugell (Costa Brava, Cataluña).

macetas[5]. Aquí vive Demetrio desde hace muchos años. Aunque todos dicen que está loco, le dejan salir a menudo, casi todos los días. Demetrio es popular en el pueblo; no le persiguen los chicos ni se burla nadie de él. Todos son sus amigos, aunque más amigo que nadie sea "Moro", el gran gato negro de **la confitería**. Muchas veces se ve pasear a Demetrio con el gato tras de sí o en sus brazos, mirándolo todo con sus grandes ojos amarillos.

La locura de Demetrio es una extraña locura. Una locura de **cuerdo**, claro. Los **accesos** le coinciden con las agitaciones marítimas. Hay una oscura relación entre los movimientos de su inteligencia y la frecuencia e intensidad de las olas. Alguna vez se ha dado el caso peregrino de que una tempestad lejana haya despertado a Demetrio en su cama blanca, presa del delirio. Sin embargo, siempre es inofensivo. Se limita a hablar, a razonar, a preguntar como un niño. Demetrio sencillamente, no comprende que no llegue nunca mañana. Cuando le preguntan en el pueblo: "Qué, Demetrio, ¿Cuándo salimos de la torre?", él suele responder invariable, con una sonrisa humilde: "¡Oh, muy pronto; tal vez mañana mismo!"

Sin embargo, mañana no llega nunca. Una noche, dos noches, muchas noches, ha velado junto a la ventana esperando el mañana prometido. Cuando

5 Aquí José María Sánchez Silva compara el manicomio a dos dados rojos.

amanecía tras **los visillos**, por detrás del mar, Demetrio preguntaba como un chico al enfermero:

—¿Ya es mañana?

Los enfermeros son buenos y amables; pero no saben, no comprenden casi nada. Y, no obstante, lo que Demetrio comprende muy bien es que el presente, el ya, el ahora mismo, no existen. Muchas veces, con las manos extendidas cerca de los ojos, él ve perfectamente cómo el tiempo **se desliza** entre los dedos, lento, pero inaprehensible. Nunca, tampoco, es ahora mismo. En cuanto se fija uno un poco, el ahora se convierte en *antes*. No hay presente, pues, sino sólo pasado y futuro, lejanísimo, arcano, caprichoso futuro. Esto desespera a Demetrio y a veces a sus médicos y a sus enfermeros, que le hacen tragar algo para que no piense, para que no quede repitiendo hasta el vértigo la frase: "Ahora mismo, ahora mismo, ahora mismo", con la que él trata de **sujetar** al tiempo inútilmente.

En esta época de verano, Demetrio sale algo menos. Como hay gentes nuevas en el pueblo, desconocidas, burlonas, no le dejan salir para que no se excite. Si el tiempo empeora, tampoco puede salir. Generalmente, por las mañanas recorre el pueblo; por las tardes se acerca al mar y conversa con él. Son amigos. El mar le escucha con tranquilidad, sin impaciencia, ni miedo, sonriente. Y le contesta. Siempre le contesta. Otras veces, le moja las sandalias por broma. Y luego se retira enseguida, riéndose con suavidad.

Demetrio pasea a su lado con los brazos a la espalda. La playa suele estar desierta en esas horas. Demetrio, siempre impecable vestido de azul oscuro, pasea junto a él y de pronto se detiene, se vuelve de frente y le habla con amplios **ademanes** y voz suave:

— Ya sabes lo que me han dicho ayer, ¿verdad? Pues bien; era mentira.

Demetrio pasea con cierta agitación y luego vuelve:

— Ya ves, mentira, mentira; creen que me engañan. ¡Que la noche baja, que la noche se acerca, que esta alguna vez entre nosotros…!— Demetrio ríe, **asqueado**—. Escúchame: yo sé muy bien que la noche está más allá de ti, más allá del cielo, más allá de la altura donde alumbran las estrellas.

Demetrio se va suavizando **paulatinamente** cuando ha expresado sus quejas solitarias.

— Bien; te dejo. Voy a cenar. Hoy rechazaré **las acelgas**, pase lo que lo pase, te lo prometo. Estoy verdaderamente hastiado.

De regreso, Demetrio pasa junto a la confitería y produce con los labios **un chasquido** especial. "Moro" sale enseguida y arquea el lomo lustroso bajo la palma menudo ardorosa del amigo.

—Adiós, "Moro". Oye: Me han dicho que eso es mañana. Vendré por ti y nos iremos con el mar a mi casa. ¡Mañana, "Moro", por fin!

Demetrio sube por la carretera despacio. Quizá, por misericordia de Dios, no habiten su mente sino sólo el mar, el tiempo y "Moro", el brillante "Moro" de la confitería que a veces le sigue un rato hasta donde comienza el asfalto. Allí, en la frontera de lo desconocido, "Moro" se detiene. Eleva el largo rabo y lanza un maullido entre nostálgico y satisfecho. En alguna ocasión, cuando Demetrio se ha vuelto para decirle adiós, ha podido ver cómo fosforecían sus ojos redondos.

II

La familia de la señorita Lina, los padres, los hermanos, están satisfechos del tiempo, del pueblo y de la salud que la playa dorada les dispensa. (Además, parece que Trinitas se lleva muy bien con su conquista de este año.) Sobre todo, a Lina la encuentran ya bien. Apenas le queda algún **resabio** de lo pasado. Ha perdido, por fin, aquella manía de despertase y gritar:

— Mamá, mamá: ¿estoy soñando?

Ha ganado algo de peso, come mejor y no siente tampoco, desde hace mucho tiempo, aquellas **telarañas** que le entorpecían la mirada. Este año, Lina goza de una mayor libertad: va sola a las tiendas, pasea por la playa sin compañía y ha empezado a leer algo, poquita cosa: alguna vida sencilla de Santos, algún poemita bucólico. Todo ello, claro, revisado y copiado a máquina por papá. Lina está bien, afortunadamente. Al principio, cuando llegaron, les hizo una visita un señor delgadito, muy distraído, que preguntó muchas cosas a la muchacha. Era el propietario de la torre cercana. La encontró muy bien.

Los días de diario hay que levantarse antes porque **la misa** se dice muy temprano. Lina y su familia van al Santuario. Dice la misa, como de costumbre, **mosén** Calbet. Es un viejecito muy simpático, que oye mal con un oído. Hoy lleva una hermosa **casulla** antigua en oro sobre verde.

Ha empezado la misa. Hay muy poca gente. Papá y mamá, leyendo un solo misal, ocupan el primer banco de la izquierda. Los dos chicos, Amelia y Lina, el primero de la derecha. (Trinitas está detrás, con Eduardo.) De pronto, un hombre alto ha subido las gradas del altar. Es el del otro día: Demetrio, el loco. El hombre ha llegado hasta el oficiante. Suena muy claro el diálogo. Acaban de oírse, muy juntos, el "Deus, tu conversus vivificabis nos" y la respuesta del ayudante: "Et plebs tua laetabitur in te"[6].

— Mosén Calbet, mosén Calbet— ha dicho la voz de Demetrio.

El viejecito se ha vuelto sonriendo al conocer la voz.

— Quiero ayudarle yo, mosén Calbet.

— Pues claro, hijo mío— ha respondido bondadosa e imperturbable el viejo.

---

6 "Oh Dios, si te vuelves a nosotros, nos darás vida/ Y tu pueblo se alegrará en Ti" , traducción de Medardo Fraile, autor del Cuento español de Posguerra.

Y enseguida la misa **se ha reanudado**:

—"Ostende nobis, Domine, misericordiam tuam"—ha cantado bajito mosén Calbet.

— "Et salutare tuum da nobis"[7]— ha exclamado muy alto Demetrio.

La misa ha ido fluyendo con toda normalidad. Demetrio ha ayudado minuciosamente. Nadie se ha extrañado, excepto la señorita Lina.

La Señorita Lina es bajita, proporcionada, graciosa como una niña cuando no **se ensimisma** y dos feos **surcos** se le apuntan hacía **las comisuras** de los labios. Suele hacer las cosas de prisa y tiene movimientos de pájaro, sobre todo cuando anda a saltitos, con la cabellera oscura balanceándose sobre sus hombros. En su casa nadie habla de Demetrio. Ella sabe tan poco de él cómo de sí misma. ¡Dios mío, cuando no se recuerdan los sueños! ¡Pobre Demetrio, el loco inofensivo! ¿No será la locura un sueño? Se decía, siempre se ha dicho, que cuando estamos despiertos tenemos un mundo para todos, al revés de cuando durmiendo soñamos, que es entonces uno distinto para nosotros solos. Los cuerdos dicen que no hay bien más precioso que la imaginación; pero los cuerdos, **los que por cuerdos se tienen y como cuerdos obran**[8], no saben nada tampoco. No saben que como dijo el poeta, "la realidad es algo que está muy lejos, algo que llega infinitamente despacio a los que tienen paciencia". ¿Y cuando los sueños no se recuerdan? Dicen—Lina lo ha oído mientras **espiaba**—que los pueblos del Norte suelen tener muchos más locos que los del Sur; pero tampoco saben los llamados cuerdos que en estos últimos los dementes son más dementes y, en definitiva, **apenas hay en ellos alguien que no lo sea**[9], porque son pueblos que hace mucho tiempo sólo viven de la esperanza.

Cuando Lina pasea sola tiene miedo a menudo; pero prefiere el miedo muchas veces a la compañía. Teme que no la entiendan. Ahora por la tarde con la gente en el trabajo y los veraneantes de excursión, **sesteo** o pesca en las rocas lejanas, los caminos están deliciosamente desiertos, templados por el sol. Ahí mismo a la puerta de la tienda hay un gato asomado, sentado al sol, con sus grandes ojos que miran medio cerrados voluptuosamente. Parece pensar lo mismo que ella. **Los bichos** lo entienden todo. ¿Estarán locos también los animales? ¿O, simplemente, soñaran un sueño infinito? Lina se inclina y le rasca con suavidad la cabeza. Sus uñas rojas hacen un bello efecto entre el pelo sedoso y negrísimo del felino, que cierra los ojos y mantiene la cabecita apretada contra las uñas. Si Lina apoya un instante las yemas de sus dedos en la cabeza, siente el calor de la sangre, el movimiento de la piel y hasta las sensaciones de gratitud del pequeño animalejo.

---

7 Muéstranos Señor tu misericordia/Y danos tu Salvador". Traducción de Medardo Fraile.

8 Those who consider themselves sane and who act as such.

9 There is hardly anyone in them—in the villages—that is not it- (insane).

— Se llama "Moro"—dice de súbito una voz a su lado.

Ella, inclinada, no alcanza a ver más que las piernas vestidas de azul de un hombre. Será el dueño. "Moro" es un nombre vulgar de gato; pero "Moro" agradece las caricias y se está quietecito.

— Es mi amigo también—insiste la voz dulcemente.

Lina se levanta. Es Demetrio, el loco.

—¡Ah, es usted!

—¿Me conoces? — dice él—. Todo el mundo me conoce. ¿Cómo te llamas?

— Lina.

— Lina es un bonito nombre. Yo me llamo Demetrio. Vamos, "Moro".

"Moro" se levanta y anda tras Demetrio. Van a volver la esquina y la muchacha les sigue.

—¿Quieres venir con nosotros?

— Sí— dice Lina.

Andan los tres hacia el mar. "Moro" camina perezosamente, estirándose a menudo con sus uñas clavadas en la arena.

—¿De qué me conoces tú?— pregunta Demetrio sin detenerse.

— Compró usted unas madejas de lana el otro día y estaba yo delante.

— Sí. No me han servido de nada. Quiero salir de la torre con el hilo atado para saber volver a la hora justa. Pero se rompió.

— Claro—dice ella seriamente, con sus ojos repentinamente agrandados. Y enseguida piensa: "Parece un sueño"—. ¿Está usted bien en la torre?

— ¡Oh, sí! Me quieren mucho todos; hasta los locos.

— Me han dicho que saldrá pronto.

Demetrio ríe complacido y exclama:

—¡Tal vez mañana mismo!

Lina se detiene un instante con la mirada pensativa.

— En el mío, hace mucho— dice **estremeciéndose**—había uno que llamaba a todas las puertas. Quería saber lo que hubiese detrás de cada una.

Ha reanudado la marcha.

"Moro" se ha vuelto. No le place el agua, al parecer. Siguen los dos. Ella piensa: "¿Estará soñando?"

— Eres muy simpática, pequeña—dice él mirándola con detenimiento por primera vez.

—Y usted también—responde ella. Y piensa: "¿Y si le despertase yo, si le hiciese ver que sueña?" Y le pregunta, recordando algo que oyó en la tienda:

— ¿Es verdad, Demetrio, que habla usted con el mar?

Claro que sí, todos los días. ¿Te gustaría a ti hablarle? Es muy bueno siempre.

Sí, afirma mientras piensa: "¡Si le despertase!"

Pues vamos. Quiero que te conozca.

La ha cogido de la mano y camina ahora más de prisa. Aunque el sol desciende veloz hacia su **ocaso**, toda su luz parece quedarse flotando sobre el agua intensamente azul. A un lado de la playa, las aguas llegan mansas, apenas rizadas al contacto de las rocas sumergidas. Demetrio y Lina, de la mano, han llegado a la orilla. Un efecto de luz hace creer que el mar, a pocos pasos, es más alto que la tierra que sirve de base a sus pies. Demetrio esta mirándola en silencio, con los ojos muy abiertos. Toda su figura refleja una familiar reverencia. Lina le deja hacer. De pronto, Demetrio habla con voz suave, humilde y llena de amor:

—Esta es Lina, mi amiga. Te le traigo para que la conozcas y me digas si te complace. Es muy buena.

Demetrio guarda silencio. Lina contiene su respiración. El agua se desliza hacia ellos y, a su retirada, **arrastra** la arena con un sonido melodioso y pequeñito como de niño que juega.

— Dime si te gusta —dice de nuevo Demetrio.

Guardan silencio un instante.

—"Sí"— dice por fin el mar.

—¿Has oído?—pregunta Demetrio a la muchacha.

—No—responde ella.

—Pues ha dicho que sí. Pero espera, ahora le oirás.

Le suelta la mano y se acerca más al agua, hundiendo en ella sus sandalias. Eleva la voz:

—Oye, ¿me dirás cuando es mañana?

— "Mañana"—responde el mar como un eco.

— ¿Has oído ahora?—pregunta él.

— No he oído nada—asegura Lina—; pero ¿por qué le preguntas eso?

— ¡Oh! Porque he descubierto que mañana no es tan pronto como creen ellos. Verás—retrocede unos pasos—. Di tú: "ahora mismo".

—Ahora mismo— repite ella.

—¿Ves? Ya lo has dicho y ya ha pasado; ya no hay ahora mismo, ¿entiendes?

— Sí— se decide al fin —. Pero oye: tú estás soñando.

—¿Soñando?— pregunta él con los ojos dilatados.

— Sí; tú no estás loco; es que sueñas. Nada de esto es verdad. Vamos — le coge de las manos—. Despierta.

—¿Que despierte? ¡Oh, no duermo! Mira, este es el mar —se inclina y recoge agua con su mano—¿Ves? El agua. Espera.

Y se dirige al mar sin soltar la mano de la muchacha.

—¿Verdad que no estoy soñando?

— "Verdad" — responde el mar.

—¿Ves? ¿No has oído? Acércate, acércate — y tira de ella hacia el agua.

—¿Sueño yo acaso, mi amigo mío?

— "No"— repiten las aguas claramente.

—¿Oyes, oyes ahora?

— No oigo nada; tú sueñas, Demetrio.

—¿Que sueño, que sueño? Ven mas acá, acércate sin miedo.

El agua es profunda de pronto, y Lina se hunde hasta las rodillas. El frío le da miedo, un medio repentino y casi feroz.

—¡**Suéltame**!— ordena

— Tienes que oír, tienes que oír. Lo dice bien claro.

— No quiero, suéltame.

—¡Contesta ahora, para que ella te oiga!— grita Demetrio a las olas.

Lina se desase de un tirón y escapa hacia la arena, **aterrada**.

—¡Estás loco, loco, loco!— grita y sigue corriendo hacia el pueblo.

"Loco", repite Demetrio con tristeza viéndola irse. "Loco". Cuando ya no la ve se vuelve al mar:

— Tú solo sabes la verdad— le dice.

— "No estoy loco, no. Pero ella es como todos, como todos…"— se repite tristemente, moviendo la cabeza. Y luego acrecienta su voz y grita al mar:

—¿Verdad que no estoy loco?

— Verdad— responde el mar

—¿Verdad que ella es como todos?

— Verdad— han dicho las aguas.

Demetrio, poco a poco, ha ido saliendo del agua. El sol se ha retirado y arde ya alguna fría luz eléctrica en el poblado. Con la cabeza un poco inclinada, Demetrio camina hacia él. Todo ocurre porque no llega mañana. Si un día llegase… ¡Si un día llegase mañana!

Después de leer

Preguntas de comprensión

En grupos de dos contesten las siguientes preguntas primero oralmente y después escriban sus respuestas.

1. ¿Dónde tiene lugar la acción? ¿En qué época del año tiene lugar?
2. ¿Qué quiere la señorita cuando está en la tienda?
3. ¿Qué compra Demetrio?
4. ¿Qué tipo de relación tiene Demetrio con el mar?
5. Según los enfermeros del manicomio, ¿qué problemas psicológicos tiene Demetrio?

6. ¿Qué problemas psicológicos tiene la señorita Lina?
7. ¿Quién es "Moro"?
8. ¿Adónde van Demetrio y la Señorita Lina?
9. ¿Qué quiere Demetrio que escuche la Señorita Lina? ¿Qué desea la señorita Lina que sepa Demetrio?
10. ¿Cómo termina el cuento?

Preguntas de interpretación

En grupos de dos contesten las siguientes preguntas primero oralmente y después escriban sus respuestas.

1. Describan cómo trata a la gente del pueblo Demetrio. ¿En su opinión, deberían llamarlo *el loco*?
2. Expliquen lo que Demetrio piensa acerca del presente, del pasado y del futuro.
3. "La locura de Demetrio es una extraña locura. Una locura de cuerdo." En su opinión, ¿Demetrio está loco o cuerdo? Justifiquen su respuesta.
4. Según sus padres, la señorita Lina ya no padece de problemas psicológicos. ¿Creen que está cuerda o loca la señorita Lina?
5. En su opinión, ¿cuándo se puede considerar a una persona como *loca*?
6. Los años cuarenta en España son una década muy difícil. Esta década de posguerra es conocida como "los años del hambre" durante la cual hay mucha inseguridad acerca del futuro. Teniendo en cuenta el contexto socio-histórico de este cuento ¿piensan que "las locuras" de Demetrio y Lina tienen un aspecto simbólico?

Actividades de escritura creativa

En grupos de dos, hagan las siguientes actividades. Su profesor/a revisará lo que han escrito y luego cada grupo presentará su trabajo al resto de la clase.

1. Demetrio le escribe una carta al director del manicomio explicándole por qué debería salir de la torre. ¿Qué argumentos utiliza para comprobar su cordura?
2. Son periodistas para *El cuento hispano filosófico*. Escriban una reseña de "Tal vez mañana". ¿Qué cualidades ofrece este cuento? ¿Quién debería o no debería leer este cuento?

7. Ana María Matute Ausejo

(Barcelona, 1926)

Biografía e Información Literaria

Nacida en Barcelona, es la segunda de cinco hijos. Se cría en una familia religiosa y conservadora. A pesar de vivir en Castilla y León, se educa en un colegio religioso en Madrid. Cuando cumple los diez años, estalla la Guerra Civil española. Por haber vivido la guerra de joven adolescente, Matute logra comunicar en su obra la perspectiva infantil frente a la Guerra Civil y a los años de posguerra. En sus novelas y cuentos, Matute mezcla elementos reales de la posguerra con elementos mágicos y simbólicos, como se ve en el cuento "El árbol de oro" (*Historias de la Artámila*,1961). Sus protagonistas suelen ser niños o adolescentes que sufren de maltrato físico o emocional y de soledad. Por ser una de las autoras más grandes de España, en 1996 es invitada a formar parte de la Real Academia Española. En 2007, recibe el Premio Nacional de Las Letras Españolas, un galardón que sólo dos otras autoras españolas—Carmen Martín Gaite y Rosa Chacel—han recibido.

"Pecado de omisión" (*Historias de la Artámila*,1961) ilustra claramente el estilo de Matute en que presenta a un joven protagonista, huérfano y maltratado por un familiar.

Obras más importantes

Novelas

1948 *Los Abel.* Finalista del Premio Nadal

1953 *Fiesta al Noroeste.* Premio Café Gijón

1954 *Pequeño teatro.* Premio Planeta

1956 *Los niños tontos*

1955 *En esta tierra*. Premio de la Crítica

1958 *Los hijos muertos*. Premio Nacional de Literatura

1959 *Primera memoria*. Premio Nadal

1964 *Los soldados lloran de noche*. Premio Fastenrath 1964

1969 *La trampa*

1971 *La torre vigía*

1993 *Luciérnaga*

1996 *Olvidado Rey Gudú*

2000 *Aranmanoth*

2008 *Paraíso inhabitado*

Relatos cortos y cuentos para niños

1956 *Paulina, el mundo y las estrellas*

1956 *El país de la pizarra*

1961 *Historias de la Artámila*

1961 *Caballito loco*

1964 *Algunos muchachos*

1965 *El polizón del Ulises*. Premio Lazarillo

1984 *Sólo un pie descalzo*. Premio Nacional de literatura infantil y juvenil

1986 *El saltamontes verde*

1990 *La Virgen de Antioquía y otros relatos* (colección de doce cuentos)

Premios y Honores

1948 Finalista del Premio Nadal

1952 Premio Café Gijón

1954 Premio Planeta

1958 Premio de la Crítica

1959 Premio Nacional de Literatura

1959 Premio Nadal

1964 Premio Fastenrath

1965 Premio Lazarillo

1984 Premio Nacional de literatura infantil y juvenil

1996 Ingresa a la Real Academia Española

2007 Premio Nacional de Las Letras españolas

Enlace

Página oficial de Ana María Matute.

http://www.clubcultura.com/clubliteratura/clubescritores/matute/home.html.

Antes de leer

Para conversar

En grupos de dos, discutan las siguientes preguntas. ¡Ojo! ¡Sólo hablen español!

1. ¿Conocieron alguna vez a alguien que no recibiera el apoyo emocional de su familia? ¿Cómo se sintieron al ver esta situación?
2. ¿Tienen algún familiar o amigo/a quien, en su opinión, no lograra hacer mucho con su vida a pesar de que tenía mucho potencial? Expliquen la situación.
3. ¿Sintieron alguna vez que su propia familia les obligara a estudiar algo que no les gustaba? Den detalles.
4. Además de la carrera universitaria que están siguiendo ahora, ¿hay otros estudios que les gustaría hacer?

Palabras difíciles

el/la abogado/a: *lawyer*
el alcalde: *mayor*
amazacotado/a: *hard*
agolpado/a: *gathered*
aplastar: *to squash, to flatten*
áspero/a: *rough*
aullar: *to howl*
el barro: *clay*
bordear los veinte: *to be close to 20 years old*
el cayado: *stick, cane*
la cecina: *sausage*
la cera: *wax*
el chopo: *black poplar*
el currusco: *daily bread*
desgraciado/a: *despicable*
detenerse: *to stop*
engullar: *to gulp down*
enrojecer: *to blush*
espantar: *to scare*
espeso/a: *thick*
esposado/a: *handcuffed*
la faja: *belt*
la gallina: *hen*

el ganado: *livestock*
el granero: *barn*
grueso: *thick*
hacer juego: *to go along with someone or something; to keep up*
la hogaza: *loaf*
huérfano/a: *orphan*
impertérrito/a: *undaunted*
irse para+ profesión: *to become... soon*
el jornal: *day's pay*
la legaña: *crust in eye*
el lobo/a: *wolf*
no mirar a alguien a derechas: *to not take care of someone properly*
pacer: *to graze*
el pastor: *shepherd*
pegar: *to hit*
la pupila: *pupil*
rapado/a: *shaved*
rebuscar: *to rummage around something*
retrasado/a: *mentally handicapped*
el roble: *oak*
salpicar: *to splash*
el sebo de cabra: *goat's fat*
torpe: *clumsy*
el zagal: *youth*
el zurrón: *bag*

Práctica del vocabulario

A. ¿Cierto o falso?

____ 1. El roble es un plato típico del norte de España
____ 2. Una persona tímida enrojece muy frecuentemente
____ 3. El alcalde es una persona importante en un pueblo
____ 4. Todo sabemos que los gatos aúllan
____ 5. El ganado suele vivir en el centro de la ciudad

B. Completa el texto con las palabras apropiadas.

El cayado	el ganado	grueso
El pastor	retrasado	el huérfano
El granero	áspero	

Lope, ________________ a los trece años tuvo que ir a trabajar en el monte de ________________. Se fue a vivir con El Roque, un hombre de unos cincuenta años. Como El Roque es ________________ mental, él no habla mucho. Los dos duermen en un ________________ pequeño y durante el día cuidan al ________________. Para caminar mejor en el monte, Lope usa un ________________. También, como trabaja en el campo, tiene las manos ________________ y ________________.

C. Empareja cada palabra con la definición y/o el sinónimo que le corresponde.

____	pacer	a. la salsicha
____	el currusco	b. el chico
____	amazacotado	c. alguien que no se asusta fácilmente
____	la cecina	d. cuando el ganado come hierba
____	el zagal	e. incompetente
____	impertérrito	f. la comida diaria
____	torpe	g. algo duro

Pecado de omisión (1961)

Ana María Matute

A los trece años se le murió la madre, que era lo último que le quedaba. Al quedar **huérfano** ya hacía lo menos tres años que no acudía a la escuela, pues tenía que buscarse **el jornal** de un lado para otro. Su único pariente era un primo de su madre, llamado Emeterio Ruiz Heredia. Emeterio era **el alcalde** y tenía una casa de dos pisos asomada a la plaza del pueblo, redonda y rojiza bajo el sol de agosto. Emeterio tenía doscientas cabezas de **ganado paciendo** por las laderas de Sagrado, y una hija moza, **bordeando los veinte**, morena, robusta, riente y algo necia. Su mujer, flaca y dura como **un chopo,** no era de buena lengua y sabía mandar. Emeterio Ruiz no se llevaba bien con aquel primo lejano, y a su viuda, por cumplir, la ayudó buscándole jornales extraordinarios. Luego, al chico, aunque le recogió una vez huérfano, sin herencia ni oficio, **no le miró a derechas**. Y como él los de su casa.

La primera noche que Lope durmió en casa de Emeterio, lo hizo debajo **del granero**. Se le dio cena y un vaso de vino. Al otro día, mientras Emeterio se metía la camisa dentro del pantalón, apenas apuntando el sol en el canto de los gallos, le llamó por el hueco de la escalera, **espantando a las gallinas** que dormían entre los huecos:

— ¡Lope!

Lope bajó descalzo, con los ojos pegados de **legañas**. Estaba poco crecido para sus trece años y tenía la cabeza grande, **rapada**.

—Te vas de **pastor** a Sagrado.

Lope buscó las botas y se las calzó. En la cocina, Francisca, la hija, había calentado patatas con pimentón. Lope las **engulló** de prisa, con la cuchara de aluminio goteando a cada bocado.

—Tú ya conoces el oficio. Creo que anduviste una primavera por las lomas de Santa Áurea, con las cabras de Aurelio Bernal.

—Sí, señor.

—No irás solo. Por allí anda Roque el Mediano. Iréis juntos.

— Sí, señor.

Francisca le metió una **hogaza** en **el zurrón**, un cuartillo de aluminio, **sebo de cabra** y **cecina**.

—Andando—dijo Emeterio Ruiz Heredia.

Lope le miró. Lope tenía los ojos negros y redondos, brillantes.

— ¿Qué miras? ¡Arreando!

Lope salió, zurrón al hombro. Antes, recogió **el cayado**, grueso y brillante por el uso, que guardaba, como un perro, apoyado en la pared.

Cuando iba ya trepando por la loma de Sagrado, lo vio don Lorenzo, el maestro. A la tarde, en la taberna, don Lorenzo lió un cigarrillo junto a Emeterio, que fue a echarse una copa de anís.

—He visto a Lope—dijo—. Subía para Sagrado. Lástima de chico.

—Sí—dijo Emeterio, limpiándose los labios con el dorso de la mano. Va de pastor. Ya sabe: hay que ganarse **el currusco**. La vida está mala. El **"esgraciao"**[1] del Pericote no le dejó **ni una tapia en que apoyarse y reventar**.[2]

—Lo malo—dijo don Lorenzo, rascándose la oreja con su uña larga y amarillenta—es que el chico vale. Si tuviera medios podría sacarse partido de él. Es listo. Muy listo. En la escuela…

Emeterio le cortó, con la mano frente a los ojos:

— ¡Bueno, bueno! Yo no digo que no. Pero hay que ganarse el currusco. La vida está peor cada día que pasa.

Pidió otra de anís. El maestro dijo que sí, con la cabeza.

Lope llegó a Sagrado, y voceando encontró a Roque el Mediano. Roque era algo **retrasado** y hacía unos quince años que pastoreaba para Emeterio. Tendría cerca de cincuenta años y no hablaba casi nunca. Durmieron en el mismo **chozo de barro**, bajo los robles, aprovechando el abrazo de las raíces. En el chozo **sólo cabían echados y tenía que entrar a gatas**,[3] medio arrastrándose. Pero se estaba fresco en el verano y bastante abrigado en el invierno.

El verano pasó. Luego el otoño y el invierno. Los pastores no bajaban al pueblo, excepto el día de la fiesta. Cada quince días **un zagal** les subía la "collera": pan, cecina, sebo, ajos. A veces, una bota de vino. Las cumbres de Sagrado eran hermosas, de un azul profundo, terrible, ciego. El sol, alto y redondo, como una **pupila impertérrita**, reinaba allí. En la neblina del aman-

1 desgraciado.

2 not even a fence on which he could lean and burst—That is, he left him nothing.

3 they only fitted there laying down and had to come in on all four.

Pastoreo por el monte.

ecer, cuando aún no se oía el zumbar de las moscas ni crujido alguno, Lope solía despertar, con la techumbre de barro encima de los ojos. Se quedaba quieto un rato, sintiendo en el costado el cuerpo de Roque el Mediano, como un bulto alentante. Luego, arrastrándose, salía para el cerradero. En el cielo, cruzados, como estrellas fugitivas, los gritos se perdían, inútiles y grandes. Sabía Dios hacia qué parte caerían. Como las piedras. Como los años. Un año, dos, cinco.

Cinco años más tarde, una vez, Emeterio le mandó llamar, por el zagal. Hizo reconocer a Lope por el médico, y vio que estaba sano y fuerte, crecido como un árbol.

— ¡Vaya **roble**¡ —dijo el médico, que era nuevo. Lope **enrojeció** y no supo qué contestar.

Francisca se había casado y tenía tres hijos pequeños, que jugaban en el portal de la plaza. Un perro se le acercó, con la lengua colgando. Tal vez le recordaba. Entonces vio a Manuel Enríquez, el compañero de la escuela que siempre **le iba a la zaga.**[4] Manuel vestía un traje gris y llevaba corbata. Pasó a su lado y les saludó con la mano.

Francisca comentó:

—Buena carrera, ése. Su padre lo mandó estudiar y ya **va para abogado**.

4 was as smart as him.

Al llegar a la fuente volvió a encontrarlo. De pronto, quiso llamarle. Pero se le quedó el grito detenido, como una bola, en la garganta.

— ¡Eh!—dijo solamente. O algo parecido.

Manuel se volvió a mirarle, y le conoció. Parecía mentira: le conoció. Sonreía.

— ¡Lope! ¡Hombre, Lope…!

¿Quién podía entender lo que decía? ¡Qué acento tan extraño tienen los hombres, qué raras palabras salen por los oscuros agujeros de sus bocas! Una sangre **espesa** iba llenándole las venas, mientras oía a Manuel Enríquez.

Manuel abrió una cajita plana, de color de plata, con los cigarrillos más blancos, más perfectos que vio en su vida. Manuel se la tendió, sonriendo.

Lope avanzó su mano. Entonces se dio cuenta de que era **áspera, gruesa**. Como un trozo de cecina. Los dedos no tenían flexibilidad, **no hacían el juego**. Qué rara mano la de aquel otro: una mano fina, con dedos como gusanos grandes, ágiles, blancos, flexibles. Qué mano aquella, de color de **cera**, con las uñas brillantes, pulidas. Qué mano extraña: ni las mujeres la tenían igual. La mano de Lope **rebuscó**, **torpe**. Al fin, cogió el cigarrillo, blanco y frágil, extraño, en sus dedos **amazacotados**: inútil, absurdo, en sus dedos. La sangre de Lope se le detuvo entre las cejas. Tenían una bola de sangre agolpada, quieta, fermentando entre las cejas. **Aplastó** el cigarrillo con los dedos y se dio media vuelta. No podía **detenerse**, ni ante la sorpresa de Manuelito que seguía llamándole:

— ¡Lope! ¡Lope!

Emeterio estaba sentado en el porche, en mangas de camisa, mirando a sus nietos. Sonreía viendo a su nieto mayor, y descansando de la labor, con la bota de vino al alcance de la mano. Lope fue directo a Emeterio y vio sus ojos interrogantes y grises.

—Anda, muchacho, vuelve a Sagrado, que ya es hora…

En la plaza había una piedra cuadrada, rojiza. Una de esas piedras grandes como melones que los muchachos transportan desde alguna pared derruida. Lentamente, Lope la cogió entre sus manos. Emeterio le miraba, reposado, con una leve curiosidad. Tenía la mano derecha metida entre **la faja** y el estómago. Ni siquiera le dio tiempo de sacarla: el golpe sordo, el **salpicar** de su propia sangre en el pecho, la muerte y la sorpresa, como dos hermanas, subieron hasta él, así, sin más.

Cuando se lo llevaron **esposado**, Lope lloraba. Y cuando las mujeres, **aullando como lobas**, le querían pegar e iban tras él, con los mantos alzados sobre las cabezas en señal de duelo, de indignación. "Dios mío, él, que le había recogido. Dios mío, él, que le hizo hombre; Dios mío, se habría muerto de hambre si él no lo recoge…" Lope sólo lloraba y decía:

—Sí, sí, sí…

Después de leer

Preguntas de comprensión

En grupos de dos contesten las siguientes preguntas primero oralmente y después escriban sus respuestas.

1. En el primer párrafo, ¿qué aprendemos de la situación familiar de Lope?
2. ¿Quién lo adopta? ¿A qué se dedica el hombre que le adopta? ¿Cómo es su situación financiera y social?
3. ¿Dónde duerme Lope?
4. ¿Por qué Emeterio lo despierta temprano?
5. ¿Quién es Roque el mediano?
6. ¿Quién es Don Lorenzo? ¿Qué opina de Lope?
7. Describan la vida de Lope cuando trabaja de pastor.
8. ¿Quién es Manuel Enríquez? ¿A qué se dedicará pronto? ¿Por qué, según Francisca, Manuel tendrá este buen trabajo pronto?
9. ¿Cómo son las manos de Manuel en comparación con las manos de Lope?
10. ¿Qué siente Lope en la frente entre los ojos?
11. ¿Qué hace Lope cuando ve a Emeterio sentado en el porche de su casa?
12. ¿Cómo termina el cuento?

Preguntas de interpretación

En grupos de dos contesten las siguientes preguntas primero oralmente y después escriban sus respuestas.

1. ¿Cómo empieza el cuento? ¿Qué efecto inmediato tiene en el lector?
2. ¿Qué tipo de hombre parece ser Emeterio?
3. ¿Por qué Emeterio insiste en que Lope trabaje de pastor?
4. Busquen ejemplos en el texto que ilustran que Lope, por pasar muchos años con Roque—un hombre que no habla—tiene un uso muy limitado del lenguaje y de las normas sociales.
5. Busquen en el texto ejemplos que ilustran cómo, poco a poco, Lope se da cuenta de que su vida en comparación con la de los demás ha sido desperdiciada.[5]
6. Se describe que cuando se encuentra con Manuel, Lope siente "una bola de sangre... entre las cejas". Expliquen el posible simbolismo de

5 wasted

este detalle. ¿En que sentido es anunciador de lo que pasa al final del cuento?

7. ¿Por qué Lope mata a Emeterio?
8. Expliquen la última frase del cuento. ¿Por qué Lope dice "sí, sí, sí" a pesar de que es el asesino de Emeterio?
9. Expliquen el título.
10. ¿Cómo se sintieron después de leer este cuento? ¿Por qué?

Actividades de escritura creativa

1. Lope está en la cárcel y le escribe una carta a Emeterio que ya no está en la tierra. ¿Qué le dice?
2. Emeterio le contesta su carta.
3. Cambien el final del cuento. Lope no mata a Emeterio. ¿Qué pasa?

8. Camilo José Cela Trulock, Marqués de Iria Flavia

(La Coruña, 1916-Madrid, 2002)

Biografía e Información Literaria

Nace en la Coruña en 1916 de padre español y de madre inglesa e italiana. Entre 1931-32 es internado en el Sanatorio Antituberculoso de Guadarrama. Durante este tiempo, aprovecha para leer las obras de Ortega y Gasset. Estudia varios campos—medicina, letras y derecho—antes de dedicarse plenamente a la literatura. Con el estallido de la Guerra Civil, Cela, quien forma parte del bando nacional, es herido. A pesar de su participación política en la guerra y sus heridas, él publica su primera colección de poemas, *Pisando la dudosa luz del día*.

En 1942, publica su primera novela *La familia de Pascual Duarte*. En esta obra, que tiene lugar en la Extremadura rural durante los años que preceden a la Guerra Civil, se descubre a un protagonista, Pascual Duarte, que narra la historia de su vida. Duarte narra su vida diaria con un lenguaje típico de su región y como carece de cualquier destreza social, hace uso de la violencia para solucionar los problemas que encuentra en su vida. *La familia de Pascual Duarte* es especialmente importante en la literatura española porque inaugura un nuevo estilo, **el tremendismo**.

En 1944, se casa con María del Rosario Conde Picavea y tiene un hijo, Camilo José Cela Conde en 1946. Se divorcia de ella en 1980 y en 1991 se casa con Marina Castaño, una periodista.

Su segunda gran novela, *La Colmena*, es publicada en 1951 en Buenos Aires porque está prohibida en España. En 1956, es invitado a formar parte de la Real Academia Española. El 17 de enero de 2002 (el día en que su hijo cumple 56 años) fallece Camilo José Cela.

El cuento "Don Elías Neftalí Sánchez, mecanógrafo" (*Mesa Revuelta*. Madrid: Ediciones Alfaguara, 1965) ilustra el tono irónico y sarcástico que Camilo José Cela emplea en ciertas obras. A través de su personaje *Don Elías*, Cela se burla de muchas personas de la sociedad.

El tremendismo

El **tremendismo** es una estética literaria española que es empezada por Camilo José Cela en su novela *La familia de Pascual Duarte* (1942). Esta estética literaria refleja las condiciones duras de los años cuarenta en España, es decir los años de la posguerra.

Las características del tremendismo son las siguientes:

- se presenta la realidad de un modo exagerado y trágico
- el lenguaje es crudo y duro
- hay mucha violencia
- los personajes son seres marginados, con defectos físicos y/o enfermedades mentales
- a veces los personajes son criminales, ladrones o prostitutas

Obras más importantes

1942 *La Familia de Pascual Duarte*

1943 *Pabellón de reposo*

1944 *Nuevas andanzas y desventuras de Lazarillo de Tormes*

1948 *Viaje a la Alcarria*

1951 *La Colmena*

1969 *San Camilo 1936*

1984 *Mazurca para dos muertos*. Premio Nacional de Literatura

1988 *Cristo versus Arizona*

1994 *La cruz de San Andrés*. Premio Planeta

2001 *La Rosa*

Premios

1956 Premio de la Crítica

1984 Premio Nacional de Narrativa

1987 Premio Príncipe de Asturias de las Letras

1989 Premio Nobel de Literatura

1992 Premio Mariano de Cavia de Periodismo

1994 Premio Planeta

1995 Premio Miguel de Cervantes

1996 El Rey don Juan Carlos I le concede el título de Marqués de Iria Flavia

Enlaces

La página por la Biblioteca Virtual Miguel de Cervantes.

http://cvc.cervantes.es/actcult/cela/default.htm

Fundación José Cela.

http://www.fundacioncela.com/asp/home/home.asp

Antes de leer

Para conversar

En grupos de dos, discutan las siguientes preguntas. ¡Ojo! ¡Sólo hablen español!

1. ¿Conocieron alguna vez a una persona que pretendía ser alguien o algo que no era en realidad?
2. ¿Tienen aspiración a ser escritores o poetas?
3. ¿Conocieron a alguna persona que no era un verdadero amigo (o amiga) pero que siempre se aparecía en su vida en los momentos más inadecuados?

Palabras difíciles

abatido/a : *downhearted*
asomarse: *to lean over*
bigotudo: *with a big mustache*
la butaca: *armchair*
la colcha: *bed cover*
el can: *dog*
con que: *so*
copiar a máquina: *to type* (*on a typewriter*)
la cuartilla: *sheet of paper*
desazonado/a : *tense*
despreciar: *to despise*
el desprecio: *disdain*
echar su cuarto: *to speak in favor of*
errabundo/a: *wandering*
el escarmiento: *punishment with the goal of teaching a lesson to someone*
la esquela: *obituary*
ignoto/a: *unknown*
la jaqueca: *headache*
el jefe de Negociado de tercera: *third-class bureau chief*
el mecanógrafo: *typist*
melifluo/a : *very sweet and delicate*

la paradoja: *paradox*
reportar: *to produce, to yield*
semioriginal: *not very original*
ser digno/a del bronce: *to be worth remembering*
sueco/a: *Swedish*
tenga la bondad: *please*
el timbre de gloria: *seal of glory*
el título: *title, qualification*
tomarse una copa: *to have a drink*

Práctica del vocabulario

A. Empareja cada palabra con la definición que le corresponde.

____	abatido/a	a. el dolor de cabeza
____	la jaqueca	b. producir
____	el can	c. la hoja de papel
____	reportar	d. deprimido/a
____	melifluo/a	e. tener a menos
____	despreciar	f. el perro
____	la cuartilla	g. muy dulce

B. ¿Estás de acuerdo o no?

1. Un mecanógrafo usa sus manos para trabajar.
2. Un can errabundo suele ser limpio.
3. Una cuartilla se fabrica con plástico.
4. Un hombre sueco está acostumbrado al calor tropical.
5. Es muy buena idea tomarse muchas copas y luego conducir su coche.

C. Entrevista a un compañero/a y apunta las respuestas.

1. ¿Cuándo fue la última vez que te sentiste abatido/a? Explica por qué te sentiste de esta manera.
2. ¿Te gusta copiar a computadora? ¿Copias muy rápidamente o muy lentamente?
3. ¿Tienes muchas jaquecas? ¿Cuándo sueles tener jaquecas con más frecuencia? ¿Qué haces para aliviarlas?
4. ¿Piensas que usar el escarmiento con fines pedagógicos[1] es una buena idea? Justifica tu opinión.

1 in order to teach someone a lesson.

Don Elías Neftalí Sánchez, mecanógrafo (1965)

Camilo José Cela

Don Elías Neftalí Sánchez, en realidad no tan sólo mecanógrafo, sino **Jefe de Negociado de tercera** del Ministerio de Finanzas de no recuerdo cuál república, estuvo otro día a verme en casa.

— ¿Está el señor?

— ¿De parte de quién?

—Del señor Elías Neftalí Sánchez, escritor y mecanógrafo.

—Pase, **tenga la bondad**.

A don Elías lo pasaron al despacho. Yo estaba en la cama **copiando a máquina** una novela. La máquina estaba colocada sobre una mesa de cama, en equilibrio inestable; **las cuartillas** extendidas sobre **la colcha**, y los últimos libros consultados, abiertos sobre las sillas o sobre la alfombra.

Dos golpecitos sobre la puerta.

—Pase.

La criada, con el delantal a la espalda—quizá no estuviera demasiado limpio—, **asomó medio cuerpo**.

—El señor Elías, señorito; ese que es escritor.

En sus palabras se adivinaba **un desprecio** absoluto hacia la profesión.

—Que pase.

Al poco tiempo, don Elías Neftalí Sánchez, moreno, **bigotudo**, del orden y de los postulados de la revolución francesa, poeta **simbolista**[2]—tan simbolista como si fuera duque—, quizá judío, **semioriginal** y **melifluo**, se sentaba a los pies de mi cama.

—**Con que** escribiendo, ¿eh?

—Pues, sí; eso parece.

—Algún selecto y exquisito artículo, ¿eh?

—Psch...Regular...

—Alguna deliciosa y alada narración, ¿eh?

—Ya ve...

—Algún encantador poemita, ¿eh?

—Oiga, don Elías, ¿quiere usted mirar para otro lado, que me voy a levantar?

Me levanté, me vestí, cogí al señor Sánchez de un brazo y nos marchamos a la calle.

— ¡Hombre, amigazo! ¿**Nos tomamos dos copas**?

—Bueno

Nos las tomamos.

---

2 Symbolist. Reference to the French 19th century literary movement.

Don Quijote y Sancho Panza, Plaza de España, Madrid.

— ¿Otras dos?

—Bueno.

Nos las volvimos a tomar. Pagué y salimos a la calle, a dar vueltas por el pueblo como **canes** abandonados, como meditativos niños **errabundos.**

— ¿Y usted sigue escribiendo a máquina con un solo dedo?

—Sí señor. ¿Para qué voy a usar los otros?

Don Elías me informó— ¡cuántas veces llevamos ya, Dios mío! —de las ventajas de un método que él había inventado para escribir a máquina; me pintó con las más claras luces y los más vivos colores las dichas del progreso y de la civilización; aprovechó la ocasión **para echar su cuarto** a espadas en pro de los eternos postulados de **Libertad, Igualdad, Fraternidad**[3] (bien entendidas, claro, porque don Elías—nadie sabe por qué lejano e **ignoto escarmiento**—tenía la virtud de **curarse en sano**[4]; siguió hablándome de las virtudes de la alimentación exclusivamente vegetal, de las propiedades de los rayos solares y de la gimnasia **sueca** para la curación de las enfermedades; de las ganancias que a la Humanidad **reportaría** el empleo del idioma común…

Yo entré en una farmacia a comprar un tubo de pastillas contra el dolor de cabeza.

---

3 "Freedom, Equality, Fraternity": The motto of the French revolution.

4 he used simple language to be understood by others.

— ¿Tiene usted **jaqueca**, mi buen amigo?

—Regular...

—**Luego yo le dejo**[5], amigo, que no quiero serle molesto.

Cuando don Elías Neftalí Sánchez, en realidad, no tan sólo mecanógrafo, sino Jefe de Negociado de tercera del Ministerio de Finanzas de no recuerdo cuál república, **me abandonó a mis fuerzas,**[6] un mundo de esperanzas se abrió ante mis ojos.

Sus últimas palabras, ya mano sobre mano, **fueron dignas del bronce.**

— ¿Ve usted todos mis **títulos**? Pues todos los **desprecio**. Como siempre al despedirme: Elías Neftalí Sánchez, escritor y mecanógrafo para servirle. Es mi mayor **timbre de gloria.**

Cuando volví a mi casa aquella noche, **abatido y desazonado**, me tiré sobre **una butaca** y llamé a la criada.

—Si viene don Elías Neftalí Sánchez **le dice que me he muerto.**[7] ¿Entendido?

—Sí, señorito.

—A ver: repita.

—Si viene don Elías Neftalí Sánchez le digo que se ha muerto Ud.

—Eso. No lo olvide, **por lo que más quiera.**[8]

Pasaron algunos días, y una mañana vi en el periódico la siguiente **esquela**:

Don Elías Neftalí Sánchez
Ha muerto
Descanse en paz.

Así lo quiere el Señor. Descanse en paz don Elías ahora que **los que le sobrevivimos tan en paz hemos quedado.**[9]

La vida es una **paradoja**, como decía don Elías. Una inexplicable paradoja.

Después de leer

Preguntas de comprensión

En grupos de dos contesten las siguientes preguntas primero oralmente y después escriban sus respuestas.

5 I will leave you alone.
6 left me on my own.
7 tell him that I died.
8 promise me.
9 those of us who are still alive, we will now be peaceful.

1. ¿Quién es el narrador del cuento? ¿Desde qué perspectiva temporal se narra el cuento? En otras palabras, ¿se narra el cuento al mismo tiempo en que tiene lugar la acción o se narra retrospectivamente?
2. ¿Quién es Don Elías Neftalí Sánchez? ¿A qué se dedica?
3. ¿Cuál es el trabajo del narrador? ¿Dónde se encuentra cuando Don Neftalí Sánchez viene a visitarle?
4. Según el narrador, ¿qué tipo de hombre es Don Neftalí Sánchez?
5. ¿Adónde van los dos hombres?
6. ¿Por qué se marcha Don Neftalí Sánchez?
7. ¿Qué le dice el narrador a su criada cuando regresa a su casa?
8. ¿Qué lee el narrador pocos días después en el periódico?

Preguntas de interpretación

En grupos de dos contesten las siguientes preguntas primero oralmente y después escriban sus respuestas.

1. Busquen ejemplos específicos en el cuento que ilustran el tono irónico y sarcástico del narrador de este cuento.
2. ¿Qué tipo de hombre es Don Elías? ¿Por qué visita al narrador?
3. En su opinión, ¿qué sentimientos tiene Don Elías hacia el narrador? ¿Qué sentimientos tiene el narrador sobre Don Elías?
4. Comenten sobre el título que Don Elías se da a sí mismo y sobre sus apellidos.
5. ¿Cómo es la esquela[10] que se ha publicado en el periódico?
6. ¿Qué opinan de los comentarios del narrador después de leer la esquela?
7. En su opinión, ¿de qué o de quién se burla aquí Camilo José Cela a través de este cuento?

Actividades de escritura creativa

En grupos de dos, hagan las siguientes actividades. Su profesor/a revisará lo que han escrito y luego cada grupo presentará su trabajo al resto de la clase.

1. El periódico "La voz del pueblo" le pide al narrador del cuento "Don Elías Neftalí Sánchez, mecanógrafo" que escriba la esquela para Don Elías que acaba de fallecer. Como el narrador es un hombre muy sincero y un poco necio, escribe una esquela que sea un poco sarcástica.
2. El narrador muere en vez de Don Elías. Don Elías escribe la esquela. ¿Cómo sería?

---

10 obituary notice.

9. Carmen Laforet

(Barcelona, 1921-Madrid, 2004)

Biografía e Información Literaria

Aunque nace en Barcelona, pasa su infancia y su adolescencia en las Islas Canarias. Con su primera novela, *Nada*, obtiene el Premio Nadal en 1944. Después de su éxito literario, se casa con el periodista Manuel Cerezales con quien tiene cinco hijos—dos de ellos son también escritores (Agustín y Cristina Cerezales). Después de su novela *Nada*, publica numerosas obras más.

Nada narra la vida difícil de Andrea que se muda a Barcelona con familiares para estudiar en la universidad. Sin embargo, cuando llega a Barcelona, Andrea es víctima de violencia física y emocional causada por sus propios familiares. *Nada* representa un microcosmos de la sociedad española en los años de posguerra. Esta novela es fundamental en la historia moderna de la literatura española porque trae una nueva voz en el realismo literario español de posguerra: él de una mujer joven que representa la voz de la nueva generación.

"Al colegio" (*La niña y otros relatos*. E.M.E.S.A, Madrid, 1970) es un cuento en que se descubre una relación muy estrecha entre madre e hija. Este cuento comunica la voz de una madre y sus sentimientos hacia su hija que va al colegio por primera vez.

Obras más importantes

1944 *Nada*. Premio Nadal de la novela.

1952 *La isla y los demonios*

1952 *El piano*

1954 *La llamada*

1955 *La mujer nueva*

1956 *Un matrimonio; El aguinaldo.*

1961 *Gran Canaria*

1963 *La insolación*

1967 *Paralelo 35*

1970 *La niña y otros relatos*

1981 *Mi primer viaje a USA*

2004 *Al volver la esquina.* Continúa la historia de *La insolación.*

2007 *Carta a don Juan.* Recopilación de todos sus relatos cortos.

2008 *Romeo y Julieta II.* Recopilación de sus relatos amorosos.

Premios

1944 Premio Nadal

1948 Premio Fastenrath

1955 Premio Menorca de Novela

1957 Premio Nacional de narrativa de España

Enlace

Biografía de la autora.

http://www.biografiasyvidas.com/biografia/l/laforet.htm.

Antes de leer

Para conversar

En grupos de dos, discutan las siguientes preguntas. ¡Ojo! ¡Sólo hablen español!

1. ¿Se acuerdan de su primer día en la escuela o de sus primeros momentos en la escuela? ¿Cómo fueron?
2. ¿Hay algún maestro específico de quien se acuerden claramente? ¿Cómo era esta persona?
3. ¿Hay un momento muy especial en la escuela del que se acuerden muy bien?

4. ¿Hay algo negativo o desagradable que les pasara que marcó su memoria para siempre?

Palabras difíciles

la acera: *sidewalk*
agruparse: *to gather*
el alma (fem.): *soul*
anhelante: *longing*
el apretón: *squeeze*
el aula (fem.): *classroom*
el barquillo: *cone, wafer*
el bolsillo: *pocket*
la campana: *the bell*
charlar : *to talk, to chat*
la chispa: *spark*
decidido/a: *determined*
desvanecer: *to vanish*
dorado/a: *golden*
emprender: *to embark on*
la escapada: *escape, short trip*
estrechar: *to make narrower, to strengthen*
la fila: *line, row*
el gorro: *cap, hat*
el grito: *shout, scream*
el guante: *glove*
el hundimiento: *sinking, collapse*
igualar: *to make even; to put on the same level*
latir: *to beat (heart)*
la manopla: *mitten*
el manto: *cloak*
meditar: *to meditate, to ponder*
la mejilla: *cheek*
meter: *to put*
la niebla: *mist*
el orgullo: *pride*
el pupitre: *desk*
el rabillo: *corner*
retorcido/a: *twisted*
el rincón: *corner*
la tentación: *temptation*
tierno/a: *tender, affectionate*
la tiza: *chalk*
la trenza: *braid*

Práctica del vocabulario

A. Completa el texto con las palabras apropiadas.

charlar	la manopla	el pupitre
la trenza	la mejilla	la acera
el orgullo	el aula	

La madre y la niña están caminando en la ________________. Es el primer día del colegio para la niña, así que las dos sienten mucho ________________. Ellas ________________ tranquilamente de lo que significa ir al colegio. La niña es muy bonita. Tiene un vestido y en el pelo, tiene ________________. Como hace frío, ella lleva su abrigo y sus ________________. Finalmente, llegan al colegio. La madre le da un beso a la hija en la ________________. La niña se despide de su madre, entra al ________________ y se sienta frente a su ________________.

B. Empareja cada palabra con el sinónimo y/o la definición que le corresponde.

____	decidido/a	a. poner
____	meter	b. cariñoso/a
____	el rabillo	c. desaparecer
____	agruparse	d. determinado/a
____	tierno/a	e. el rincón
____	la fila	f. juntarse
____	desvanecer	g. la cola

C. ¿Cierto o falso?

____ 1. En Inglaterra, hay mucha niebla

____ 2. En un aula, se escribe en la tiza con una pizarra

____ 3. Es una buena idea comerse un barquillo cuando hace mucho calor

____ 4. Es una buena idea llevar manoplas cuando hace mucho frío.

____ 5. Los muchachos en la escuela suelen llevar trenzas

____ 6. Los árboles de Navidad suelen tener muchas estrellas doradas

Al colegio (1970)

Carmen Laforet

Vamos cogidas de la mano en la mañana. Hace fresco y el aire está sucio de **niebla**. Las calles están húmedas. Es muy temprano.

Yo me he quitado el guante para sentir la mano de la niña en mi mano y me es infinitamente tierno este contacto, tan agradable, tan amical, que la estrecho un poquito emocionada. Su propietaria vuelve hacia mí la cabeza, y con **el rabillo** de los ojos me sonríe. Sé perfectamente la importancia de este **apretón**, sabe que yo estoy con ella y que somos más amigas hoy que otro día cualquiera.

Viene un aire vivo y empieza a romper la niebla. A todos los árboles de la calle se les caen las hojas, y durante unos segundos corremos debajo de una lenta lluvia de color tabaco.

—Es muy tarde; vamos.

—Vamos, vamos.

Madre e hijo: de camino a la escuela.

Pasamos corriendo delante de **una fila** de taxis parados, huyendo de la tentación. La niña y yo sabemos que las pocas veces que salimos juntas casi nunca dejo de coger un taxi. A ella le gusta; pero, a decir la verdad, no es por alegrarla por lo que lo hago; es, sencillamente, que cuando salgo de casa con la niña tengo la sensación de que **emprendo** un viaje muy largo. Cuando medito una de estas **escapadas**, uno de estos paseos, me parece divertido ver **la chispa** alegre que se le enciende a ella en los ojos, y pienso que me gusta infinitamente salir con mi hijita mayor y oírla charlar; que la llevaré de paseo al parque, que le iré enseñando, como el padre de la buena Juanita, los nombres de las flores; que jugaré con ella, que nos reiremos, ya que es tan graciosa, y que, al final, compraremos **barquillos**—como hago cuando voy con ella—y nos los comeremos alegremente.

Luego resulta que la niña empieza a charlar mucho antes de que salgamos de casa, que hay que peinarla y hacerle **las trenzas** (que salen pequeñas y retorcidas, como dos rabitos **dorados** debajo del gorro) y cambiarle el traje, cuando ya está vestida, porque se tiró encima un frasco de leche condensada, y cortarle las uñas porque al meterle **las manoplas** me doy cuenta de que han crecido...Y cuando salimos a la calle, yo, su madre, estoy casi tan cansada como el día en que la puse en el mundo...Exhausta, con un abrigo que me cuelga como **un manto**; con los labios sin pintar (porque a última hora me olvidé de eso), voy andando casi arrastrada por ella, por su increíble energía, por los infinitos «porqués» de su conversación.

—Mira, un taxi.—Este es mi grito de salvación y de hundimiento cuando voy con la niña... Un taxi.

Una vez sentada dentro, **se me desvanece** siempre aquella perspectiva de pájaros y flores y lecciones de la buena Juanita, y doy la dirección de casa de las abuelitas, un lugar concreto donde sé que todos seremos felices: la niña y las abuelas, charlando, y yo, fumando un cigarrillo, solitaria y en paz.

Pero hoy, esta mañana fría, en que tenemos más prisa que nunca, la niña y yo pasamos de largo delante de la fila tentadora de autos parados. Por primera vez en la vida vamos al colegio... Al colegio, le digo, no se puede ir en taxi. Hay que correr un poco por las calles, hay que tomar el metro, hay que caminar luego, en un sitio determinado, a un autobús... Es que yo he escogido un colegio muy lejano para mi niña, ésa es la verdad; un colegio que me gusta mucho, pero que está muy lejos... Sin embargo, yo no estoy impaciente hoy, ni cansada, y la niña lo sabe. Es ella ahora la que inicia una caricia tímida con su manita dentro de la mía; y por primera vez me doy cuenta de que su mano de cuatro años es igual a mi mano grande: tan **decidida**, tan poco suave, tan nerviosa como la mía. Sé por este contacto de su mano que **le late** el corazón al saber que empieza su vida de trabajo en la tierra, y sé que el colegio que le he buscado le gustará, porque me gusta a mí, y que, aunque está tan lejos, le parecerá bien ir a buscarlo cada día, conmigo, por las calles de la ciudad... Que Dios pueda explicar el porqué de esta sensación de **orgullo** que nos llena y nos **iguala** durante todo el camino...

Con los mismos ojos ella y yo miramos el jardín del colegio, lleno de hojas de otoño y de niños y niñas con abrigos de colores distintos, como **mejillas** que el aire mañanero vuelve rojas, jugando, esperando la llamada a clase.

Me parece mal quedarme allí; me da vergüenza acompañar a la niña hasta última hora, **como si ella no supiera ya valerse por sí misma**[1] en este mundo nuevo, al que yo la he traído... Y tampoco la beso, porque sé que ella en este momento no quiere. Le digo que vaya con los niños más pequeños, aquellos que **se agrupan en un rincón**, y nos damos la mano, como dos amigas. Sola, desde la puerta, la veo marchar, sin volver la cabeza ni por un momento. Se me ocurren cosas para ella, un montón de cosas que tengo que decirle, ahora que ya es mayor, que ya va al colegio, ahora que ya no la tengo en casa, a mi disposición a todas horas... Se me ocurre pensar que cada día lo que aprenda en esta casa blanca, lo que la vaya separando de mí—trabajo, amigos, ilusiones nuevas—, la irá acercando de tal modo a mi **alma**, que al fin no sabré dónde termina mi espíritu ni donde empieza el suyo...

Y todo esto quizá sea falso... Todo esto que pienso y que me hace sonreír, tan tontamente, con las manos en **los bolsillos** de mi abrigo, con los ojos en las nubes.

---

1 as if she did not know how to fend for herself.

Pero yo quisiera que alguien me explicase por qué cuando me voy alejando por **la acera**, manchada de sol y niebla, y siento **la campana** del colegio, llamando a clase, por qué, digo, esa expectación **anhelante**, esa alegría, porque me imagino **el aula** y la ventana, y **un pupitre** mío pequeño, desde donde veo el jardín y hasta veo clara, emocionantemente, dibujada en la pizarra con **tiza** amarilla una A grande, que es la primera letra que yo voy a aprender...

Después de leer

Preguntas de comprensión

En grupos de dos contesten las siguientes preguntas primero oralmente y después escriban sus respuestas.

1. ¿Quién narra en este cuento?
2. ¿Por qué es un día especial para las protagonistas?
3. ¿Cuántos años tiene la niña? ¿Es hija única?
4. ¿Por qué, según el texto, la madre escoge un colegio tan lejos?
5. ¿Por qué la madre no besa a su hija cuando se va al colegio?
6. ¿Qué pasa cuando la madre se va alejando del colegio?

Preguntas de interpretación

En grupos de dos contesten las siguientes preguntas primero oralmente y después escriban sus respuestas.

1. ¿Cuándo sabemos quién narra este cuento?
2. ¿Cómo parece sentirse la madre física y emocionalmente?
3. ¿Por qué Carmen Laforet se refiere a las protagonistas de un modo tan impersonal con "la madre" y "la hija"?
4. En su opinión, ¿cuál es la verdadera razón por la que la madre escogió un colegio tan lejos?
5. En su opinión, ¿tiene la madre una buena relación con su hija?
6. Hacia el final del cuento, la madre dice:

   "Se me ocurre pensar que cada día lo que aprenda en esta casa blanca, lo que la vaya separando de mí—trabajo, amigos, ilusiones nuevas—, la irá acercando de tal modo a mi alma, que al fin no sabré dónde termina mi espíritu ni donde empieza el suyo..." Expliquen esta frase.
7. Según el último párrafo del cuento, ¿cómo se siente la madre?
8. ¿Cómo se sintieron al leer este cuento?

Actividades de escritura creativa

En grupos de dos, hagan las siguientes actividades. Su profesor/a revisará lo que han escrito y luego cada grupo presentará su trabajo al resto de la clase.

1. ¿Cómo fue su primer semestre o día en la universidad (o en la escuela superior)? Escríbanle una carta a un familiar, explicándole cuáles fueron sus sentimientos, su experiencia, etc.
2. La niña escribe una composición para su clase. Ella explica lo que hace en la clase, lo que le gusta y lo que no le gusta, cuáles son sus amigos, etc.
3. Son cineastas en Hollywood. Necesitan escoger a actrices para los roles de la niña y de la madre. ¿Cómo son ellas físicamente? ¿Qué tipo de ropa llevan? ¿Cómo es la escuela?
4. Actividad para hacer por tu cuenta (solo/a):

   Todos tenemos un/a maestro/a de quien nos acordamos muy bien. Escríbele una carta a esta persona explicándole porque fue tan importante para ti.

10. Soledad Puértolas

(Zaragoza, 1947)

Biografía e Información Literaria

Soledad Puértolas estudia periodismo y ciencias políticas en Madrid. Vive algún tiempo en Noruega y en California donde saca una maestría en literaturas españolas y portuguesas en la Universidad de California-Santa Bárbara. Ahora vive en Madrid con su esposo y sus dos hijos. Es conocida como autora por sus ensayos, sus artículos de crítica literaria, sus novelas y sus cuentos. Fue premiada numerosas veces.

Con el cuento "La indiferencia de Eva" (*Una enfermedad moral.* Madrid: Trieste, 1982) Soledad Puértolas nos invita a pensar en la relación profesional y personal entre el hombre y la mujer en la sociedad española posfranquista.

Obras importantes

Novelas

1980 *El bandido doblemente armado*

1986 *Burdeos*

1988 *Todos mienten*

1989 *Queda la noche*

1992 *Días del Arenal*

1995 *Si al atardecer llegara el mensajero*

1997 *Una vida inesperada*

1999 *La señora Berg*

1999 *La rosa de plata*

2001 *Con mi madre*

2005 *Historia de un abrigo*

2008 *Cielo nocturno*

Cuentos

1975 *El recorrido de los animales*

1982 *Una enfermedad moral*

1986 *La sombra de una noche*

1993 *La corriente del golfo*

1998 *Gente que vino a mi boda*

2000 *Adiós a las novias*

2005 *"Ausencia"* en *Mujeres en ruta*

Ensayo

1971 *El Madrid de "La lucha por la vida"*

1993 *La vida oculta*

Otros

1995 *La vida se mueve*. Artículos.

1996 *Recuerdos de otra persona*. Biografía.

Premios

1979 Premio Sésamo

1989 Premio Planeta

1993 Premio Anagrama de Ensayo

2000 Premio NH

2001 Premio Glauka

2003 Premio de las Letras Aragonesas

Enlace

La página oficial de Soledad Puértolas.

http://www.soledadpuertolas.com/.

Antes de leer

Para conversar

En grupos de dos, discutan las siguientes preguntas. ¡Ojo! ¡Sólo hablen español!

1. ¿Han estado en una situación en la cual alguien les ignoró? ¿Dónde y cuándo ocurrió? ¿Quién fue la persona que les ignoró? ¿Cómo se sintieron? ¿Cuál fue su reacción?
2. ¿Han estado en una situación en la cual Uds. ignoraron a alguien? ¿Dónde y cuándo ocurrió? ¿Quién fue la persona que ignoraron? ¿Por qué ignoraron a esta persona? En su opinión, ¿cómo se sintió esta persona cuando la ignoraron?

Palabras difíciles

acoger: *to receive*
acudir: *to show up* (*somewhere*)
adecuadamente: *properly*
amonestar: *to reprimand*
arrancar: *to start* (*a car*)
arreglar: *to repair, fix, sort out*
arreglárselas: *to manage to do something*
asentir: *to assent, agree*
el asentimiento: *consent*
aturdir: *to confuse*
los auriculares: *headphones*
la calzada: *sidewalk*
la clave: *the key to the problem*
compaginar: *to combine*
la copa: *a drink*
la desaprobación: *disapproval*
desacostumbrado/a: *unusual*
desconcertado/a: *disconcerted*
el desconcierto: *puzzlement, confusion*
desechar: *to reject*
desganado/a: *apathetic*
destemplado/a: *harsh, unpleasant*
desvanecerse: *to vanish, fade*
doblegarse: *to give in*
encogerse de hombres: *to shrug one's shoulders*
ensalzar: *to praise*
escaso/a: *scare*
esfumarse: *to vanish*
estrepitosamente: *very loudly*
explayarse: *to talk at length* (*about*)
graduado/a: *prescribed* (*as in glasses*)
inmutarse: *to get upset*
insoslayable: *unavoidable, inescapable*
levantarse de un salto: *to jump up*
lleno/a de matices: *full of nuances*
mandar a paseo: *to send someone to take a hike*
matiz de suplica: *hint of entreaty*
la miopía: *short-sightedness*
la papeleta: *tricky problem*
obsequiar: *to give* (*away*); *to honor someone with something*
poner al tanto de: *to bring someone up to date*

pregonar: *to proclaim, announce*
los puntos suspensivos: *suspension points, ellipsis*
quejumbroso/a: *complaining; whining, whiny*
sepultado/a: *buried*
la seriedad: *seriousness*
sonarse la nariz: *to blow one's nose*
el taburete: *stool*
los transeúntes: *passers-by*
la trascendencia: *significance, importance*
traslucirse: *to show* (*through*)
el umbral: *threshold*
la vitrina: *display cabinet, window shop*
yermo/a: *barren*

Práctica del vocabulario

A. Empareja cada palabra con el sinónimo que le corresponde.

____	desvanecerse	a. recibir
____	destemplado/a	b. proclamar
____	acoger	c. expandir
____	la trascendencia	d. de mucho ruido
____	pregonar	e. regalar
____	explayarse	f. un gran problema
____	estrepitosamente	g. desaparecer
____	obsequiar	h. resolver
____	la papeleta	i. aprobar
____	arreglar	j. desagradable
____	asentir	k. la importancia

B. ¿Cierto o falso?

____ 1. Si alguien no sabe la respuesta a una pregunta se encoge de hombros

____ 2. Una persona que sufre de miopía necesita gafas graduadas

____ 3. En una calle importante de Madrid, no hay vitrinas

____ 4. A una persona desganada, le importan mucho los problemas de los demás

____ 5. Si un niño pierde su juguete favorito, se inmuta

____ 6. Si algo está roto, es necesario arreglarlo

____ 7. Un cuadro de Picasso está lleno de matices

C. Empareja cada palabra con la definición que le corresponde.

____	yermo/a	a. caos, confusión
____	asentir	b. que no se puede escapar
____	el desconcierto	c. ajustar, ordenar
____	esfumarse	d. presentarse a algún sitio
____	insoslayable	e. inhabitado
____	quejumbroso/a	f. elogiar, aclamar
____	compaginar	g. desaparecer
____	acudir	h. asiento alto sin brazos
____	ensalzar	i. estar de acuerdo con
____	el taburete	j. que se queja mucho

La indiferencia de Eva (1982)

Soledad Puértolas

Eva no era una mujer guapa. Nunca me llegó a gustar, pero en aquel momento, mientras atravesaba **el umbral** de la puerta de mi despacho y se dirigía hacia mí, me horrorizó. Cabello corto y mal cortado, rostro exageradamente pálido, inexpresivo, figura nada esbelta y, lo peor de todo para un hombre para quien las formas lo son todo: pésimo gusto en la ropa. Por si fuera poco, no fue capaz de percibir mi **desaprobación**. No hizo nada por ganarme. Se sentó al otro lado de la mesa sin dirigirme siquiera una leve sonrisa, sacó unas gafas del bolsillo de su chaqueta y me miró a través de los cristales con una expresión de **miopía** mucho mayor que antes ponérselas.

Dos días antes, me había hablado por teléfono. En tono firme y a una respetable velocidad me había **puesto al tanto** de sus intenciones: pretendía llevarme a la radio, donde dirigía un programa cultural de, al parecer, gran audiencia. Me **aturden** las personas muy activas y, si son mujeres, me irritan. Si son atractivas, me gustan.

— ¿Bien?—pregunté yo, más agresivo que impaciente.

Eva no se alteró. Suspiró profundamente, como invadida de un profundo desánimo. Dejó lentamente sobre la mesa un cuaderno de notas y me dirigió otra mirada con gran esfuerzo. Tal vez sus gafas **no estaban graduadas adecuadamente** y no me veía bien. Al fin, habló, pero su voz, tan terminante en el teléfono, se abría ahora paso tan arduamente como mirada, rodeada **de puntos suspensivos**. No parecía saber con certeza por qué se encontraba allí ni lo que iba a preguntarme.

—Si a usted le parece—dijo al fin, después de una incoherente introducción que nos desorientó a los dos—, puede usted empezar a explicarme cómo surgió la idea de…—no pudo terminar la frase. Me miró para que yo lo hiciera, sin ningún **matiz de súplica** en sus ojos. Esperaba, sencillamente, que yo resolviera **la papeleta**.

Me sentía tan ajeno y desinteresado como ella, pero hablé. Ella, que miraba de vez en cuando su cuaderno abierto, no tomó ninguna nota. Para terminar con aquella situación, propuse que realizáramos juntos un recorrido por la exposición, idea que, según me pareció apreciar, **acogió** con cierto alivio. Los visitantes de aquella mañana eran, en su mayor parte, extranjeros, hecho que comenté a Eva. Ella ni siquiera se tomó la molestia de **asentir**. Casi me pareció que mi observación le había incomodado. Lo miraba todo sin verlo. Posaba levemente su mirada sobre **las vitrinas**, los mapas colgados en la pared, algunos cuadros ilustrativos que yo había conseguido de importantes museos y alguna colección particular.

Por primera vez desde la inauguración me gustó. Me sentí orgulloso de mi labor y las consideré útil. Mi voz fue adquiriendo un tono de entusiasmo creciente. **Y conforme su indiferencia se consolidaba, más crecía mi entusiasmo.**[1] Se había establecido una lucha. Me sentía superior a ella y deseaba abrumarla con profusas explicaciones. Estaba decidido a que perdiese su precioso tiempo. El tiempo es siempre precioso para los periodistas. En realidad, así fue. La mañana había concluido y la hora prevista para la entrevista **se había inmutado**. Con sus gafas de miope, a través de las cuales no debía de haberse filtrado ni una mínima parte de la información allí expuesta, me dijo, condescendiente y remota:

—Hoy ya no podremos realizar la entrevista. Será mejor que la dejemos para mañana. ¿Podría usted venir a la radio a la una?

En su tono de voz no **se traslucía** ningún rencor. Si acaso había algún desánimo, era el mismo con el que se había presentado, casi dos horas antes, en mi despacho. Su bloc de notas, abierto en sus manos, seguía en blanco. Las únicas y **escasas** preguntas que me había formulado no tenían respuesta. Preguntas que son al mismo tiempo una respuesta, que no esperan del interlocutor más que un **desganado asentimiento**.

Y, por supuesto, ni una palabra sobre mi faceta de novelista. Acaso ella, una periodista tan eficiente, lo ignoraba. Tal vez, incluso, pensaba que se trataba de una coincidencia. Mi nombre no es muy original y bien pudiera suceder que a ella no se le hubiese ocurrido relacionar mi persona con la del escritor que había publicado dos novelas de relativo éxito.

---

1 the stronger her indifference got, the more my enthusiasm grew.

La Sagrada Familia, Barcelona.

Cuando Eva desapareció, experimenté cierto alivio. En seguida fui víctima de un ataque de mal humor. Me había propuesto que ella perdiese su tiempo, pero era yo quien lo había perdido. Todavía conservaba parte del orgullo que me había invadido al contemplar de nuevo mi labor, pero ya lo sentía como un orgullo estéril, sin **trascendencia**. La exposición se desmontaría y mi pequeña gloria **se esfumaría**. Consideré la posibilidad de no **acudir** a la radio al día siguiente, pero, desgraciadamente, **me cuesta evadir un compromiso.**[2]

Incluso llegué con puntualidad. Recorrí los pasillos laberínticos del edificio, pregunté varias veces por Eva y, al fin, di con ella. Por primera vez, sonrió. Su sonrisa no se dirigía a mí, sino a sí misma. No estaba contenta de verme, sino de verme allí. **Se levantó de un salto**, me tendió **una mano que yo no recordaba haber estrechado nunca**[3] y me presentó a dos compañeros que me acogieron con la mayor cordialidad, como si Eva les hubiera hablado mucho de mí. Uno de ellos, cuando Eva se dispuso a llevarme a la sala de grabación, me golpeó la espalda y pronunció una frase de ánimo. Yo no me había quejado, pero todo iba a salir bien. Tal vez había en mi rostro señales de estupefacción y **desconcierto**. Seguí a Eva por un estrecho pasillo en el que nos cruzamos con gentes apresuradas y simpáticas, a las que Eva dedicó frases ingeniosas, y nos introdujimos al fin en la cabina. En la habitación, de al lado, que veíamos a través de un panel de cristal, cuatro técnicos, con **los auriculares** ajustados a la cabeza, estaban concentrados en su tarea. Al fin, todos nos miraron y

2 I find it difficult to avoid an obligation.

3 I did not remember ever shaking her hand.

uno de ellos habló a Eva. Había que probar la voz. Eva, ignorándome, hizo las pruebas y, también ignorándome, hizo que yo las hiciera. Desde el otro lado del panel, los técnicos asintieron. Me sentí tremendamente solo con Eva. Ignoraba cómo **se las iba a arreglar.**

Repentinamente, empezó a hablar. Su voz sonó fuerte, segura, **llena de matices**. Invadió la cabina y, lo más sorprendente de todo: hablando de mí. Mencionó la exposición, pero en seguida añadió que era mi labor lo que ella deseaba destacar, aquel trabajo difícil, lento, apasionado. Un trabajo, dijo, que se correspondía con la forma en que yo construía mis novelas. Pues eso era yo, ante todo, un novelista excepcional. Fue tan calurosa, se mostró tan entendida, tan sensible, que mi voz, cuando ella formuló su primera pregunta, había quedado **sepultada** y me costó trabajo sacarla de su abismo. Había tenido la absurda esperanza, la seguridad, de que ella seguiría hablando, con su maravillosa voz y sus maravillosas ideas. Torpemente, me expresé y hablé de las dificultades con que me había encontrado de realizar la exposición, las dificultades de escribir una buena novela, las dificultades de **compaginar** un trabajo con otro. Las dificultades, en fin, de todo. Me encontré lamentándome de mi vida entera, como si hubiera errado en mi camino y ya fuera tarde para todo y, sin embargo, necesitara **pregonarlo**. Mientras Eva, feliz, pletórica, **me ensalzaba** y convertía en un héroe. Abominable. No su tarea, sino mi papel. ¿Cómo se las había arreglado para que yo jugara su juego con tanta precisión? A través de su voz, mis dudas se magnificaban y yo era mucho menos aún de lo que era. Mediocre y **quejumbroso**. Pero la admiré. Había conocido a otros profesionales de la radio; ninguno como Eva. Hay casos en los que una persona nace con un destino determinado. Eva era uno de esos casos. La envidié. Si yo había nacido para algo, y algunas veces lo creía así, nunca con aquella certeza, esa entrega. Al fin, ella se despidió de sus oyentes, se despidió de mí, hizo una señal de agradecimiento a sus compañeros del otro lado del cristal y salimos fuera.

En aquella ocasión no nos cruzamos con nadie. Eva avanzaba delante de mí, como si me hubiera olvidado, y volvimos a su oficina. Los compañeros que antes me habían **obsequiado** con frases alentadoras se interesaron por el resultado de la entrevista. Eva **no se explayó. Yo me encogí de hombros**, poseído por mi papel de escritor insatisfecho. Me miraron **desconcertados** mientras ignoraban a Eva, que se había sentado detrás de su mesa y, con las gafas puestas y un bolígrafo en la mano, revolvía papeles. Inicié un gesto de despedida, aunque esperaba que me sugirieran una visita al bar, como habitualmente sucede después de una entrevista. Yo necesitaba **esa copa**. Pero nadie me la ofreció, de forma que me despedí tratando de ocultar mi malestar.

Era un día magnífico. La primavera estaba próxima. Pensé que los almendros ya habrían florecido y sentí la nostalgia de un viaje. Avanzar por una carretera respirando aire puro, olvidar el legado del pasado que tan pacientemente yo había reunido y, al fin, permanecía demasiado remoto, dejar de preguntarme si yo ya había escrito cuanto tenía que escribir y si llegaría a escribir algo más. Y, sobre todo, **mandar a paseo** a Eva. La odiaba. El interés y ardor que mostraba no eran ciertos. Y ni siquiera tenía la seguridad de que fuese perfectamente estúpida o insensible. Era distinta a mí.

Crucé dos calles y recorrí dos manzanas hasta llegar a mi coche. Vi un bar a mi izquierda y decidí tomar la copa que no me habían ofrecido. El alcohol hace milagros en ocasiones así. Repentinamente, el mundo dio la vuelta. Yo era el único capaz de comprenderlo y de mostrarlo nuevamente a los ojos de los otros. Yo tenía **las claves** que los demás ignoraban. Habitualmente, eran una carga, pero de pronto cobraron esplendor. Yo no era el héroe que Eva, con tanto aplomo, había presentado a sus oyentes, pero la vida tenía, bajo aquel resplandor, un carácter heroico. Yo sería capaz de transmitirlo. Era mi ventaja sobre Eva. Miré la calle a través de la pared de cristal oscuro del bar. Aquellos **transeúntes** se beneficiarían alguna vez de mi existencia, aunque ahora pasaran de largo, ignorándome. Pagué mi consumición y me dirigí a la puerta.

Eva, abstraída, se acercaba por **la calzada**. En unos segundos se habría de cruzar conmigo. Hubiera podido detenerla, pero no lo hice. La miré cuando estuvo a mi altura. No estaba abstraída, estaba triste. Era una tristeza tremenda. La seguí. Ella también se dirigía hacia su coche, que, curiosamente, estaba aparcado a unos metros por delante del mío. Se introdujo en él. Estaba ya decidido a abordarla, pero ella, nada más sentarse frente al volante, se tapó la cara con las manos y se echó a llorar. Era un llanto **destemplado**. Tenía que haberle sucedido algo horrible. Tal vez **la habían amonestado** y, dado el entusiasmo que ponía en su profesión, estaba rabiosa. No podía acercarme mientras ella continuara llorando, pero sentía una extraordinaria curiosidad y esperé. Eva dejó de llorar. **Se sonó estrepitosamente la nariz**, sacudió su cabeza y puso en marcha el motor del coche. Miró hacia atrás, levantó los ojos, me vio. Fui hacia ella. Tenía que haberme reconocido, porque ni siquiera había transcurrido una hora desde nuestro paso por la cabina, pero sus ojos permanecieron vacíos unos segundos. Al fin, reaccionó.

— ¿No tiene usted coche?—preguntó, como si ésa fuera la explicación de mi presencia allí.

Negué. Quería prolongar al encuentro.

—Yo puedo acercarle a su casa—se ofreció, en un tono que no era del todo amable.

Pero yo acepté. Pasé por delante de su coche y me acomodé a su lado. Otra vez estábamos muy juntos, como en la cabina. Me preguntó dónde vivía y emprendió la marcha. Como si el asunto le interesara, razonó en alta voz sobre cuál sería el itinerario más conveniente. Tal vez era otra de sus vocaciones. Le hice una sugerencia, que ella **desechó.**

— ¿Le ha sucedido algo? —irrumpí con malignidad—. Hace un momento estaba usted llorando.

Me lanzó una mirada de odio. Estábamos detenidos frente a un semáforo rojo. Con el freno echado, pisó el acelerador.

—Ha estado usted magnífica—seguí—. Es una entrevistadora excepcional. Parece saberlo todo. Para usted no hay secretos.

La luz roja dio paso a la luz verde y el coche **arrancó**. Fue una verdadera arrancada que nos sacudió a los dos. Sin embargo, no me perdí su suspiro, largo y desesperado.

—Trazó usted un panorama tan completo y perfecto que yo no tenía nada que añadir.

—En ese caso—replicó suavemente, sin irritación y sin interés—, lo hice muy mal. Es el entrevistado quien debe hablar.

Era, pues, más inteligente de lo que parecía. A lo mejor, hasta era más inteligente que yo. Todo era posible. En aquel momento no me importaba. Deseaba otra copa. Cuando el coche enfiló mi calle, se lo propuse. Ella aceptó acompañarme **como quien se doblega a un insoslayable deber.**[4] Dijo:

—Ustedes, los novelistas, son todos iguales.

La frase no me gustó, pero tuvo la virtud de remitir a Eva al punto de partida. Debía de haber entrevistado a muchos novelistas. Todos ellos bebían, todos le proponían tomar una copa juntos. Si ésa era su conclusión, tampoco me importaba. Cruzamos el umbral del bar y nos acercamos a la barra. Era la hora del almuerzo y estaba despoblado. El camarero me saludó y echó una ojeada a Eva, decepcionado. No era mi tipo, ni seguramente el suyo.

Eva se sentó en **el taburete** y se llevó a los labios su vaso, que consumió con rapidez, como si deseara concluir aquel compromiso cuanto antes. Pero mi segunda copa me hizo mucho más feliz que la primera y ya tenía un objetivo ante el que no podía detenerme.

— ¿Cómo se enteró usted de todo eso? —pregunté—. Tuve la sensación de que cuando me visitó en la Biblioteca no me escuchaba.

A decir verdad, la locutora brillante e inteligente de hacía una hora me resultaba antipática y no me atraía en absoluto, pero aquella mujer que se había paseado entre los manuscritos que documentaban las empresas heroicas del siglo XVII con la misma atención con que hubiese examinado un campo **yermo**, me impresionaba.

—Soy una profesional—dijo, en el tono en que deben decirse esas cosas.

—Lo sé—admití—. Dígame, ¿por qué lloraba?

---

4 as someone who gives in to an unavoidable duty.

Eva sonrió a su vaso vacío. Volvió a ser la mujer de la Biblioteca.

—A veces lloro—dijo, como si aquello no tuviera ninguna importancia—. Ha sido por algo insignificante. Ya se me ha pasado.

—No parece usted muy contenta—dije, aunque ella empezaba a estarlo.

Se encogió de hombros.

—Tome usted otra copa—sugerí, y llamé al camarero, que, con **una seriedad desacostumbrada**, me atendió.

Eva tomó su segunda copa más lentamente. Se apoyó en la barra con indolencia y sus ojos miopes se pusieron melancólicos. Me miró, al cabo de una pausa.

— ¿Qué quieres? —dijo.

— ¿No lo sabes? —pregunté.

—Todos los novelistas...—empezó, y extendió su mano.

Fue una caricia breve, casi maternal. Era imposible saber si Eva me deseaba. Era imposible saber nada de Eva. Pero cogí la mano que me había acariciado y ella no la apartó. El camarero me dedicó una mirada de censura. Cada vez me entendía menos. Pero Eva seguía siendo un enigma. Durante aquellos minutos - el bar vacío, las copas de nuevo llenas, nuestros cuerpos anhelantes - mi importante papel en el mundo **se desvaneció. El resto de la historia fue vulgar.**[5]

Después de leer

Preguntas de comprensión

En grupos de dos contesten las siguientes preguntas primero oralmente y después escriban sus respuestas.

1. ¿Quiénes son los protagonistas? ¿Cuál es el tema de este cuento?
2. ¿Quién es el narrador? ¿Cómo describe a Eva? ¿Cuál es su reacción inicial cuando ve a Eva?
3. ¿Por qué viene Eva a la oficina del narrador?
4. ¿Cómo se comporta Eva con el narrador? ¿Cómo reacciona él frente a su comportamiento?
5. ¿Por qué el narrador va a la estación de radio donde trabaja Eva?
6. Describan la entrevista. ¿Cómo se comporta Eva? ¿Es diferente de antes? ¿Cuál es la reacción del narrador?
7. ¿Cómo se siente el narrador después de la entrevista? ¿Por qué se siente así?

5 the rest of the story is similar to any other story.

8. Describan el encuentro entre el narrador y Eva en la calle después de la entrevista. ¿Qué hace Eva? ¿Cómo reacciona el narrador?
9. ¿Adónde van después? ¿Qué pasa entre ellos?
10. ¿Cómo termina el cuento?

Preguntas de interpretación

En grupos de dos contesten las siguientes preguntas primero oralmente y después escriban sus respuestas.

1. "No hizo nada por ganarme". ¿Por qué le molesta esto al narrador? Según él, ¿cómo debería ser una mujer?
2. "me aturden (=molestan) las personas muy activas, y si son mujeres, me irritan. Si son atractivas, me gustan". ¿Por qué, en su opinión, le gustan al narrador las mujeres atractivas y activas?
3. "Y conforme su indiferencia se consolidaba, más crecía mi entusiasmo". Expliquen por qué el narrador reacciona de esta manera frente a la indiferencia de Eva.
4. ¿Por qué Eva está indiferente frente al narrador?
5. ¿Por qué el narrador se enoja con Eva?
6. Expliquen por qué Eva ignora al narrador pero cuando éste la entrevista en la radio, ella habla muy bien de él.
7. ¿Por qué llora Eva?
8. ¿Por qué creen que al final el narrador intenta seducir a Eva? ¿Por qué Eva se deja seducir por él?
9. En su opinión, al final ¿quién gana la "competencia"?
10. Expliquen la ironía del nombre "Eva" y el título de este cuento. ¿Por qué es irónico que "Eva" le sea indiferente al narrador? ¿Qué efecto/crítica/mensaje quiere crear/comunicar aquí Puértolas?
11. Expliquen por qué la autora crea a unos protagonistas que trabajan con las palabras (habladas y escritas). ¿Qué valor simbólico tiene este detalle? ¿Quién gana la "guerra de las palabras"?

Actividades de escritura creativa

En grupos de dos, hagan las siguientes actividades. Su profesor/a revisará lo que han escrito y luego cada grupo presentará su trabajo al resto de la clase.

1. Eva le habla por teléfono a su mejor amiga. ¿Qué le cuenta del autor?
2. Han pasado seis meses. ¿Qué ha pasado entre los dos protagonistas? ¿Siguen juntos o sólo fue una aventura breve?
3. El autor le habla a su mejor amiga de Eva. ¿Qué le cuenta de ella?

11. Laura Freixas

(Barcelona, 1958)

Biografía e Información Literaria

Laura Freixas nace en Barcelona en 1958. Estudia derecho en la Universidad de Barcelona entre 1975 y 1980. Es autora de dos colecciones de relatos, de tres novelas, de una colección de ensayos y varios prólogos. Es también autora de numerosas traducciones del francés e inglés al español. Ahora, reside en Madrid, trabaja como columnista de *La Vanguardia* y escribe crítica literaria en su suplemento Cultura/s.

El cuento "Final absurdo" (*El asesino en la muñeca.* Barcelona, Anagrama, 1988) pertenece a una corriente literaria abundante en la España posfranquista (después de 1975) es decir **el cuento fantástico.** Numerosos autores españoles como Cristina Fernández Cubas, José María Merino e Ignacio Martínez de Pisón, entre otros, cultivan el género **del cuento fantástico.**

Obras más importantes

Novelas

1997 *Último domingo en Londres*

1998 *Entre amigas*

2005 *Amor o lo que sea*

Cuentos

1988 *El asesino en la muñeca*

2001 *Cuentos a los cuarenta*

Ensayo

2000 *Literatura y mujeres*

2009 *La novela femenil y sus lectrices*

Autobiografía

2007 *Adolescencia en Barcelona* hacia 1970

Editora de colección de cuentos

Julio-agosto 1996 *El diario íntimo* (compilación, prólogo y un fragmento del diario propio)

1996 *Madres e hijas* (compilación y prólogo)

1997 *Retratos literarios* (compilación y prólogo)

1999 *Hijas y padres* (relato "Don Mariano y la tribu de los Freixolini")

1999 *Retrato de un siglo* (compilación y prólogo)

2000 *Ser mujer* (compilación y prólogo)

2009 *Cuentos de amigas*

Infantil

2008 *Melina y el pez rojo*

Enlace

Página oficial de Laura Freixas.
http://www.laurafreixas.com/.

Antes de leer

Para conversar

En grupos de dos, discutan las siguientes preguntas. ¡Ojo! ¡Sólo hablen español!

1. Si pudieras ser un personaje ficticio, ¿cuál te gustaría ser y por qué?
2. ¿Has leído, en inglés o en español un cuento o una novela donde se mezclen la realidad y la ficción? Discútela. ¿Qué pasó en la novela o en el cuento? ¿Te gustó? Dale tu opinión a tu compañero/a.
3. ¿Has visto alguna película donde se mezclen la ficción y la realidad? ¿Cuál fue?

Puedes mirar la película por Woody Allen, *The Purple Rose of Cairo* donde también el personaje y el lector se mezclan en un mismo mundo.

Palabras difíciles

afablemente: *nicely*
el agua de borrajas: *to come to nothing*
arrasador/a: *destructive*
al azar: *at random*
arreciar: *to get worse, to intensify*
los avatares (de la vida): *changes that take place in life*
el augurio: *omen, prediction*
las bambalinas: *theater backdrop*
el broche de azabache: *an old jet-black brooch*
boquiabierto/a: *open-mouthed, agape*
bostezar: *to yawn*
el bulto: *bulk, bundle, volume, shape*
la ceguera: *blindness*
chillar: *to scream, yell, shout*
con ahínco: *diligently, eagerly*
con sobresalto: *with shock, fright; startled*
coqueta/o: *flirt*
cursi: *in poor taste*
dejar plantado/a a alguien: *to stand someone up*
de reojo: *sideways, askew*
de sobras: *excess, surplus*
descartar: *to discard, to reject*
desencajado/a: *twisted, shaken, distorted*
desentenderse de algo: *to deny something*
el donjuán de opereta: *a womanizer*
embestir: *to crash into*
ensordecer: *to deafen*
el esfuerzo: *effort, courage*
espiar: *to spy*
la fiereza: *wildness, fierceness, hostility, aggressiveness*
fulminar: *to strike dead; to detonate, explode*
hacer las paces: *to make peace with someone*
juguetear: *to toy, play, frolic*
importarle un comino a uno: *to not care at all about someone/something*
malgastar: *to squander, waste*
manosear: *to tamper, handle, do business with*
manso/a: *gentle, tame*
la maraña: *thicket, entanglement, tangled web*
los matices: *shades, nuances*
menguar: *to decrease*
movedizo/a: *mobile, portable*
la mueca: *grimace, grin*
la pesadilla: *nightmare*
el perchero: *clothes rack*
pesetero/a: *stingy, greedy person, mercenary*
pillado/a: *caught (by surprise)*
poquitín: *tiny, miniscule*
por las buenas: *gladly, pleasant*
reacio/a: *reluctant*
recalcar: *to emphasize, stress*
regatear: *to bargain, haggle*
el relato: *short story*
serenarse: *to pull oneself together, to become calm*
sin ton ni son: *nonsense*
el títere: *puppet*
verdulera: *insolent, coarse woman*
vociferar: *to yell, shout, vociferate*

Práctica del vocabulario

A. Empareja cada palabra con la definición que le corresponde.

____	vociferar	a. cuando alguien no ve
____	importarle un comino a uno	b. a los niños, les gusta mucho
____	bostezar	c. dócil, suave, sumiso
____	la ceguera	d. alguien que no quiere gastar mucho dinero
____	menguar	e. entusiasmo, voluntad
____	sin ton ni son	f. si alguien no viene a una cita
____	el títere	g. hablar a voces, muy fuerte
____	dejar plantado a uno	h. aumentar, empeorar, crecer
____	pesetero/a	i. cuando uno está cansado, lo hace mucho
____	manso	j. bajar, disminuir
____	arreciar	k. no importarle nada a uno
____	ahínco	l. algo que no tiene sentido

B. Antónimos. ¿Cuál es la palabra opuesta?

1. **descartar**
   a. guardar b. eliminar c. suprimir. d. desechar
2. **recalcar**
   a. subrayar b. destacar c. no prestar atención d. acentuar
3. **chillar**
   a. gritar b. vociferar c. protestar d. susurrar
4. **el augurio**
   a. la adivinación b. la equivocación c. el presagio d. el pronóstico

C. ¡A practicar el vocabulario!

Escoge a un/a compañero/a en la clase y hazle las siguientes preguntas

1. ¿Bostezas con frecuencia? ¿En qué momento del día bostezas más?
2. ¿Cuándo chillaste por última vez? ¿Por qué vociferaste? ¿Qué pasó?
3. ¿Te han dejado plantado/a alguna vez? ¿Dónde y cuándo fue? ¿Cómo te sentiste y qué le dijiste a la persona que te dejó plantado/a?
4. ¿Has tenido alguna vez una cita romántica con una persona pesetera? Explica qué pasó y cómo reaccionaste.

Final absurdo (1988)

Laura Freixas

Eran las ocho y media de la tarde, y el detective Lorenzo Fresnos estaba esperando una visita. Su secretaria acababa de marcharse; afuera había empezado a llover y Fresnos se aburría. Había dormido muy poco esa noche, y tenía la cabeza demasiado espesa para hacer nada de provecho durante la espera. Echó un vistazo a la biblioteca, legada por el anterior ocupante del despacho, y eligió un libro **al azar**. Se sentó en su sillón y empezó a leer, **bostezando**.

Le despertó un ruido seco: el libro había caído al suelo. Abrió los ojos **con sobresalto** y vio, sentada al otro lado de su escritorio, a una mujer de unos cuarenta años, de nariz afilada y mirada inquieta, con el pelo rojizo recogido en un moño. Al ver que se había despertado, ella le sonrió **afablemente**. Sus ojos, sin embargo, le escrutaban **con ahínco**.

Lorenzo Fresnos se sintió molesto. Le irritaba que la mujer hubiese entrado sin llamar, o que él no la hubiese oído, y que le hubiera estado **espiando** mientras dormía. Hubiera querido decir: "Encantado de conocerla, señora..." (Era una primera visita) pero había olvidado el nombre que su secretaria le había apuntado en la agenda. Y ella ya había empezado a hablar.

—Cuánto me alegro de conocerle—estaba diciendo—. No sabe con qué impaciencia esperaba esta entrevista. **¿No me regateará el tiempo, verdad?**[1]

—Por supuesto señora—replicó Fresnos, más bien seco. Algo, quizá la ansiedad que latía en su voz, o su tono demasiado íntimo, le había puesto en guardia—. Usted dirá.

La mujer bajó la cabeza y se puso a **juguetear** con el cierre de su bolso. Era un bolso antiguo y **cursi**. Toda ella parecía un poco antigua, pensó Fresnos: el bolso, el peinado, **el broche de azabache**... Era distinguida, pero de una distinción tan pasada de moda que resultaba casi ridícula.

—Es difícil empezar... Llevo tanto tiempo pensando en lo que quiero decirle... Verá, yo... Bueno, para qué le voy a contar: usted sabe...

Una dama de provincias, sentenció Fresnos; esposa de un médico rural o de un notario. Las conocía **de sobras**: eran desconfiadas, orgullosas, **reacias** a hablar de sí mismas. Suspiro para sus adentros: iba a necesitar paciencia.

La mujer alzó la cabeza, respiró profundamente y dijo:

—Lo que quiero es una nueva oportunidad.

Lorenzo Fresnos arqueó las cejas. Pero ella ya estaba **descartando**, con un gesto, cualquier hipotética objeción:

— ¡No, no, ya sé lo que me va a decir! —se contestó a sí misma—. Que si eso es imposible; que si ya tuve mi oportunidad y la **malgasté**; que usted no

---

1 you will not cut my time short, right?

tiene la culpa. Pero eso es suponer que uno es del todo consciente, que vive con conocimiento de causa. Y no es verdad; yo me engañaba. —Se recostó en el sillón y le miró, expectante.

— ¿Podría ser un poco más concreta, por favor? —preguntó Fresnos, con voz profesional. "Típico asunto de divorcio", estaba pensando. "Ahora me contará lo inocente que era ella, lo malo que es el marido, *etc.*, *etc.*, hasta el descubrimiento de que él tiene otra".

—Lo que quiero decir—replicó la mujer con **fiereza**—es que mi vida no tiene sentido. Ningún sentido, ¿me entiende? O, si lo tiene, yo no lo veo, y en tal caso le ruego que tenga la bondad de decirme cuál es.—Volvió a recostarse en el sillón y a **manosear** el bolso, mirando a Fresnos como una niña enfadada. Fresnos volvió a armarse de paciencia.

—Por favor, señora, no perdamos el tiempo. No estamos aquí para hablar del sentido de la vida. Si tiene la bondad de decirme, concretamente—**recalcó** la palabra—, para qué ha venido a verme…

La mujer hizo una mueca. Parecía que se iba a echar a llorar.

—Escuche…—se suavizó Fresnos. Pero ella no le escuchaba.

— ¡Pues para eso le he venido a ver, precisamente! ¡No reniegue ahora de su responsabilidad! ¡Yo no digo que la culpa sea toda suya, pero usted, por lo menos, me tenía que haber avisado!

— ¿Avisado? ¿De qué? —se desconcertó Fresnos.

—¡Avisado, advertido, puesto en guardia, qué sé yo! ¡Haberme dicho que usted **se desentendía** de mi suerte, que todo quedaba en mis manos! Yo estaba convencida de que usted velaba por mí, por darle un sentido a mi vida…

Aquella mujer estaba loca. Era la única explicación posible. No era la primera vez que tenía clientes desequilibrados. Eso sí, no parecía peligrosa; se la podría sacar de encima **por las buenas**. Se levantó con expresión solemne.

—Lo siento, señora, pero estoy muy ocupado y…

A la mujer se le puso una cara rarísima: la boca torcida, los labios temblorosos, los ojos **mansos** y aterrorizados.

—Por favor, no se vaya… no se vaya… no quería ofenderle—murmuró, ronca; y luego empezó a **chillar**—: ¡Es mi única oportunidad, la única! ¡Tengo derecho a que me escuche! ¡Si usted no…! —Y de pronto se echó a llorar.

Si algo no soportaba Fresnos era ver llorar a una mujer. Y el de ella era un llanto total, irreparable, de una desolación **arrasadora**. "Está loca", se repitió, para **serenarse**. Se volvió a sentar. Ella, al verlo, se calmó. Sacó un pañuelito de encaje para enjugarse los ojos y volvió a sonreír con una sonrisa forzada. "La de un náufrago intentando seducir a una tabla", pensó Fresnos. Él mismo se quedó sorprendido: la había salido una metáfora preciosa, a la vez original y ajustada. Y entonces tuvo una idea. Pues Fresnos, como mucha gente, aprovechaba sus ratos libres para escribir, y tenía secretas ambiciones literarias.

Y lo que acababa de ocurrírsele era que esa absurda visita podía proporcionarle un magnífico tema para un cuento. Empezó a escucharla, ahora sí, con interés.

—Hubiera podido fugarme, ¿sabe? —decía ella—. Sí, le confieso que lo pensé. Usted... —se esforzaba visiblemente en intrigarle, en atraer su atención—, usted creía conocer todos, mis pensamientos, ¿verdad?

Lorenzo Fresnos hizo un gesto vago, de los que pueden significar cualquier cosa. Estaría con ella un rato más, decidió, y cuando le pareciese que tenía suficiente material para **un relato**, daría por terminada la visita.

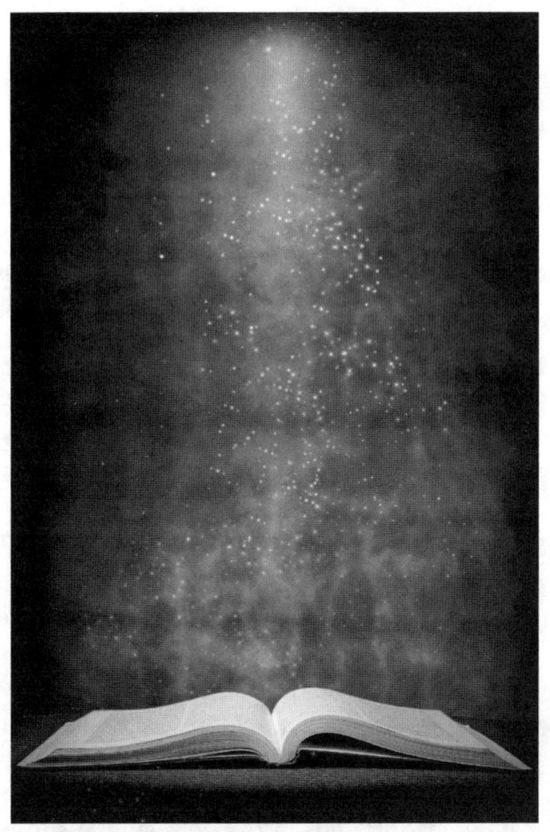

"De la ficción a la realidad, sólo hay un paso."

— ¡Pues no! —exclamó la mujer, con tono infantilmente burlón—. Permítame que le diga que no es usted tan omnisciente como cree, y que aunque he sido un **títere** en sus manos, también tengo ideas propias. —Su mirada coqueta suavizaba apenas la agresividad latente en sus palabras. Pero Fresnos estaba demasiado abstraído pensando en su cuento para percibir esos **matices**.

—...Cuando me paseo por el puerto, ¿recuerda? —continuaba ella—. En medio de aquel revuelo de gaviotas chillando, que parecen querer decirme algo, transmitirme un mensaje que yo no sé descifrar. —Se quedó pensativa, encogida. "Como un pajarito", pensó Fresnos, buscando símiles. "Un pajarito con las plumas mojadas" —. O quizá el mensaje era, precisamente, que no hay mensaje—murmuró ella.

Sacudió la cabeza, volvió a fijar los ojos en Fresnos y prosiguió:

—Quería empezar de nuevo, despertarme, abrir los ojos y gobernar el curso de mi vida. Porque aquel día, por primera y desgraciadamente única vez, intuí mi **ceguera**— "¿Ceguera?", se asombró Fresnos—. Esa ceguera espiritual que consiste en no querer saber que uno es libre, único dueño y único responsable de su destino, aunque no lo haya elegido; en dejarse llevar blandamente por **los avatares** de la vida. —"Ah, bueno", pensó Fresnos, algo decepcionado. Claro que en su cuento podía utilizar la ceguera como símbolo, no sabía bien de qué, pero ya lo encontraría.

—Por un momento—continuó la mujer—, jugué con la idea de embarcarme en cualquier barco y saltar a tierra en el primer puerto. ¡Un mundo por estrenar…!—exclamó, inmersa en sus fantasías—. A usted no le dice nada, claro, pero a mí…Donde todo hubiera sido asombro, novedad: con calles y caminos que no se sabe adónde llevan, y dónde uno no conoce, ni alcanza siquiera a imaginar, lo que hay detrás de las montañas…Dígame una cosa—preguntó de pronto—: ¿el cielo es azul en todas partes?

— ¿El cielo? Pues claro…—respondió Fresnos, **pillado** por sorpresa. Estaba buscando la mejor manera de escribir su rostro, su expresión. "Ingenuidad" y "amargura" le parecían sustantivos apropiados, pero no sabía cómo combinarlos.

— ¿Y el mar?

—También es del mismo color en todas partes—sonrió él.

— ¡Ah, es del mismo color! —repitió la mujer—. ¡Del mismo color, dice usted! Si usted lo dice, será verdad, claro… ¡Qué lástima!

Miró al detective y le sonrió, más relajada.

—Me alegro de que **hagamos las paces**. Me puse un poco nerviosa antes, ¿sabe? Y también me alegro—añadió, bajando la voz—de oírle decir lo del cielo y el mar. Tenía miedo de que me dijera que no había tal cielo ni tal mar, que todo eran **bambalinas** y papel pintado.

Lorenzo Fresnos miró con disimulo su reloj. Eran las nueve y cuarto, la dejaría hablar hasta las nueve y media, y luego se iría a casa a cenar; estaba muy cansado.

La mujer se había interrumpido. Se hizo un silencio denso, cargado. Afuera continuaba lloviendo, y el cono de luz cálida que les acogía parecía flotar en medio de una penumbra universal. Fresnos notó que la mujer estaba tensa; seguramente había sorprendido su mirada al reloj.

—Bueno, pues a lo que iba…—continúo ella, vacilante—. Que conste que no le estoy reprochando que me hiciera desgraciada. Al contrario: tuve instantes muy felices, sepa usted que los agradezco.

—No hay de que —replicó Fresnos, irónico.

—Pero era—prosiguió la mujer, como si no le hubiera oído—una felicidad proyectada hacia el porvenir, es decir, consistía precisamente en **el augurio** (creía yo) de una felicidad futura, mayor y, sobre todo, definitiva…No sé si me explico. No se trata de la felicidad, no es eso exactamente… Mire, ¿conoce usted esos dibujos que a primera vista no son más que una **maraña** de líneas entrecruzadas, y en los que hay que colorear ciertas zonas para que aparezca la forma que ocultan? Y entonces uno dice: "Ah, era eso: un barco, o un enanito, o una manzana"... Pues bien, cuando yo repaso mi vida, no veo nada en particular: sólo una maraña.

"Bonita metáfora", reconoció Fresnos. La usaría.

—Cuando llegó el punto final—exclamó ella, mirándole **de reojo**—le juro que no podía creérmelo. ¡Era un final tan absurdo! No me podía creer que aquellos sueños, aquellas esperanzas, aquellos momentos de exaltación, de intuición de algo grandioso..., creía yo..., terminaran en..., en **agua de borrajas**—suspiró—. Dígame—le apostrofó repentinamente—: ¿por qué terminó ahí? ¡Siempre he querido preguntárselo!

— ¿Terminar qué? —se desconcertó Fresnos.

— ¡Mi historia! — se impacientó la mujer, como si la obligaran a explicar algo obvio—. Nace una niña..., promete mucho..., tiene anhelos, ambiciones, es un **poquitín** extravagante..., lee mucho, quiere ser escritora..., incluso esboza una novela, que no termina—hablaba con pasión, gesticulando—, se enamora de **un donjuán de opereta** que **la deja plantada**..., piensa en suicidarse, no se suicida..., llegué a conseguir una pistola, como usted sabe muy bien, pero no la usé, claro..., eso al menos habría sido un final digno, una conclusión de algún tipo..., melodramático, pero redondo, acabado..., pero ¡qué va!, sigue dando tumbos por la vida..., hace que un buen día, ¡fin! ¡Así, **sin ton ni son**! ¿Le parece justo? ¿Le parece correcto? ¡Yo...!

—Pero ¿de qué diablos me está hablando? —la interrumpió Fresnos. Si no le paraba los pies, pronto le insultaría, y eso ya sí que no estaba dispuesto a consentirlo.

La mujer se echó atrás y le **fulminó** con una mirada de sarcasmo. Fresnos observó fríamente que se le estaba deshaciendo el moño, y que tenía la cara enrojecida. Parecía una **verdulera**.

— ¡Me lo esperaba!—gritó –. Soy una de tantas, ¿verdad? Me desgracia la vida, y luego ni se acuerda. Luisa, los desvelos de Luisa, ¿no le dice nada? ¡Irresponsable!

—Mire, señora —dijo Fresnos, harto—, tengo mucho que hacer, o sea, que hágame el favor...

—Y sin embargo, aunque lo haya olvidado—prosiguió ella, dramática, sin oírle—, usted me concibió. Aquí, en este mismo despacho: me lo imagino sentado en su sillón, con el codo en la mano, mordisqueando el lápiz, pensando: "Será una mujer. Tendrá el pelo rojizo, la nariz afilada, los ojos verdes; será ingenua, impaciente; vivirá en una ciudad de provincias..." ¿Y todo eso para qué? ¡Para qué, dígamelo! ¡Con qué finalidad, con qué objeto! ¡Pero ahora lo entiendo todo! —**vociferó**—. ¡Es usted uno de esos autores prolíficos y **peseteros** que fabrican las novelas como churros y las olvidan en cuanto las han vendido! ¡Ni yo ni mis desvelos **le importamos un comino**! ¡Sólo le importa el éxito, el dinero, su mísero pedacito de gloria! ¡Hipócrita! ¡Impostor! ¡Desalmado! ¡Negrero!

"Se toma por un personaje de ficción", pensó Fresnos, **boquiabierto**. Se quedó mirándola sin acertar a decir nada, mientras ella le cubría de insultos. ¡Aquello sí que era una situación novelesca! En cuanto llegara a casa escribiría el cuento de corrido. Sólo le faltaba encontrar el final.

La mujer había callado al darse cuenta de que él no la escuchaba, y ahora le miraba de reojo, avergonzada y temerosa, como si el silencio de él la hubiera dejado desnuda.

— Déme aunque sólo sean treinta páginas más—susurró—, o aunque sean sólo veinte, diez… Por favor, señor Godet…

— ¿Señor Godet?—repitió Fresnos.

Ahora era ella la que le miraba boquiabierta.

— ¿Usted no es Jesús Godet?

Lorenzo Fresnos se echó a reír a carcajadas.

La mujer estaba aturdida.

— Créame que lamento este malentendido— dijo Fresnos. Estaba a punto de darle las gracias por haberle servido en bandeja un argumento para relato surrealista—. Me llamo Lorenzo Fresnos, soy detective, y no conozco a ningún Jesús Godet. Creo que podemos dar la entrevista por terminada. — Iba a levantarse, pero ella reaccionó rápidamente.

— Entonces, ¿usted de qué novela es? — preguntó con avidez.

— Mire, señora, yo no soy ningún personaje de novela; soy una persona de carne y hueso.

— ¿Qué diferencia hay? — Preguntó ella; pero sin dejarle tiempo a contestar, continuó—: Oiga, se me ha ocurrido una cosa. Ya me figuraba yo que no podía ser tan fácil hablar con el señor Godet. Pues bien, ya que él no nos va a dar una nueva oportunidad, más vale que nos la tomemos nosotros: usted pasa a mi novela, y yo paso a la suya. ¿Qué le parece?

— Me parece muy bien— dijo tranquilamente Fresnos—. ¿Por qué no vamos a tomar una copa y lo discutimos con calma? — Sin esperar respuesta, se levantó y fue a coger su abrigo del **perchero**. Se dio cuenta de que no llevaba paraguas, y estaba lloviendo a mares. Decidió que cogería un taxi. Entonces la oyó gritar.

Estaba pálida como un cadáver mirando la biblioteca, que no había visto antes por estar a sus espaldas. La barbilla le temblada cuando se volvió hacia él.

— ¿Por qué me ha mentido? — Gritó con furia—, ¿Por qué? ¡Aquí está la prueba!— Señalaba, acusadora, los libros—. ¡Cubiertos de polvo, enmudecidos, inmovilizados a la fuerza! ¡Es aún peor de lo que me temía, los hay a cientos! Sus Obras Completas, ¿verdad? ¡Estará usted satisfecho! ¿Cuántos ha creado usted por diversión, para olvidarlos luego de esta manera? ¿Cuántos, señor Godet?

— ¡Basta! — Gritó Fresnos—. ¡Salga inmediatamente de aquí o llamo a la policía!

Avanzó hacia ella con gesto amenazador, pero tropezó con un libro tirado en el suelo junto a su sillón. Vio el título: *Los desvelos de Luisa*, creyó comprenderlo todo. Alzó la cabeza. En ese momento **menguó** la luz eléctrica; retumbó un trueno, y la claridad lívida e intemporal de un relámpago les inmovilizó. Fresnos vio los ojos de la mujer, fijos, **desencajados** entre dos instantes de total oscuridad. Siguió un fragor de nubes **embistiéndose**; **arreció** la lluvia; la lámpara se había apagado del todo. Fresnos palpaba los muebles, como un ciego.

— ¡Usted dice que el cielo es siempre azul en todas partes! —La voz provenía de una forma confusa y movediza en la penumbra—. ¡Sí! —Gritaba por encima del estruendo—, ¡menos cuando se vuelve negro, vacío para siempre y en todas partes!

— ¡Tú no eres más que un sueño!—vociferó Fresnos, debatiéndose angustiosamente—. ¡Estoy soñando, estoy soñando! —chilló en un desesperado esfuerzo por despertar, por huir de aquella **pesadilla**.

— ¿Ah, sí? —respondió ella burlona, y abrió el bolso. Enloquecido, Fresnos se abalanzó hacia aquel **bulto** movedizo. Adivinó lo que ella tenía en sus manos, y antes de que le **ensordeciera** el disparo tuvo tiempo de pensar: "No puede ser, es un final absurdo..."

"Ni más ni menos que cualquier otro", le contestó bostezando Jesús Godet mientras ponía el punto final.

Después de leer

Preguntas de comprensión

En grupos de dos contesten las siguientes preguntas primero oralmente y después escriban sus respuestas.

1. ¿Quiénes son los personajes? ¿Dónde tiene lugar la acción? ¿En qué momento del día tiene lugar la acción?
2. ¿Qué expectativas crea en el lector la primera frase del cuento?
3. ¿Qué piensa Fresnos de la mujer que aparece en su despacho?
4. ¿Por qué Fresnos empieza a escucharla con interés?
5. ¿De qué se queja la mujer exactamente?
6. ¿De qué se da cuenta Fresnos cuando la mujer le insulta?
7. La mujer toma a Fresnos por otra persona, ¿por quién lo toma?

8. ¿Qué pasa al final del cuento entre Fresnos y la mujer?
9. ¿Cómo termina el cuento?

Preguntas de interpretación

En grupos de dos contesten las siguientes preguntas primero oralmente y después escriban sus respuestas.

1. Busquen los indicios en el cuento de que la mujer es un personaje de novela.
2. ¿Por qué es irónico que Fresnos quiera utilizar a la mujer como personaje para uno de sus cuentos de ficción?
3. ¿Por qué, en su opinión, este cuento se llama "Final absurdo"? Si consideran la definición de *absurdo* como algo "que va en contra de lo lógico", entonces ¿cuáles son los elementos de este cuento que consideran absurdos?
4. Piensen en la metaficción (la ficción dentro de la ficción.) ¿Dónde encuentran ejemplos de metaficción en este cuento?
5. En el cuento, la mujer le dice a Fresnos *"Permítame que le diga que no es usted tan omnisciente como cree, y que aunque he sido un títere en sus manos, también tengo ideas propias"*. ¿Piensan que, al igual que la mujer en *Final absurdo*, nosotros somos títeres (marionetas) de nuestro creador o como dice ella "también [tenemos] ideas propias" es decir que tenemos la libertad de escoger nuestro destino?
6. Al final del cuento, el autor Jesús Godet está bostezando. ¿Qué creen que va a pasar después?

Actividades de escritura creativa

En grupos de dos, hagan las siguientes actividades. Su profesor/a revisará lo que han escrito y luego cada grupo presentará su trabajo al resto de la clase.

1. Terminen el cuento…

   Son las once y media de la noche, estás muy cansado(a) y estás leyendo el cuento "Final Absurdo" para tu clase de literatura que tienes mañana. De repente, escuchas un ruido extraño. Te levantas para ver lo que es, y…

2. Una reseña

   Trabajas como periodista para la revista *El aficionado de literatura*. Escribe una reseña de este cuento. Incluye lo siguiente:
   - Tus impresiones del cuento
   - Para qué tipo de lector recomiendas este cuento
   - Los mensajes que encuentras en este cuento

3. Una carta

   Todos somos protagonistas de nuestra propia vida. Al igual que Luisa, protagonista de *Los desvelos de Luisa* y del *Final absurdo*, ¿hay aspectos de tu vida que te gustaría cambiar? Escríbele una carta al creador de la novela de tu vida y dile lo que te gustaría cambiar.

12. Mercedes Abad

(1961, Barcelona)

Biografía e Información Literaria

Asiste a la Universidad de Barcelona donde estudia ciencias de la información. Su primer libro de cuentos, *Ligeros libertinajes sabáticos,* gana el VIII Premio La Sonrisa Vertical en 1986. Además de escribir cuentos, también es autora de dos novelas y de numerosos ensayos en el periódico *El País.*

"Una Bonita combinación" (*Felicidades Conyugales.* Barcelona: Tusquets, 1989) ilustra el estilo irónico y sarcástico que Abad emplea en numerosos cuentos. En este cuento, Mercedes Abad se burla del matrimonio y nos invita a pensar en la definición de un amor perfecto.

Obras importantes

Cuentos

1986 *Ligeros libertinajes sabáticos*

1989 *Felicidades conyugales*

1995 *Soplando al viento*

2004 *Amigos y fantasmas*

Novelas

2000 *Sangre*

2007 *El vecino de abajo*

Artículos

2002 *Titúlate tú*

Ensayo

1991 *Sólo dime donde lo hacemos*

Enlace

Entrevista a Mercedes Abad.

http://www.barcelonareview.com/25/s_ent_ma.htm.

Antes de leer

Para conversar

En grupos de dos, discutan las siguientes preguntas. ¡Ojo! ¡Sólo hablen español!

1. ¿Han conocido a personas que eran muy diferentes de lo que aparentaban ser?[1] Expliquen.
2. En su opinión, ¿cómo sería una relación romántica perfecta?
3. ¿Cómo sería su novio/a perfecto/a? ¿Cuáles serían sus cualidades? ¿Qué defectos en su novio/a serían aceptables para Uds.?

Palabras difíciles

agobiarle a uno: *to bother someone, to get on someone's nerves*
a guisa de bendición: *as a kind of blessing*
ajeno: *of others*
los albores: *beginnings*
aliviado/a: *relieved*
antaño: *in days past*
antojarle a uno: *to feel like having/doing something*
apagarse: *to turn off, to disappear*
apesadumbrar: *to sadden*
apetecer: *to feel like something*
armónicamente: *harmoniously*
compadecido/a: *empathetic*
la congoja: *anguish*
contraer matrimonio: *to get married*
convivir: *to live together*
el/la cónyuge: *spouse*
el cursillo: *short course*
desgraciado/a: *despicable*
duradero/a: *lasting*
embalsamado/a: *embalmed*
empañar: *to taint*
encajar: *to fit*
encogerse de hombros: *to shrug one's shoulders*
el fingimiento: *falseness*
hacerse añicos: *to shatter*
hallar: *to find*
hartarse de: *to get tied of*
harto: *very*

1 … who were different from what they seemed to be.

huelga decir que: *it goes without saying that*
inagotable: *endless*
el lamento: *wailing*
mero: *simple*
mudo/a: *dumb*
no tener reparo en: *to not think twice about something*
providencial: *fortunate*
pulcramente: *meticulously*
la renta: *income*
resuelto/a: *determined*
el ruego: *plea*
el sinfín: *many*
terso/a: *pursed*

Práctica del vocabulario

A. Empareja cada palabra con su sinónimo.

____	duradero/a	a. marido y/o mujer
____	encajar	b. la angustia
____	inagotable	c. decidido/a
____	apesadumbrar	d. encontrar
____	el/ la cónyuge	e. durable
____	convivir	f. calmar
____	la congoja	g. entristecer
____	resuelto	h. interminable
____	hallar	i. corresponder
____	aliviar	j. vivir juntos

B. Completa las oraciones siguientes con la palabra apropiada

1. Louise quiere saber más sobre la literatura española, por eso quiere tomar …
   a. El avión
   b. Un cursillo
   c. Una copa de vino
2. El perro de Albert Cromdale murió. Louise llora mucho, por eso podemos decir que ella es…
   a. Muda
   b. Compadecida
   c. Tersa
3. El amor entre Louise y Albert es inagotable, por eso se puede decir que…
   a. Nunca se hartan el uno del otro

b. Nunca salen juntos a cenar

c. Nunca piensan convivir

4. Huelga decir que los Cromdale tienen una relación perfecta, entonces …

a. Ellos se pelean todo el tiempo

b. Ellos son un mero milagro

c. Ellos tienen un sinfín de problemas

C. Completa el párrafo con las palabras apropiadas

La congoja	ajeno	encogerse de hombros
Resuelto/a	el fingimiento	providencial

La señora Cromdale es muy feliz, por eso nunca siente _______________. Cuando sus amigas le preguntan cuál es el secreto de tanta felicidad, ella se _______________. No es ningún _______________, ¡ella realmente está feliz! Ella tiene un matrimonio muy _______________. Cuando ella ve que otra persona sufre, ella reacciona frente al sufrimiento _______________. Ella está _______________ hacer algo para ayudar a los demás. ¡Qué gran señora!

Una Bonita Combinación (1989)

Mercedes Abad

Después de veinte largos años de matrimonio ininterrumpido, Louise y Albert Cromdale eran más felices que nunca. Extraordinariamente felices. E infinitamente más felices que cualquiera de las parejas casadas a las que frecuentaban. Tanto es así que habían dado origen a una nueva y curiosa tradición: cuando una joven pareja **contraía matrimonio**, era frecuente que, durante la ceremonia religiosa y **a guisa de bendición**, exigieran que el sacerdote les deseara una felicidad tan intensa y **duradera** como la que unía a Louise y Albert Cromdale.

En el círculo de sus amistades se comentaba este hecho como algo sorprendente, de naturaleza casi mágica. A todos **se les antojaba** incomprensible e inverosímil **hallarlos** cada día un poco más felices, más sonrientes y más unidos. Algunos habían llegado incluso a sospechar que acaso tanta felicidad no fuera sino **mero** artificio. Otros, llevados por su envidia y su mala fe, habíanse formulado secretamente el deseo de que aquel matrimonio **se hiciera añicos** de la manera más dolorosa posible para ambos **cónyuges**. Los más ingenuos les pedían constantemente la fórmula de aquella felicidad indestructible, y tan bien invertida que sus **rentas** no dejaban de trazar una curva ascendente. En semejantes casos, Louise y Albert Cromdale **se encogían de hombros** con una sonrisa de infinita modestia pintada en los labios **tersos** aún los de Louise, sumamente apetecibles también los de Albert. Y ninguno de los dos añadía explicación alguna a aquel **mudo** comentario.

Catedral de Santiago de Compostela.

Lo cierto es que no había formulas ni **fingimientos**. Louise y Albert Cromdale poseían la infrecuente virtud de entenderse a la perfección, como dos piezas amorosamente fabricadas para **encajar** sin esfuerzos. No sólo sus virtudes **convivían armónicamente**, sino que sus defectos parecían necesitarse mutuamente. Ya desde **los albores** de su matrimonio, ambos habían tenido inmejorables oportunidades para mostrar su **inagotable** capacidad de comprensión. Cuando Louise, una mujer **harto** enigmática, exigió que le fuera concedida una habitación privada a la que sólo ella tuviera acceso, un lugar donde poder retirarse cuando **apeteciera** de soledad, Albert no hizo objeción alguna a lo que **se le antojó** un deseo más que razonable. Respetaba gustoso los secretos de su mujer y jamás inquiría acerca de la naturaleza de los mismos. También Louise tuvo una acertada actuación cuando, muy poco después de la boda, advirtió que en la mirada de Albert habían empezado a formarse sombras que la **empañaban** con un halo de tristeza. Interrogado por su esposa acerca de las causas de su **congoja**, Albert **no tuvo reparo** alguno en confesarle—ni un solo momento dejó Louise de manifestar una infinita comprensión—su relación amorosa con una joven que había huido del hogar paterno en Manchester, y había llegado a Londres sola, sin dinero, sin trabajo y sin un solo amigo en quien confiar. Al principio, explicó Albert, ambos se habían enamorado perdidamente, pero ahora los sentimientos de Albert hacia la muchacha **se habían apagado** y ella no parecía dispuesta a aceptarlo. **Lo agobiaba** con mil y una suplicas y, si él hacia la menor insinuación acerca de un posible abandono, el sincero dolor de la muchacha lo disuadía de sus propósitos. Albert era un hombre extraordinariamente sensible al sufrimiento **ajeno**, y aquella situación **lo apesadumbraba** hasta el punto de no poder apartarla de su mente. Louise, que conocía perfectamente la naturaleza delicada y depresiva de su marido, decidió hacerse cargo personalmente de aquel problema, tan desagradable para Albert. Ella era mucho más fuerte, más **resuelta** y eficiente en algunas cuestiones, de modo que informó a Albert de sus intenciones; en adelante, él quedaba **aliviado** de toda responsabilidad en tan enojoso episodio. Albert agradeció con notable pasión la **providencial** intervención de su esposa y se felicitó por haberse casado con una mujer dotada de semejantes aptitudes prácticas.

El enojoso episodio de la muchacha de Manchester se repetiría en el futuro con muchísimas otras muchachas, en su mayoría escapadas de sus hogares, solas y desamparadas. **Compadecido**—Albert Cromdale solía confundir la compasión con el amor—, el marido de Louise se entregó a **un sinfín** de relaciones amorosas—cuyo número exacto se desconoce—al término de las cuales, la colaboración de su esposa resultaba siempre de incalculable valor. Cuando **se hartaba** de sus amantes, Albert no tenía más que notificárselo con aire contrito a su mujer; siempre comprensiva, discreta y eficiente, Louise invitaba a las muchachas a su casa para tomar el té y charlar amigablemente con ellas. Nadie presenció jamás aquellas conversaciones tras las cuales ninguna de las muchachas—el poder de persuasión de Louise era infalible—volvía a incomodar a Albert Cromdale con el desagradable espectáculo de sus **ruegos y lamentos. Huelga decir que** Albert desconocía el método empleado por Louise pero, sea como fuere, contaba con su aprobación incondicional.

Sólo Louise Cromdale conocía el precio que pagaba a cambio de la inestimable felicidad de su esposo, precio que de ninguna manera juzgaba excesivo. Sólo Louise Cromdale sabía lo que encerraban las paredes, silenciosas y cómplices, de su habitación privada. Ella era la única que visitaba los cadáveres **pulcramente embalsamados** de aquellas muchachas **antaño desgraciadas** a las que ella, en su infinita generosidad y gracias a **un cursillo** de taxidermia por correspondencia, había proporcionado el eterno descanso.

Cuando alguno de sus amigos más ingenuos pedía a Louise y Albert Cromdale la fórmula secreta de su indestructible felicidad, éstos se encogían de hombros con una sonrisa de infinita modestia pintada en los labios.

Después de leer

Preguntas de comprensión

En grupos de dos contesten las siguientes preguntas primero oralmente y después escriban sus respuestas.

1. ¿Cómo es el matrimonio de Louise y Albert Cromdale después de veinte años?
2. ¿Cuál es la "nueva y curiosa tradición" que tiene lugar en las iglesias?
3. ¿Cómo reaccionan los Cromdale cuando se les pregunta acerca de su increíble felicidad conyugal?
4. ¿Qué le pide Louise Cromdale a su esposo después de casarse?
5. ¿Por qué Albert está triste un día?
6. ¿Cómo soluciona Louise el problema de su esposo?
7. ¿Qué se descubre al final del cuento acerca de las actividades secretas de Louise Cromdale?

Preguntas de interpretación

En grupos de dos contesten las siguientes preguntas primero oralmente y después escriban sus respuestas.

1. Expliquen la reacción de Louise frente a las infidelidades de su esposo. ¿Es una reacción típica?
2. ¿Por qué son Louise y Albert *una bonita combinación*?
3. Comenten acerca el aspecto irónico de este cuento.
4. ¿Piensan que Albert sabe lo que su esposa está haciendo en su cuarto privado? Justifiquen su respuesta.
5. ¿Qué mensaje/crítica quiere Mercedes Abad comunicar al escribir este cuento?

Actividades de escritura creativa

En grupos de dos, hagan las siguientes actividades. Su profesor/a revisará lo que han escrito y luego cada grupo presentará su trabajo al resto de la clase.

1. *Una bonita combinación.* Escribe un anuncio en los avisos clasificados del periódico "El Diario". Describe al hombre/ a la mujer perfecta para ti. ¿Qué características físicas debe tener esta persona? ¿Qué tipo de personalidad debe tener? ¿Qué tipo de actividades le gusta hacer?
2. Louise Cromdale le escribe una carta a su esposo Albert expresando sus sentimientos verdaderos acerca de sus numerosas aventuras románticas. ¿Cómo se siente ella?

3. La policía de la ciudad de Bristol, donde viven los Cromdale, descubrió los numerosos asesinatos[2] que Louise Cromdale cometió. Son periodistas del periódico "The Daily". Escriban un artículo describiendo lo que la policía encontró, las razones por las que Louise Cromdale cometió estos crímenes y finalmente la reacción de la señora Cromdale cuando fue arrestada.

2 Murders.

13. Vicente Molina Foix

(Echle, 1946)

Biografía e Información Literaria

Escritor, poeta, dramaturgo, ensayista y guionista, Foix estudia filosofía, letras y derecho en Madrid. Luego, vive ocho años en Inglaterra y estudia historia del arte en la Universidad de Londres. Luego de ser profesor de literatura española en Oxford, regresa a España.

Desde 1985, se dedica a escribir en el periódico *El País* y en la revista *Fotogramas* sobre cine y televisión. El "cuento de la peluca" (González J. L., y Miguel, Pedro de (eds.), *Últimos narradores. Antología de la reciente narrativa breve española*, Hierbaola, Barcelona, 1993) ilustra el concepto que el autor tiene de sí mismo cuando dice que es un escritor "mestizo".[1] Esta narración breve presenta el tema de la calvicie[2] masculina con un tono humorístico y a la vez con unos elementos fantásticos.

Obras más importantes

Novela

1973 *Busto*

1979 *1989 La comunión de los atletas*

1983 *Los padres viudos*

1988 *La quincena soviética*

1995 *La misa de Baroja*

1997 *La mujer sin cabeza*

2002 *El vampiro de la calle Méjico*

---

1 Información encontrada en http://www.catedramdelibes.com/archivos/000062.html.

2 baldness.

2006 *El abrecartas*

2009 *Con tal de no morir*

Poesía

1970 *Nueve novísimos poetas españoles*

1990 *Los espías del realista*

1998 *Vanas penas de amor*

Película

2001 *Sagitario*

Premios

1973 Premio Barral

1983 Premio Azorín

1988 Premio Herralde

2002 Premio Alfonso García Ramos

2007 Premio Nacional de Narrativa

Enlaces

Información sobre Vicente Molina Foix.
http://www.catedramdelibes.com/archivos/000062.html.

La página oficial del escritor.
http://www.terra.es/personal6/vmfoix/paginas/vmfoix.htm.

Antes de leer

Para conversar

En grupos de dos, discutan las siguientes preguntas. ¡Ojo! ¡Sólo hablen español!

1. ¿Vas al peluquero con mucha frecuencia?
2. ¿Has tenido alguna vez una experiencia muy negativa en el peluquero? ¿Qué pasó?

3. ¿Piensas que los hombres o las mujeres que sufren de calvicie[3] deberían llevar peluca o bisoñé[4]? ¿Por qué?

Palabras difíciles

a tono: *in the right mindset*
abstemio/a: *teetotaler*
agraciado/a: *attractive*
las agujetas: *stiffness*
el albornoz de felpa: *plush bathrobe*
el armario-luna: *wardrobe*
atildado/a: *neat, elegant*
avejentar: *to age, to make look older*
el bisoñés: *toupee*
el bullicio: *noise*
la caspa: *dandruff*
el cogote: *scruff of the neck*
con recelo: *cautiously*
emborronado/a: *faded, more obscure*
encajado en un mástil: *fitted on an upright support*
encarecer: *to make more expensive*
enfrascarse: *to do something intensively*
el escaparate: *window shop*
el escote: *neck, neckline*
esfumarse: *to disappear*
gacho/a: *bowed, looking down*
el garito: *joint, dive*
la genciana: *aromatic plant used to fight fever*
halagar: *to compliment*
inescrutable: *inscrutable*
el Levante: *easterly wind*
el matiz: *shade, hue*
los meandros: *meanders*
menguar: *to decrease*
la mirra: *myrrh, aromatic resin used in perfume*
obsequiar: *lavish attention, to give something away*
ojeroso/a: *with bags under one's eyes*
el ozopino: *cleaning product*
las patillas: *sideburns*
pelado/a: *bald*
la pelambrera: *very messy hair*
la pelusa del cuello: *his neck's fuzz*
el pellizco: *pinch*
pinturero/a: *one who sees oneself as elegant*
por convicción: *by conviction*
el postizo: *hair piece*
puntiagudo/a: *pointed*
el punto de fuga: *vanishing point*
la red fluvial: *river*
risueño/a: *smiling*
rumiar: *think it over*
el saldo: *clearance sale*
las solapas: *lapels of a jacket*
el solar yermo: *barren land*
el sumidero: *drain*
surcado: *lined*
terso/a: *smooth*
el tropiezo: *mistake, slip*
la treta: *trick, ruse*
al unísono: *in unison, all together*
las vísceras: *entrails*
vivir hasta el tope: *to live to the fullest*
ufano: *proud*

3 baldness.

4 toupee.

Práctica del vocabulario

A. Completa el párrafo con las palabras apropiadas

el solar yermo	ojeroso/a	encajado en un mástil
vivir hasta el tope	pinturero/a	el garito
el bisoñés		

Se puede decir que Adolfo es un hombre calvo porque no tiene pelo. Su cráneo se parece a un ___________________. Por eso, él decide comprarse un ___________________, el cual recibe por correo en una caja y ___________________. A pesar de estar cansado y de verse ___________________, Adolfo decide salir por la noche y ___________________. El sale en varios ___________________ con unas mujeres ___________________.

B. ¿Cierto o falso?

____ 1. Las patillas estaban de moda[5] en los años setenta
____ 2. El Duero es la red fluvial más grande del mundo
____ 3. El 26 de diciembre hay muchos saldos en las tiendas
____ 4. Los bebés suelen usar postizos
____ 5. Es muy rico echarle un poco de ozopino al café
____ 6. El Levante es un viento que viene del oeste

C. Empareja las palabras con su definición y/o su sinónimo.

____ las vísceras	a. alabar
____ el tropiezo	b. presumido/a
____ halagar	c. el error
____ obsequiar	d. calvo/a
____ ufano/a	e. regalar
____ pelado/a	f. los intestinos
____ el bullicio	g. el ruido

5 were in fashion.

Cuento de la peluca (1993)

Vicente Molina Foix

Llegó por la mañana, en el primer correo: lo supo, antes de abrirlo, porque el paquete azul despedía el mismo aroma—**genciana**, alcohol y **mirra**,[6] creyó adivinar—que impregnaba el salón del **posticero** Alonso, allá en la capital. Había en su ciudad dos o tres peluqueros que también anunciaban **bisoñés** y **postizos**, y más de una vez se había detenido ante **el escaparate**, mirando **con recelo** a derecha e izquierda, antes de **enfrascarse** en la visión culpable de *antes* y el *después*: un hombre con arrugas, **ojeroso**, sin dientes, desde luego sin pelo, pasaba a convertirse en la foto contigua en un rostro **risueño**, bronceado y **terso**, sólo porque su calva la ocupada ahora toda una plantación de espesísimo pelo. En las vueltas a casa desde el escaparate, muchas en muchos años pero todas tortuosas, trataba de pensarse y no sólo de verse **agraciado** él mismo con un postizo igual: pese a sus treinta y ocho años, el pelo devastado, **surcado** de canales que hacían su cabeza **una gran red fluvial** en la que **los meandros** día a día crecían, le **avejentaba el rostro**, alterando, creía, no sólo su apariencia sino hasta su carácter. Todas sus energías Adolfo las sienta yendo a confluir en **ese solar yermo** comido por la grasa, y estaba convencido de que aquel era **el punto de fuga** por el que **se esfumaban** su buen humor e ingenio, su ilusión y su empuje.

Pero al mismo tiempo, nunca—se lo decía, sin pronunciar palabra, a esa parte de sí **pinturera** y **ufana** que le ponía a prueba con el plan de cosmética—, nunca entraría él en un local de ésos donde, desde pequeño, había ido perdiendo, corte a corte, su hermosa cabellera. Y regresar ahora, al cabo de los años, podría, además, mover a la sonrisa a los viejos maestros autores del ultraje.

Todo se aceleró por el súbito viaje—una estancia de un mes—a esa capital que él conocía bien del tiempo de estudiante. La primera quincena, enfrascado en las pesadas pruebas que había ido a calificar, sólo pudo **rumiar**, y un día exploró, sin llegar a subir, un centro capilar cercano a su pensión. Las dos semanas últimas le dejaron ya tiempo de pasar a la acción: el número de los opositores **menguaba**, y había intervalos entre prueba y prueba. Al posticero Alonso llegó **por convicción**; en la grosera lista de las páginas rosa del listín telefónico, era Alonso el único que no hacía en el suelto promesas de mal gusto, y también era el único en anunciar su tienda como *posticería*, una palabra nueva que evocó en él la lengua de su querida Italia.

6 Myrrh is an aromatic resin used in perfume.

La duda en decidirse trajo un inconveniente: fijado ya el precio y elegido el color, la calidad del pelo, la longitud exacta y el lugar estratégico de las canas precisas, el **atildado** Alonso le dijo, por desgracia, que antes de diez días no la tendría lista. A Adolfo le quedaba tan sólo una semana, y no había, por tanto, más remedio que el envío postal. Pero, por otro lado, él estaba dispuesto a lucir la peluca—tras esos treinta días, suficientes, pensaba, para que el recuerdo de su total calvicie se hubiese **emborronado** en colegas y amigos—la primera jornada después de su regreso. Como quedarse en la pensión a aguardar la entrega **hubiese encarecido** el costoso capricho, Adolfo optó en volver, como estaba previsto, al terminar el mes, pero con **una treta**. Llegó a la estación en un correo nocturno, y esa misma mañana llamó al oficial mayor, hablando, con la nariz pinzada, de un fuerte resfriado cogido en el trayecto. Así esperó en casa, y al cabo de seis días, puntual y aromado, llegó la caja azul.

Fue quitando el papel con un cierto temor: no sabía en qué capa estaría el pelo, y un daño al peluquín podría ya sentirlo en su propia cabeza. Envuelto en una seda y **encajado en un mástil**, lo vio por fin entero, y lo vio muy igual a como él, en seis noches de sueños, lo había imaginando. Gran labor la de Alonso. Desencajó el postizo y se lo fue a poner; pero no, no era tiempo aún de renovar su cara sin antes prepararse como estaba mandado para ocasión así. Lo colocó en la cómoda y *sólo* lo miró: era cabello auténtico, que le trajo el recuerdo de su pelo perdido por **tantos sumideros** y en almohadas y vientos. La mano de Alonso también la percibía en **el matiz** exacto encontrado al color: un negro natural, mate pero de aspecto sano, y aquellas pocas canas al lado de las sienes **para no escamar.**

Satisfecho del todo, Adolfo decidió custodiar la peluca en **el armario-luna,** y después se sentó a ordenar su tarea. Era martes, y estaba ya resuelto a acudir al trabajo el mismo día siguiente, con ella, por supuesto. Le quedaba un día para esa labor preparatoria que centró en dos frentes: se trataba, de un lado, de recibirla **a tono**, **halagarla**, **obsequiarla**, y así **lucirla** bien, pero también tenía que despedir con honra a su cabeza calva tanto tiempo *con él*. Dividiría el día en dos partes distintas, de duración igual, y las dos muy activas, **vividas hasta el tope**. Ya tenía pensado que esa noche—un día es un día—no se iría a la cama, y no perder así unas horas preciosas de conmemoración.

La mañana, hasta el frugal almuerzo, y parte de la tarde, la dedicó a limpiezas, llevadas a conciencia, de **lencería** y ropa. Fundas, sábanas, mantas, toallas, y la capucha, claro, del **albornoz de felpa**, tenían que perder cualquier resto de trato con la *otra* cabeza. Cepillaba **la caspa**, limpiaba con alcohol la copa del sombrero (¿tendré que usarlo ahora?; sólo quizá de viaje o si sopla **el Levante**), y no dudó **en tirar redes**, loción y cremas que en sus años de joven había utilizado contra la seborrea. Puesto ya a la higiene, aprovechó el empuje y pasó a la casa; mejoró el dormitorio apartando la cama y haciendo que la luz, un día su enemiga, ahora diera de lleno sobre el cabezal: sus lecturas nocturnas serían ya más largas. Cuando miró el reloj pasaban de las nueve, y era ya, pues, la hora de la segunda parte.

Ventana a la playa.

Embozado y hasta con **antiparras** descendió al portal, y, no viendo mirones, anduvo y anduvo, pegado a las paredes, con la mirada **gacha**. Muy cerca ya del puerto, en una zona oscura, se metió en un taxi y respiró tranquilo. Se sentía de incógnito, y así iba a vivir una noche entera. Qué gracia descubrir los barrios periféricos de nombres familiares pero nunca pisados, y hacerlo despidiéndose de su ciudad de siempre y de su antiguo yo.

La animación de la Ciudad Polígono le llenó de sorpresa. Bloques altos y parque no parecían ser promesa de **bullicio**. Pero allí lo encontró. Bajadas **las solapas** y sin las gafas ya, se dedicó a *mirar*, él que nunca lo hacía al caminar, por prisa. Andaba ahora despacio y parándose a todo. Escaparates pobres con ropita de niños y zapatos **en saldo** llamaban su atención, y llegó a anotar una a dos direcciones pensando en regresar en su siguiente vida a comprar algo de eso. En **un chaflán**, un cine lo aminó a entrar; desde los diecisiete no veía películas, y ese gran cartelón de colores chillones le pareció el anuncio de un placer prohibido. Luego, una vez dentro, molesto por el ruido y el olor a **ozopino**, no aguantó hasta el final: la acción era muy rápida, y no entendía por qué el resto de la sala se reía **al unísono** con frases que a él le parecían serias. Salió: daban las doce.

La noche, tan odiada de siempre, en esta ocasión le daba confianza. Se aventuró, y andando, hasta el lejano barrio de la Cruz de Madera. Allí estaban, aun él lo sabía, los bares de peor fama y hasta un local—decían—donde no era raro morir de **un culatazo**. Se cruzó en su paseo con un coche—patrulla, y, por primera vez en su vida de adulto, sintió el vago temor de lo **inescrutable**. Pero lo que él hacía no iba contra la ley.

Entraba en uno y otro, sin dejar al azar ni sótano ni barra. Y, **abstemio** como era, en todos consumía; estaba hecho a la idea de que por ese alcohol fuera a pagar su hígado, y en el riñón las piedras se hinchasen aún más; y tenía su lógica que hasta incluso **las vísceras** se sumaran con cólicos a la festividad. Y así bebió y mezcló, pagando en ocasiones una, dos o más rondas a los torvos clientes que no decían palabra a sus fanfarronadas. Ahora bien: para alguien como él, que desde su **tropiezo marital**, y de eso hacía años, no se había acercado a ninguna mujer, la prueba más difícil era hablarles ahora y hasta pegar su boca **al escote** de una. Se llamaba Marina, pero le daba igual. Marina, Luisa, Gladis, a todos dijo algo, y era tal su alegría y su seguridad previéndose distinto al cabo de unas horas, cubierto con el pelo que le esperaba en casa, que no dudó en lanzarles **un pellizco conjunto**. Se olvidaba que él, en esta madrugada, *aún* tenía **el cogote puntiagudo** y **pelado**.

Salió de "Le Moulin" finalmente con otra, extranjera, le dijo, un nombre con dos "úes". Con ella aún acudió, en un coche de lujo que la chica tenía, al último **garito**—ya en las estribaciones de la autopista al mar—, que abría a esas horas: casi las cinco y media. Allí jugó Adolfo e invitó a la rubia a perder a las cartas. Los amigos de ella le trataron muy bien: no les chocaba nada ver a un desconocido, y entre el humo espeso acabó por perderla. Mostraría prudencia: un regreso sin prisas, en el que aún le cupo un encuentro en la playa con la Gladis de antes, que corría desnuda y le obligó a bañarse.

* * *

A las ocho, y no estaba seguro si traído en un coche por sus amigos nuevos o pagándole a alguien, entró en el portal, y lo hizo con suerte: la portera torcía, en el momento justo, la esquina de la calle, retrasada de misa. Una hora bastaba para **ponerse a punto**. Se quitó los tirantes, el pantalón a rayas, la camisa manchada, y todo lo enrolló con la idea de un fuego. Tomó una ducha fría, se bebió dos cafés y fue a **picar** la fruta. Mientras se afeitaba se miró a los ojos, y así fue el recordar lo cansado que estaba: le caían **los párpados**, ocupándole el ojo, **las ojeras** llegaban casi hasta la mejilla, y creyó advertir unas arrugas nuevas en mitad de la frente. No importa: dormiría a gusto al volver del trabajo, y en los días siguientes, ya en su nuevo ser, se iría reponiendo de una noche tan larga y llena de experiencias.

Terminada la barba, pasó a lo importante. Se enjabonó **patillas, la pelusa del cuello** y toda la cabeza, con la idea fija de que el futuro pelo ocupase el campo sin tener que reñir con **las greñas** del propio que le sobrevivían. "Curioso", se dijo ante el espejo: la espuma de afeitar le formó un tupé que le poblaba el cuero, haciéndole más joven; veía el negativo de lo que iba a ser, en cosa de minutos, su negra **pelambrera**. Con cuidado, llevaba la cuchilla por todo el cráneo y junto a las orejas. El agua arrastraba los últimos jirones de su pelo aborigen, y pronto—era seguro—se habría olvidado de que un día lo tuvo.

Se permitió el capricho de vestirse primero: ponerse la corbata, anudarse cordones, **sacar brillo al charol**. Llevaba lo mejor, y aunque por pasillo notó que las rodillas no le hacían caso, y fuertes **agujetas** le pinchaban los brazos, llegó hasta el armario donde *ella* aguardaba.

Eran las nueve y cuarto, y allí estaba, en efecto, dispuesta a coronar una fecha festiva y a un hombre de valor. La sacó con temblor de su armazón de caña y la puso en alto para que el primer sol le diera buen color. Era, sí, su peluca, pero algo distinta; bien peinado y en forma, tal como lo dejara la mañana anterior, el pelo que Alonso tan primorosamente hiciera se había vuelto blanco, blanco como una espuma, desde **el flequillo** al cuello.

Después de leer

Preguntas de comprensión

En grupos de dos contesten las siguientes preguntas primero oralmente y después escriban sus respuestas.

1. ¿Cómo empieza el cuento? ¿Qué recibe Adolfo por correo?
2. Según Adolfo, ¿cuál es el gran problema que tiene en la vida?
3. ¿Qué compra Adolfo cuando se va de viaje? ¿En qué tienda compra esta cosa?
4. ¿Por qué le tienen que mandar a Adolfo por correo lo que compró?
5. ¿Quién es el "oficial mayor" a quien llama por teléfono Adolfo desde la estación de trenes? ¿Qué le dice y por qué?
6. ¿Qué decide hacer Adolfo con su último día de calvicie cuando por fin recibe la caja azul con la peluca?
7. Describan lo que hizo Adolfo durante su último día como hombre calvo.
8. Describan lo que hizo Adolfo durante su última noche como hombre calvo.
9. ¿Qué hace el día siguiente por la mañana cuando regresa de su gran noche?
10. ¿Cómo es la peluca cuando la saca de la caja justo antes de ponérsela?

Preguntas de interpretación

En grupos de dos contesten las siguientes preguntas primero oralmente y después escriban sus respuestas.

1. ¿Qué metáfora se usa cuando se describe el cráneo de Adolfo?
2. ¿A quién culpa Adolfo por su calvicie?
3. ¿Qué tipo de vida tiene Adolfo?
4. Se habla de la "labor preparatoria" (segundo párrafo). Expliquen por qué el protagonista decide prepararse. ¿Cuáles son las dos partes de su preparación?
5. ¿Por qué el protagonista de repente cambia su estilo de vida?
6. ¿Qué ocurre al final del cuento con la peluca?
7. ¿Por qué le pasa esto a la peluca?
8. ¿Qué posibles interpretaciones/simbolismos/mensajes ven cuando leen esta obra?

Actividades de escritura creativa

En grupos de dos, hagan las siguientes actividades. Su profesor/a revisará lo que han escrito y luego cada grupo presentará su trabajo al resto de la clase.

1. Cambien el final del cuento. "Cuando Adolfo abre la caja y saca la peluca, él la mira con sorpresa..."
2. En una conversación telefónica, las mujeres con quienes Adolfo salió hablan de él. ¿Qué chismes cuentan sobre él?
3. Al día siguiente, Adolfo llega a la oficina con su nueva peluca. Escriban un pequeño párrafo describiendo las reacciones de su jefe y de sus colegas. ¿Le va bien o le va mal?

14. Maruja Torres

(Barcelona, 1943)

Biografía e Información Literaria

Desde muy joven se dedica al periodismo y escribe artículos en *El País* y *La Prensa*. En 1998, recibe el Premio de Literatura Extranjera por su primera novela de ficción *Un calor tan cercano*. Hace poco, Torres recibe el premio Nadal—uno de los premios más valorados en España—por su novela *Esperadme en el cielo*.

El cuento "Desaparecida" (*Como una gota*. Madrid, El País/Aguilar, 1995) presenta el tema de la reevaluación de los varios roles tradicionales de la mujer española: el ser madre, esposa y ama de casa.

Obras importantes

Obras periodísticas

1986 *¡Oh es él! Viaje fantástico hacia Julio Iglesias*

1991 *Ceguera de amor*

1993 *Amor América: un viaje sentimental por América Latina*

1999 *Mujer en guerra. Más másters da la vida*

Novelas

1997 *Un calor tan cercano*

2000 *Mientras vivimos*

2004 *Hombres de lluvia*

2007 *La amante en guerra*

2009 *Esperadme en el cielo*

Cuentos

1995 *Como una gota*

1998 "La garrapata". Cuento en *Barcelona, un día*

1999 "El velo y las lágrimas". Cuento en *Mujeres al alba*

Premios

1986 Premio Víctor de Serna de periodismo concedido por la Asociación de la Prensa de Madrid

1990 Premio Francisco Cerecedo

1998 Premio de Literatura Extranjera

2000 XLIX Premio Planeta

2009 Premio Nadal

Enlaces

Perfil de Maruja Torres en el periódico español *El País*.

http://www.elpais.com/todo-sobre/persona/Maruja/Torres/78/

http://www.sincolumna.com/con_columna/maruja/index.html

http://www.alohacriticon.com/viajeliterario/article1217.html?topic=2

http://www.lecturalia.com/autor/171/maruja-torres

Antes de leer

Para conversar

En grupos de dos, discutan las siguientes preguntas. ¡Ojo! ¡Sólo hablen español!

1. ¿Cómo es su relación con sus padres o con sus familiares? ¿Cómo podría ser mejor?
2. ¿Se han sentido alguna vez de poca importancia en los ojos de los demás? ¿Cómo se sintieron? Den más detalles.
3. ¿Tuvieron que mudarse del sitio donde viven por tener problemas con sus compañeros de cuarto? ¿Qué pasó? ¿Cómo se sintieron al tener que buscar un sitio donde vivir y empezar de nuevo?

Palabras difíciles

los abalorios: *beads*
aislarse: *to isolate oneself*
aliviar: *to relieve, to make feel better*
apearse: *to get off the train*
el armario: *wardrobe*
la asistenta: *cleaning lady*
la bata: *robe*
besuquear: *to smother with kisses*
bullicioso/a: *noisy*
el calentamiento: *warm-up*
la cola: *line*
la colcha: *bedspread*
cuajar: *to get off the ground (for a project, an idea)*
la cuenta: *bead*
el cursillo: *short course*
detenerse: *to stop*
el escaparate: *window shop*
esgrimir: *to wield*
estrafalario/a: *eccentric*
fiscalizar: *to control*
el foco: *spotlight*
fregar pisos: *to scrub floors*
la galería interior: *corridor*
laqueado/a: *covered with hairspray*
el locutor: *newscaster*
el moño: *bun*
ocioso/a: *idle*
oculto/a: *hidden*
la pantalla: *screen (tv)*
la pereza: *laziness*
la repostería: *baking of pastry, desserts*
rodeado/a: *surrounded by*
salvo: *except*
sigilosamente: *stealthily*

Práctica del vocabulario

A. Empareja cada palabra con la definición que le corresponde.

____	aliviar	a.	la fila que uno hace cuando espera
____	la asistenta	b.	donde se guarda la ropa
____	apearse	c.	escondido
____	la cola	d.	que no trabaja
____	el locutor	e.	sentirse mejor después de una enfermedad
____	el armario	f.	el elaborar pasteles
____	oculto	g.	una señora que limpia
____	ocioso	h.	pararse
____	la repostería	i.	bajarse de un tren o autobús
____	detenerse	j.	la persona que habla frente a un micrófono en una estación de radio o de televisión

B. Completa el texto con las palabras apropiadas

Los escaparates	la pantalla	la bata
Los abalorios	estrafalaria	aislada

La mujer se siente sola y ________________. Muchas veces, pasa el día entero mirando ________________ de la televisión en su ________________. Su esposo y sus hijos ya no le prestan mucha atención. Muchas veces, ella pasea por la ciudad y mira los ________________ donde ve mucha ropa ________________. Un día se compró un collar con muchos ________________ de colores diferentes.

C. ¿Cierto o falso?

____ 1. A una madre le gusta que sus hijos la <u>besuqueen</u>

____ 2. <u>Fregar pisos</u> en una tarea muy agradable

____ 3. Cuando una persona <u>se aísla</u> de los demás, <u>está rodeada</u> de muchas personas

____ 4. <u>La pereza</u> es cuando una persona trabaja demasiado

____ 5. Mientras más <u>repostería</u> se come, más se adelgaza

____ 6. Para <u>aliviar</u> un dolor de cabeza, se puede tomar una pastilla

____ 7. En un <u>armario</u>, hay muchas latas de sopa y de vegetales

Desaparecida (1995)

Maruja Torres

La mujer hizo una pausa, miró a los otros y continuó su relato: "Resultó increíblemente fácil. Salí del hotel y caminé por la calle Mallorca, hasta Bailén. En un portal vi un anuncio: 'Se alquila piso'. Anoté el teléfono indicado y llamé desde una cabina. Esa misma tarde formalicé el contrato. Lo que iba a ser un fin de semana en otra ciudad se convirtió en 15 años de vida".

Ahora que lo pensaba, se daba cuenta de que la idea había madurado en ella progresivamente, de tal forma que no se sintió culpable cuando, por fin **cuajó**, empujándola a realizar un acto tras otro con fría deliberación, **como quien añade cuentas a un collar**[1]. Había jugado con ello desde que los niños, que ya no eran niños, empezaron a llegar tarde, una noche tras otra, y a encerrarse en sus habitaciones con el teléfono, relacionándose con un mundo

---

1 like someone who adds beads to a necklace.

propio que se encontraba al otro lado del portal y al que ella no conseguiría nunca pertenecer. Se dio cuenta de que eso no la dolía, sino de que más bien la **aliviaba**, igual que las frecuentes desapariciones de su marido, que al volver **envuelto en perfume ajeno**[2] **esgrimía** reuniones de negocios, sin que ella le preguntara, porque tampoco le importaba en absoluto. Se fue **aislando** en sí misma cada vez más, y finalmente conquistó un terreno que sólo estaba en su imaginación, pero que la reclamaba día tras día con mayor insistencia. **Ociosa**, daba vagas instrucciones a **la asistenta** y se metía en su dormitorio—que sólo era suyo cuando no estaba él y los chicos no irrumpían pidiendo cosas—, encendiendo al principio el pequeño televisor que tenían a los pies de la cama, y viendo de forma ausente cualquier cosa que pusieran, aunque poco a poco adquirió seguridad y comprendió que se sentía igualmente bien si **la pantalla** estaba apagada; tumbada primero encima de **la colcha**, y más adelante metida entre las sábanas, protegiendo sus sueños despiertos, como si estuviera enferma. Cuando ellos volvían y la encontraban en **bata** y pijama no les extrañaba, al fin y al cabo era ya tarde y nadie, durante el día, la podía **fiscalizar**. A la indiferencia con que ella la descuidaba.

Las dos Marías, Santiago de Compostela.

Todo esto ocurrió durante la primera etapa, que más tarde, mirando atrás, ella llamaría de **calentamiento**, porque en aquella época ni siquiera sabía lo que quería hacer.

La segunda etapa se inició cuando la mujer se vio a sí misma en el metro, como si estuviera contemplando a otra, sentada a prudente distancia, precisamente, de la asistenta, a quien había seguido cuando terminó su jornada. Bajó tras ella las escaleras del suburbano y se introdujo en el mismo vagón, que

2 smelling of another woman's perfume.

afortunadamente estaba lleno de gente sudorosa que miraba sin ver y en silencio. Cuando la otra **se apeó** en una lejana estación, la mujer no hizo ningún gesto, y siguió el trayecto hasta que el tren **se detuvo** durante largo rato y todos salieron excepto ella, que regresó al punto de partida sin moverse. Otro día salió al mismo tiempo que su asistenta, siguiéndola a distancia hasta **la cola** formada en una parada de autobús. Después de casi una hora, la otra descendió del vehículo, y ella también lo hizo, pero no se atrevió a continuar y la vio perderse en una calle **bulliciosa** en cuyos **escaparates** había prendas de vestir que no se parecían en nada a las que ella guardaba en sus armarios. Entró en una de las tiendas y compró, compró mucho, como si no tuviera nada que ponerse. Al volver a su casa, lo escondió todo en una maleta, debajo de la cama.

Y entonces comenzó la tercera etapa, que consistía en vestirse con las prendas **ocultas** y vivir en ellas mientras los demás no estaban en casa. Aquellos jerséis gruesos, tejidos con trenzas, y aquellas faldas acrílicas, y los zapatos de medio tacón, e incluso los **abalorios** con que se adornaba, collares de colores agresivos y pendientes **estrafalarios**, determinaban en ella una nueva forma de caminar, de moverse, e incluso de hablar, porque iba de un lado a otro manteniendo imaginarias conversaciones con gente inventada. Siempre se cambiaba antes de que regresara su familia, **salvo** en una ocasión, en que olvidó quitarse **el moño laqueado** y su marido le dijo qué horror, vaya que tienes esta noche.

Y un jueves, en que él le comunicó que tenía que pasar fuera de casa el fin de semana porque la empresa iba a impartir **un cursillo** en un hotel de Toledo, la mujer inventó sobre la marcha que una nueva amiga, una catalana a quien había conocido en la escuela de **repostería**, la había invitado a pasar con ella unos días en Barcelona. A su marido le pareció bien, y el viernes se marchó después de besarla en la mejilla. Los niños, que ya no eran tan niños, estaban durmiendo cuando ella dejó **sigilosamente** el piso y diecisiete años de vida matrimonial detrás, con el desayuno para sus hijos preparado en la mesa y una nota para que no olvidaran apagar el gas por la noche.

Primero fue a un hotel, dio su nombre y colgó en **el armario** la ropa clandestina, que ahora ya no lo era verdaderamente le gustaba. Paseó durante el fin de semana, y por último, el lunes, echó a andar con la maleta por la calle Mallorca hasta Bailén y poco después se instaló en un piso grande, con **galería interior** en la que colgaba la ropa, como el resto de las mujeres, antes de salir a **fregar pisos** y regresar de noche, agotada, para dormirse ante el televisor.

Y ahora estaba en un estudio, **rodeada de focos** y de gente, con unos desconocidos que la **besuqueaban** y decían que eran su familia y ella sentía una **pereza** absoluta, pero todos, incluido el simpático **locutor**, parecían tan felices.

Después de leer

Preguntas de comprensión

En grupos de dos contesten las siguientes preguntas primero oralmente y después escriban sus respuestas.

1. Hagan una lista de los personajes: ¿quiénes son, qué relación existe entre ellos?

Personajes	Relación entre ellos
____________________	____________________
____________________	____________________
____________________	____________________
____________________	____________________

2. Teniendo en consideración el último párrafo, miren el primer párrafo y contesten lo siguiente: ¿Dónde está la mujer y qué está haciendo?
3. Describan cómo los hijos se comportan con su madre. ¿Cómo se comporta su esposo con ella?
4. ¿Cómo reacciona la mujer frente al comportamiento de su esposo?
5. ¿Qué hace la mujer en su "segunda etapa"?
6. ¿Qué hace la mujer en su "tercera etapa"?
7. ¿Qué ocurre "un jueves…"?
8. ¿Adónde se mudó la mujer? ¿A qué tipo de trabajo se dedica ahora?
9. ¿Qué sucede en el último párrafo?

Preguntas de interpretación

En grupos de dos contesten las siguientes preguntas primero oralmente y después escriban sus respuestas.

1. ¿Qué impresiones y sentimientos tuvieron al leer este cuento?
2. En su opinión, ¿por qué la protagonista del cuento no tiene nombre? ¿Cómo se puede conectar este detalle con el título del cuento? En su opinión, ¿por qué este cuento se llama "Desaparecida"?
3. En su opinión, ¿se puede decir que la mujer desapareció de varias maneras? ¿Por qué?
4. ¿Por qué la mujer sigue a su asistenta en el metro y en el autobús?
5. En "la tercera etapa", ¿por qué la mujer se viste con ropa y prendas diferentes de las que se pone normalmente y se cambia justo antes de que sus hijos y marido vuelvan?
6. ¿A qué trabajo se dedica ahora y por qué escogió este trabajo?

7. En el último párrafo, comparen la reacción de la mujer con la reacción de su esposo e hijos. En su opinión, ¿por qué son las reacciones tan distintas?
8. ¿Qué mensajes creen que la autora quiere comunicar a través de este cuento?

Actividades de creatividad literaria

En grupos de dos, hagan las siguientes actividades. Su profesor/a revisará lo que han escrito y luego cada grupo presentará su trabajo al resto de la clase.

1. La autora Maruja Torres les llamó por teléfono y les pidió que escribieran un final distinto a su cuento "Desaparecida". Escriban un párrafo de 300 palabras.
2. Después de mudarse a Barcelona, la mujer les escribe una carta a su esposo y a sus hijos. ¿Qué sentimientos tiene ella? ¿Qué les dice a ellos?
3. Escriban un mini cuento por computadora (una página) en el que su personaje está en una situación en la que ha desaparecido. Puede ser cualquier tipo de desaparición: una física, una emocional o una espiritual.

   Cuando escriban su cuento, consideren lo siguiente:
   - la voz narrativa que van a usar: ¿es autobiográfica o es omnisciente?
   - dónde, cuándo ocurre la acción
   - ¿qué pasa?

15. Javier Marías Franco

(Madrid,1951)

Biografía e Información Literaria

Hijo del filósofo Julián Marías, Javier Marías se cría en un ambiente intelectual. Pasa una parte de su infancia en los Estados Unidos porque su padre, por su ideología política, no puede enseñar en universidades españolas. Obtiene su licenciatura en letras y filosofía (especialización en filología inglesa) por la Universidad Complutense de Madrid. Entre sus numerosas novelas, escribe *Negra espalda del tiempo* (1998) en la que se auto-proclama Rey de la isla de Redonda. La isla de Redonda es una isla deshabitada que pertenece a Antigua y Barbuda. Marías les da títulos nobles a numerosas personas famosas para crear su corte como, entre otros, el cineasta Pedro Almódovar (Duque de Trémula) y Ray Bradbury (Duque de Diente de León).

En 2006, Javier Marías, escritor, traductor y editor es elegido miembro de la Real Academia Española. Su padre también es miembro hasta su muerte el 15 de diciembre de 2005.

Su cuento "En el viaje de novios" (*Cuando fui mortal*, Alfaguara, 1996) ilustra perfectamente la creación y gran imaginación literaria de Marías porque nos presenta como ocurren situaciones inexplicables en la vida.

Obras más importantes

Novelas

1971 *Los dominios del lobo*

1972 *Travesía del horizonte*

1978 *El monarca del tiempo*

1983 *El siglo*

1986 *El hombre sentimental*

1989 *Todas las almas*

1992 *Corazón tan blanco*

1994 *Mañana en la batalla piensa en mí*

1998 *Negra espalda del tiempo*

2002-2007 *Tu rostro mañana*

2002 *Fiebre y lanza*

2004 *Baile y sueño*

2007 *Veneno y sombra y adiós*

Cuentos

1990 *Mientras ellas duermen*

1996 *Cuando fui mortal*

1998 *Mala índole*

Premios

1979 Premio Nacional de Traducción

1986 Premio Herralde de Novela

1989 Premio Ciudad de Barcelona

1993 Premio de la Crítica

1993 Prix L'œil et la Lettre

1995 Premio Rómulo Gallegos

1995 Premio Fastenrath (Real Academia Española de la Lengua)

1996 Prix Femina Étranger (Francia)

1997 Premio Nelly Sachs (Dortmund)

1997 IMPAC International Dublin Literary Award (Trinity College de Dublín)

1998 Premio Letterario Internazionale Mondello-Città di Palermo

1998 Premio Comunidad de Madrid a la creación artística

2000 Premio Internazionale Ennio Flaiano

2000 Premio Grinzane Cavour (Turín)

2000 Premio Internacional Alberto Moravia de narrativa extranjera (Roma)

2003 Premio Nacional de Periodismo Miguel Delibes

2003 Premio Salambó al mejor libro de narrativa

2008 Premio José Donoso de las letras. Entregado por la Universidad de Talca (Chile)

Enlace

La página oficial del autor.

http://www.javiermarias.es/.

Antes de leer

Para conversar

En grupos de dos, discutan las siguientes preguntas. ¡Ojo! ¡Sólo hablen español!

1. ¿Se encontraron alguna vez en una situación en la que tomaron a una persona por otra; es decir que pensaron que aquella persona era otra?
2. Describan un viaje que hicieron en el que las cosas no salieron como habían planeado.[1]
3. ¿Alguna vez se han encontrado en una situación en la que algo extraño ocurriera? ¿Qué pasó?

Palabras difíciles

aguardar: *to wait for*
las aletas: *nostrils*
amagar: *to threaten*
anticuadamente: *out of date, old-fashioned*
anular: *to void*
apenas: *barely*
apresuradamente: *hasty*
arrastrar: *to drag*
asir: *to grab*
las bragas: *panties, underwear*
calzarse: *to put shoes on*
chillar: *to shout*
coronado/a: *crowned*
en vano: *in vain*
entornar: *to close half-way*
entorpecer: *to hold up*
los escalofríos: *chills*
escrutar: *to scrutinize*
esquivar: *to avoid*
la explanada: *terrace*
flexionar: *to bend*
el gesto: *gesture*
guiñar: *to wink*
hincar: *to thrust something into something*

1 Things did not go as planned.

incorporarse: *to sit up*
indispuesto/a: *unwell*
individualizar: *to single someone out*
la intromisión: *intrusion*
la ira: *rage, anger*
las lentillas: *contact lenses*
las mangas: *sleeves*
miope: *nearsighted*
el murmullo: *murmur*
la navaja: *pocket knife*
pisar: *to step*
el pliegue: *pleat, fold*
quedar con alguien: *to arrange to meet someone*
el reconocimiento: *recognition*
el revoloteo: *fluttering*
robusto/a: *strong*
sólidamente: *firmly*
sortear: *to get around, to avoid*
los transeúntes: *pedestrians*
trastabillar: *to stumble*
tropezar: *to trip*
velar: *to watch over*
la zarpa: *paw*

Práctica del vocabulario

A. ¿Cierto o falso?

____ 1. Como soy miope, no necesito mis lentillas para ver bien
____ 2. Una persona robusta es muy fuerte
____ 3. Después de estar acostado por mucho tiempo, es bueno incorporarse
____ 4. Tengo escalofríos porque tengo fiebre
____ 5. El murmullo hace mucho ruido
____ 6. Si una persona está enferma con fiebre, no es necesario anular su viaje por avión

B. Entrevista a un/a compañero/a y apunta las respuestas.

1. ¿Llevas lentillas? ¿Eres miope?
2. ¿Has quedado con alguien alguna vez y esta persona te dejó plantado/a?[2]
3. ¿Has tropezado y te has caído alguna vez en un lugar público? ¿Qué pasó? ¿Cómo reaccionaron las personas a tu alrededor? ¿Cómo te sentiste?

C. Empareja las palabras con su sinónimo.

____ velar	a. trastabillar
____ sortear	b. cuidar
____ incorporarse	c. la rabia

2 This person stood you up.

____	tropezar	d. evitar
____	el transeúnte	e. sentarse
____	la ira	f. el peatón

En el viaje de novios (1996)

Javier Marías Franco

Mi mujer se había sentido **indispuesta** y habíamos regresado **apresuradamente** a la habitación del hotel, donde ella se había acostado con **escalofríos** y un poco de náusea y un poco de fiebre. No quisimos llamar enseguida a un médico por ver si se le pasaba y porque estábamos en nuestro **viaje de novios**, y en ese viaje no se quiere la **intromisión** de un extraño, aunque sea para un reconocimiento. Debía de ser un ligero mareo, un cólico, cualquier cosa. Estábamos en Sevilla, en un hotel que quedaba resguardado del tráfico por una **explanada** que lo separaba de la calle. Mientras mi mujer se dormía (pareció dormirse en cuanto la acosté y la arropé), decidí mantenerme en silencio, y la mejor manera de lograrlo y no verme tentado a hacer ruido o hablarle por aburrimiento era asomarme al balcón y ver pasar a la gente, a los sevillanos, cómo caminaban y cómo vestían, cómo hablaban, aunque, por la relativa distancia de la calle y el tráfico, no oía más que un **murmullo**. Miré sin ver, como mira quien llega a una fiesta en la que sabe que la única persona que le interesa no estará allí porque se quedó en casa con su marido. Esa persona única estaba conmigo, a mis espaldas, **velada** por su marido. Yo miraba hacia el exterior y pensaba en el interior, pero de pronto **individualicé** a una persona, y la individualicé porque a diferencia de las demás, que pasaban un momento y desaparecían, esa persona permanecía inmóvil, en su sitio. Era una mujer de unos treinta años de lejos, vestida con una blusa azul sin **apenas mangas** y una falda blanca y zapatos de tacón también blancos. Estaba esperando, su actitud era de espera inequívoca, porque de vez en cuando daba dos o tres pasos a derecha e izquierda, y en el último paso **arrastraba** un poco el tacón afilado de un pie o del otro, un gesto de contenida impaciencia. Colgado del brazo llevaba un gran bolso, como los que en mi infancia llevaban las madres, mi madre, un gran bolso negro colgado del brazo anticuadamente, no echado al hombro como se llevan ahora. Tenía unas piernas robustas, que se **clavaban sólidamente** en el suelo cada vez que volvían a detenerse en el punto elegido para su espera tras el mínimo desplazamiento de dos o tres pasos y el tacón arrastrado del último paso. Eran tan robustas que **anulaban** o asimilaban esos tacones, eran ellas las que **se hincaban** sobre el pavimento, como

navaja en madera mojada. A veces **flexionaba** una para mirarse detrás y alisarse la falda, como si temiera algún **pliegue** que le afeara el culo, o quizá se ajustaba **las bragas** rebeldes a través de la tela que las cubría.

Estaba anocheciendo, y la pérdida gradual de la luz me hizo verla cada vez más solitaria, más aislada y más condenada **a esperar en vano**. Su cita no llegaría. Se mantenía en medio de la calle, no se apoyaba en la pared como suelen hacer los que aguardan para no **entorpecer** el paso de los que no esperan y pasan, y por eso tenía problemas para **esquivar a los transeúntes**, alguno le dijo algo, ella le contestó con **ira** y le **amagó** con el bolso enorme.

De repente **alzó** la vista, hacia el tercer piso en que yo me encontraba, y me pareció que fijaba los ojos en mí por vez primera. **Escrutó**, como si fuera **miope** o llevara **lentillas** sucias, **guiñaba** un poco los ojos para ver mejor, me pareció que era a mí a quien miraba. Pero yo no conocía a nadie en Sevilla, es más, era la primera vez que estaba en Sevilla, en mi viaje de novios con mi mujer tan reciente, a mi espalda enferma, ojalá no fuera nada. Oí un murmullo procedente de la cama, pero no volví la cabeza porque era un quejido que venía del sueño, uno aprende a distinguir enseguida el sonido dormido de aquel con quien duerme. La mujer había dado unos pasos, ahora en mi dirección, estaba cruzando la calle, **sorteando** los coches sin buscar un semáforo, como si quisiera aproximarse rápido para comprobar, para verme mejor a mi balcón asomado. Sin embargo caminaba con dificultad y lentitud, **como si los tacones le fueran desacostumbrados**[3] o sus piernas tan llamativas no estuvieran hechas para ellos, o la desequilibrara el bolso o estuviera mareada. Andaba como había andado mi mujer al sentirse indispuesta, al entrar en la habitación, yo la había ayudado a desvestirse y a meterse en la cama, la había arropado. La mujer de la calle acabó de cruzar, ahora estaba más cerca pero todavía a distancia, separada del hotel por la amplia explanada que lo alejaba de tráfico. Seguía con la vista alzada, mirando hacia mi o a mi altura, la altura del edificio a la que yo me hallaba. Y entonces hizo un gesto con el brazo, **un gesto** que no era de saludo ni de acercamiento, quiero decir de acercamiento a un extraño, sino de apropiación y **reconocimiento**, como si fuera yo la persona a quien había **aguardado** y su cita fuera conmigo. Era como si con aquel gesto del brazo, **coronado por un remolino veloz de los dedos**, quisiera **asirme** y dijera: "Tú ven acá", o "Eres mío". Al mismo tiempo gritó algo que no pude oír, y por el movimiento de los labios sólo comprendí la primera palabra, que era "¡Eh!", dicha con indignación, como el resto de la frase que no me alcanzaba. Siguió avanzando, ahora se tocó la falda por detrás con más motivo, porque parecía que quien debía juzgar su figura ya estaba ante ella, el esperado podía apreciar ahora la caída de aquella falda. Y entonces ya pude oír lo que estaba

---

3 as if she were not used to wearing high heels.

diciendo: "¡Eh! ¿Pero qué haces ahí?" El grito era muy audible ahora, y vi a la mujer mejor. Quizá tenía más de treinta años, los ojos aún guiñados me parecieron claros, grises o color ciruela, los labios gruesos, la nariz algo ancha, **las aletas** vehementes por el enfado, debía de llevar mucho tiempo esperando, mucho más tiempo del transcurrido desde que yo la había individualizado. Caminaba **trastabillada** y **tropezó** y cayó al suelo de la explanada, manchándose enseguida la falda blanca y perdiendo uno de los zapatos. Se incorporó con esfuerzo, sin querer **pisar** el pavimento con el pie descalzo, como si temiera ensuciarse también la planta ahora que su cita había llegado, ahora que debía tener los pies limpios por si se los veía el hombre con quien había quedado. Logró **calzarse** el zapato sin apoyar el pie en el suelo, se sacudió la falda y gritó: "¡Pero qué haces ahí! ¿Por qué no me has dicho que ya habías subido? ¿No ves que llevo una hora esperándote?" Y al tiempo que decía esto, volvió a hacer el gesto del asimiento, un golpe seco del brazo desnudo en el aire y **el revoloteo** de los dedos rápidos que lo acompañaba. Era como si me dijera "Eres mío" o "Yo te mato", y con su movimiento pudiera cogerme y luego arrastrarme, **una zarpa**. Esta vez gritó tanto y ya estaba tan cerca que temí que pudiera despertar a mi mujer en la cama.

La vista desde el balcón.

— ¿Qué pasa?—dijo mi mujer débilmente.

Me volví, estaba **incorporada** en la cama, con ojos de susto, como los de una enferma que se despierta y aún no ve nada ni sabe dónde está ni por qué se siente tan confusa. La luz estaba apagada. En aquellos momentos era una enferma.

Pero no me acerqué a acariciarle el pelo o tranquilizarla, como habría hecho en cualquier otra circunstancia, porque no podía apartarme del balcón, y apenas apartar la vista de aquella mujer que estaba convencida de **haber quedado conmigo.**[4] Ahora me veía bien, y era indudable que yo era la persona con la que había convenido una cita importante, la persona que la había hecho sufrir en la espera y la había ofendido con mi prolongada ausencia. "¿No me has visto que te estaba esperando ahí desde hace una hora? ¡Por qué no me has dicho nada!", **chillaba** furiosa ahora, parada ante mi hotel y bajo mi balcón. "¡Tú me vas a oír! ¡Yo te mato!", gritó. Y de nuevo hizo el gesto con el brazo y los dedos, el gesto **que me agarraba.**[5]

— ¿Pero qué pasa? —volvió a preguntar mi mujer, aturdida desde la cama.

En ese momento me eché hacia atrás y **entorné** las puertas del balcón, pero antes de hacerlo pude ver que la mujer de la calle, con su enorme bolso anticuado y sus zapatos de tacón de aguja y sus piernas robustas y sus andares tambaleantes, desaparecía de mi campo visual porque entraba ya en el hotel, dispuesta a subir en mi busca y a que tuviera lugar la cita. Sentí un vacío al pensar en lo que podría decirle a mi mujer enferma para explicar la intromisión que estaba a punto de producirse. Estábamos en nuestro viaje de novios, y en ese viaje no se quiere la intromisión de un extraño, aunque yo no fuera un extraño, creo, para quien ya subía por las escaleras. Sentí un vacío y cerré el balcón. Me preparé para abrir la puerta.

Después de leer

Preguntas de comprensión

En grupos de dos contesten las siguientes preguntas primero oralmente y después escriban sus respuestas.

1. ¿Por qué están el protagonista y su mujer en Sevilla?
2. ¿Por qué el protagonista mira por el balcón?
3. ¿A quién ve por la ventana?
4. Describan a la persona que ve: ¿cómo es, qué hace?
5. ¿Qué hace, de repente, esta persona para llamarle la atención al protagonista?
6. ¿Qué le dice esta mujer al protagonista?
7. ¿Cómo termina el cuento?

---

4 that she had arranged to meet me.

5 that she was grabbing me.

Preguntas de interpretación

En grupos de dos contesten las siguientes preguntas primero oralmente y después escriban sus respuestas.

1. Se aprende que esta mujer, al igual que la madre del protagonista, lleva "un gran bolso negro". ¿Es este detalle importante? En su opinión, ¿quién es la mujer de la calle?
2. El protagonista dice que la mujer que ve "andaba como había andado mi mujer al sentirse indispuesta". En su opinión, ¿es posible que haya una conexión entre la esposa del protagonista y esta mujer?"
3. ¿A quién puede simbolizar esta mujer?
4. Les llaman desde Hollywood para hacer una película "En el viaje de novios". ¿Qué actores y actrices escogen para los tres roles y por qué?

Actividades de escritura creativa

En grupos de dos, hagan las siguientes actividades. Su profesor/a revisará lo que han escrito y luego cada grupo presentará su trabajo al resto de la clase.

1. "Sentí un vacío y cerré el balcón. Me preparé para abrir la puerta..." Terminen el cuento.
2. La esposa del protagonista se despierta y empieza a hablar con la señora de la calle. Creen un diálogo.

16. José María Merino

(La Coruña, 1941)

Biografía e Información Literaria

José María Merino nace en La Coruña el 5 de marzo de 1941. Primero, se traslada a León de joven y luego a Madrid. Como sus padres son abogados, se cría rodeado de libros. Por pura tradición familiar, estudia derecho aunque su verdadera vocación es de ser escritor. Es mayormente conocido como novelista y cuentista aunque ha escrito y publicado numerosas colecciones de poemas. Es elegido miembro de la Real Academia de la Lengua en el año 2008.

El cuento "El inocente" (*Cuentos de los días raros.* Madrid: Alfaguara, 2004) toca el tema de las personas en nuestro mundo que tienen lo que algunos llamarían "impedimentos" físicos o mentales. Otros dirían que estas personas enriquecen el mundo con su modo diferente de percibir las cosas.

Obras importantes

Novelas

1976 *Novelas de Andrés Choz*

1981 *El caldero de oro*

1985 *La orilla oscura*

1986 *El oro de los sueños*

1987 *La tierra del tiempo perdido*

1989 *Las lágrimas del sol*

1991 *El centro del aire*

1992 *Las crónicas mestizas.* Reúne la trilogía americana: *El oro de los sueños, La tierra del tiempo perdido* y *Las lágrimas del sol.*

1996 *Las visiones de Lucrecia*

1998 *Intramuros*. Memorias noveladas.

1999 *Cuatro nocturnos*

1999 *Los narradores cautivos*. Con Jesús F. Martínez y Antonio Martínez Menchén.

2000 *Los invisibles*

2000 *Novelas del mito*. Reúne *El caldero de oro, La orilla oscura* y *El centro del aire.*

2003 *El heredero*

2007 *El lugar sin culpa*

2009 *La sima*

Cuentos

1982 *Cuentos del reino secreto*

1987 *Artrópodos y Hadanes*

1990 *El viajero perdido*

1994 *Cuentos del Barrio del Refugio*

1997 *Cincuenta cuentos y una fábula. Obra breve 1982-1997*

1999 *La memoria tramposa*

2002 *Días imaginarios*

2004 *Cuentos de los días raros*

2005 *Cuentos del libro de la noche*

2006 *Relatos para leer en el autobús*

2007 *La glorieta de los fugitivos: minificción completa*

2008 *Las puertas de lo posible: cuentos de pasado mañana*

Narrativa infantil

1997 *No soy un libro*

1997 *Regreso al cuaderno de hojas blancas.*

1998 *Adiós al cuaderno de hojas blancas*

1995 *La edad de la aventura*

1996 *El cuaderno de hojas blancas*

Premios y Honores

1976 Premio Novelas y Cuentos

1986 Premio Nacional de la Crítica

1993 Premio Nacional de literatura infantil y juvenil

1996 Premio Miguel Delibes

2002 VII Premio NH de relatos

2006 Premio Torrente Ballester

2007 Premio Salambó

2008 Elegido miembro de la Real Academia de la Lengua.

Enlaces

Biografía de José María Merino.

http://www.catedramdelibes.com/archivos/000039.html.

http://canales.nortecastilla.es/literaria/autores/entrevistas/josemariamerino_280308.htm

Antes de leer

Para conversar

En grupos de dos, discutan las siguientes preguntas. ¡Ojo! ¡Sólo hablen español!

1. ¿Conocieron alguna vez en la escuela a un/a muchacho/a que fuera diferente de los demás? Expliquen en qué sentido esta persona era diferente de los otros alumnos. ¿Cómo aceptaron los otros alumnos a este/a muchacho/a diferente?
2. ¿Fueron alguna vez de camping con sus amigos? ¿Adónde fueron y qué hicieron? Describan su experiencia.
3. ¿Les pasó alguna vez algo extraordinario cuando se fueron de viaje con sus amigos? ¿Qué pasó? Describan lo que pasó y por qué fue extraordinario.

Palabras difíciles

A cuestas: *uphill*
acechante: *threatening*
acosar: *to hound someone*
los aleteos: *flutters*
alzarse: *to rise*
los andares: *a way of walking*
el anticipo: *anticipation*
los apuntes: *class notes*
el árbitro: *referee*
la arena: *sand*
arrastrar: *to drag down*
áureo/a: *golden*
aurífero/a: *gold-filled*
la avellana: *hazelnut*
la azada: *hoe*
azulado/a: *bluish*
bamboleante: *swaying*
el barbo: *river fish*
el belén: *nativity scene*
el bicho: *insect* (*used in Spain*)
el bocadillo: *sandwich with French bread* (*used in Spain*)
el buey: *ox*
carcomido/a: *eaten-up*
la caries: *tooth cavity*
la carrera: *university degree*
el cedazo: *sieve*
circundante: *surrounding*
el claroscuro: *chiaroscuro* (*contrast between light and dark*)
contrariado/a: *upset*
la cremallera: *zipper* (*used in Spain*)
crujido: *creaking*
cruzarse de brazos: *to fold one's arms*
el curso: *academic year*
darle un empujón a alguien: *to push someone*
darle vuelta a un asunto: *to keep on thinking about something*
darse puñetazos: *to punch one another*
derrumbar: *to demolish*
el desasosiego: *uneasiness*
deshincharse: *to exhale*
desmañado/a: *clumsy*
el emplazamiento: *location*
el escarabajo: *beetle*
el esclavo: *slave*
extraer: *to extract*
el garabato: *doodle*
gastarle una broma a alguien: *to play a joke on someone*
el graznido: *squawk*
hincharse: *to inhale*
la hoguera: *bonfire*
el instituto: *high school* (*used in Spain*)
jocoso/a: *humorous*
el lavadero: *sink*
la linterna: *flashlight*
llamar a voces: *to call in a loud voice*
la lona: *canvas* (*from a tent*)
la maleza: *weeds*
matizar: *to clarify*
merodear: *to prowl*
meterse con alguien: *to pick on someone*
la minería: *mining industry*
montar una tienda: *to pitch a tent*
musitar: *to whisper*
los ojos desorbitados: *eyes that are popping out of one's head*
el oro: *gold*
la opacidad: *darkness*
la oruga: *caterpillar*
la pala de jardín: *shovel*
la pandilla: *group of friends*
la parsimonia: *calm*

pasar a alguien a: *to sign someone up for something*
pasmado/a : *amazed, stunned*
la pastilla: *pill*
la pepita de oro: *gold nugget*
la pesadilla: *nightmare*
la pesca: *the catch (in fishing)*
picudo/a: *pointed*
la pila: *battery*
puntiagudo/a: *pointed*
la quimera: *wishful thinking*
las rarezas: *peculiarities*
roído/a: *gnawed*
el saco de dormir: *sleeping bag*
sin ton ni son: *without any reason*
sujetar: *to hold*
el talante; estar de buen talante: *mood; to be in a good mood*
la tienda de campaña: *tent*
la tiritona: *shivering fit*
el trapo: *cloth*
tropezarse con: *to run into someone*

Práctica del vocabulario

A. Completa el texto con las palabras apropiadas.

el desasosiego   las pepitas de oro   las rarezas
montar la tienda de campaña   los andares   la hoguera

Algunos jóvenes se fueron de camping en una antigua mina. Allí, después de ________________, hicieron una ________________ para calentarse y cocinar. Fidelín, uno de los muchachos tenía sus ________________. Cuando caminaba, él tenía unos ________________ un poco diferentes y un modo de pensar único. Por la noche, Fidelín sintió ________________ y se fue a caminar por la minería a buscar ________________.

B. Empareja las palabras con el sinónimo que le corresponde.

____	áureo/a	a. el año escolar
____	el bicho	b. sacar
____	el curso	c. con humor
____	extraer	d. el insecto
____	jocoso/a	e. hecho/a de oro
____	matizar	f. picudo/a
____	puntiagudo/a	g. aclarar

C. ¿Cierto o falso?

____ 1. Se suele usar un saco de dormir cuando hace mucho calor

____ 2. Es fácil entender el comportamiento de una persona que tiene rarezas

____ 3. A la gente le gusta tener pesadillas por la noche

____ 4. Si los jóvenes se meten con Fidelín, es posible que después se den puñetazos con su hermano

____ 5. Es una buena idea caminar por la maleza por la noche sin linterna

____ 6. Es una buena idea darle vuelta a un asunto que le molesta

El inocente (2004)

José María Merino

El profesor Sierra acostumbraba a mostrarse bastante cercano a sus alumnos. No le costaba sonreír, ni hacer bromas, y raras veces se enfadaba. Sin embargo, aquella mañana había entrado en clase con **talante** serio, un aire diferente del habitual, y después de sentarse en su mesa permaneció un rato sin hablar, mirándonos despacio, como si no nos reconociese. Al principio se pudieron escuchar algunas risitas, como **anticipos jocosos** del chiste que la gente estaba esperando, pero luego todos nos quedamos también silenciosos, contemplándole con la misma atención con que él nos miraba a nosotros.

Habló por fin para decirnos que aquel día la clase iba a ser distinta, que no íbamos a tratar directamente ningún tema del programa, que nos iba a contar una historia. Enseguida **matizó** lo que había dicho y añadió que, para que la cosa no pareciese tan rara, su relato podíamos considerarlo como una narración oral, y además en primera persona, exclamó, sonriendo por primera vez. Luego se puso de pie y, acercándose a la parte delantera de su mesa, se apoyó en ella y **se cruzó de brazos**, recuperando una de sus posturas preferidas. Yo creo que entonces todos nos sentimos más relajados.

—La historia que os voy a contar empieza hace quince años. Yo tenía entonces vuestra edad. Imaginaos a mis amigos y a mí cuando íbamos a estudiar al **instituto**. Vosotros nos miráis como si pensaseis que siempre hemos sido adultos, y nosotros solemos olvidar que también fuimos adolescentes. En fin, los años han pasado, como pasarán para vosotros, y yo he perdido el contacto con casi todos mis compañeros de entonces. Me fui a estudiar **la carrera** lejos de aquella cuidad, otros también se marcharon, nos dispersamos. Sólo he seguido teniendo comunicación con uno de ellos, Héctor, que nunca se movió

El acueducto de Segovia.

de allí. Casi no hemos vuelto a vernos, y apenas sabríamos nada cada año **nos cruzamos**[1] unas postales, contándonos en pocas palabras cómo nos ha ido y deseándonos feliz año nuevo. Pero ayer por la noche mi antiguo amigo Héctor me telefoneó, muy conmovido, para decirme que había muerto su hermano Fidel, otro de los compañeros de aquellos años. La noticia me trajo a la cabeza muchas cosas de entonces, y una aventura muy rara, misteriosa, que nunca he podido olvidar. Esta mañana, de camino hacia aquí, he decidido contárosla, aunque siga sin encontrarle explicación. A lo mejor os la cuento para volver a escuchármela a mí mismo, para seguir intentando entenderla.

Se acercó a la pizarra y trazó una especie de circunferencia, como si fuese a componer un diagrama, pero enseguida nos dimos cuenta de que era un dibujo sin objeto, un puro **garabato**, pues mientras hablaba fue dibujando rayas alrededor **sin ton ni son**.

—Llevábamos siendo amigos varios cursos. Héctor, Antonio, Luis, a éste siempre le llamábamos Beli, una abreviatura del apellido, y yo. Íbamos juntos al cine, al río, de paseo, jugábamos entre nosotros a los juegos de cada temporada, al fútbol, nos pasábamos **los apuntes**, intentábamos ayudarnos en los exámenes.

Soltó la tiza y volvió a apoyarse en su mesa. En medio de la pizarra quedó pintado un sol deforme.

---

1 we sent to each other.

—Aquel **curso** vino al instituto, a la clase anterior a la nuestra, el hermano de Héctor, Fidel, al que acabaríamos llamando Fidelín. Sabíamos que Héctor tenía un hermano pero nunca le preguntábamos por él, porque se decía que aquel chico no estaba bien, y que por eso lo tenían interno en un colegio especial, pero aquel año **lo pasaron a** los cursos normales. Que el chico no estaba bien se notaba enseguida, en cuanto se le oía hablar. Era bastante alto, más que la mayoría de los de su edad, un poco gordo, con **unos andares muy desmañados**, y tenía cierta dificultad para expresarse y para entender las cosas. El mismo día que llegó, uno de los mayores, **con el que tropezó** en el recreo, **le dio un empujón** llamándole subnormal, retrasado mental. Héctor, que lo oyó, se lanzó contra él como un rayo y empezaron a **darse puñetazos**. A Héctor le costó sangrar por la nariz y a su contrincante un ojo morado, y ambos fueron castigados, pero nadie volvió a tratar mal a Fidelín. Héctor decía que su hermano era un inocente, que es como llamaban antes en los pueblos a esos chicos. "Mi hermano es un inocente, y a los inocentes hay que respetarlos—decía—. Mi hermano **no se mete con nadie**, y nadie tiene derecho a meterse con él". Su afán de proteger a Fidelín llegó a tal punto que lo incorporó a nuestra **pandilla**. Lo llevaba con nosotros a jugar el fútbol y lo ponía de **árbitro**, menos mal que no le hacíamos caso, al cine, de paseo, a la feria, cuando la había. Así, Fidelín se convirtió en otro miembro del grupo, y al fin nos acostumbramos a su extraña forma de andar y de hablar, a sus ocurrencias, que nos hacían reír sin remedio, y el propio Héctor acabó tolerando nuestras burlas amistosas hacia su hermano. Por ejemplo, cuando le explicaron en clase la fotosíntesis, nos contó que las plantas respiraban como nosotros, que si nos fijábamos bien se podía ver que cada hoja **se hinchaba y se deshincha**, y que los árboles hacen ruido de soltar el aire, de vez en cuando. A veces se ponía a hablar con **los bichos**, una hormiga, **una oruga**, **un escarabajo**, a preguntarles cómo se encontraban, qué habían comido, que qué tal la familia. Una vez, en Navidades, fuimos a la iglesia de San Francisco, que ponía **un belén** muy celebrado, y se echó a llorar porque decía que **el buey** del portal tenía los ojos demasiados tristes. Otra vez que fuimos al río a pescar, nos amargó la tarde, porque, según él, aquellos **barbos** que habíamos sacado estaban gritando de sentir que se ahogaban fuera del agua. En algunas ocasiones se exaltaba un poco, y aquélla fue una de ellas, y Héctor dijo que se lo iba a llevar a casa para que le diesen una pastilla, pero antes tuvimos que devolver **la pesca** al río. A veces hacía cosas raras, a lo mejor el parque estaba solitario y él echaba a correr como si persiguiese una pelota real, o se ponía a hablar como si conversase con alguien, mirando a un punto vacío. Pero, con sus **rarezas**, era un compañero dócil, pacífico y alegre.

Era bastante raro que un profesor, aunque fuese don Miguel Sierra, se pusiese a contarnos cosas de su vida, de manera que todos estábamos pendientes de sus palabras.

—La historia que os voy a contar sucedió aquel mismo curso o al siguiente, ya no estoy seguro. En el instituto habíamos hecho una excursión a un **paraje de montes carcomidos**[2] que son el resultado de **la minería** del oro en tiempo de los romanos, hace dos mil años. Lo llaman **Las Médulas.**[3] Es un lugar extraño, silencioso, muy solitario. Entre grupos de árboles **se alzan**, como esqueletos de tierra de color amarillentos, los restos de las grandes montañas desaparecidas. Para **extraer el oro**, en aquellas montañas se perforaban largos túneles, con trabajo muy duro de **esclavos**, y luego se hacía entrar por allí a presión agua que llegaba a través de un sistema de canales que también los esclavos habían excavado en la roca viva de las montañas **circundantes**. El agua **derrumbaba** los túneles y **arrastraba** la tierra hasta unos enormes **lavaderos** en que quedaban depositadas **las pepitas de oro**. El lugar estimuló nuestra imaginación, para mis amigos y yo pensábamos que sin duda en aquella tierra debía de quedar todavía oro, mucho oro. De modo que nos **propusimos buscarlo.**[4]

El recuerdo de aquellas lejanas ilusiones le hizo sonreír. Guardó silencio y se puso a mirarnos otra vez de uno en uno, como si se preguntase cuál podía ser **la quimera** en que soñábamos nosotros. No había risitas, ni comentarios, nadie se movía. Aquellas confidencias insólitas nos estaban resultando demasiado sorprendentes.

—Aprovechamos otra excursión escolar. Mentimos en casa. Ya sé que esto que os digo no resulta muy ejemplar, pero así fue. Coincidiendo con el tiempo de la excursión verdadera, de la oficial, y empleando el dinero en la nuestra, nosotros nos iríamos a los viejos restos de las minas romanas. Conseguimos **unas tiendas de campaña** pequeñas, **sacos de dormir** para todos. Calculamos la comida necesaria, el agua. Llevaríamos **azadas**, **palas de jardín**, **cedazos**, **linternas**, **pilas**. El viaje fue una odisea, dos autobuses primero, con largo tiempo de trasbordo entre uno y otro, luego una interminable caminata con todo **a cuestas**. Mientras tanto, le íbamos contando a Fidelín el objetivo de nuestra excursión, le hablábamos de los canales, del agua que había hecho derrumbarse las galerías y que arrastraba la tierra en torrentes **de arenas auríferas**, de los esclavos sudorosos, de los soldados vigilantes, del oro que al cabo brillaría en los grandes depósitos, una vez arrancado de la tierra. No podíamos saber si era consciente de nuestras referencias a un tiempo tan lejano,

2 a place where hills are eaten up.

3 In the 1st century A.D., the Roman Empire started to exploit the gold deposits of this northwestern Spanish region, using a technique based on hydraulic power.

4 We decided to look for it.

el mismo tiempo en que había nacido Jesucristo, pero él nos escuchaba con interés, se contagiaba de nuestro entusiasmo de buscadores de aquel oro con que estaban hechos los anillos de matrimonio, los pendientes y las pulseras de nuestras madres y hermanas, los cálices de las iglesias, las monedas de las leyendas. Llegamos al lugar bastante tarde. El sol declinante iluminaba los picos de aquellos montes **roídos** y les hacía parecer los dientes de una enorme dentadura abierta en el valle.

Se levantó de nuevo para acercarse a la pizarra y guardó silencio mientras dibujaba unas siluetas quebradas, acaso las de aquellos montes con aspecto de grandes dientes **puntiagudos y llenos de caries**. Contempló unos instantes lo que había dibujado, dejó la tiza, y antes de volver a sentarse se limpió cuidadosamente los dedos con **el trapo.**

—Cuando empezamos **a montar las tiendas**, comenzó a manifestarse **el desasosiego** de Fidelín. Se había acercado a una parte del monte en que se abría la enorme boca de una de las antiguas galerías, pero volvió corriendo a donde estábamos. "El agua, el agua—balbuceaba—, aquí las tiendas no, por aquí pasa el agua, nos llevará, nos ahogaremos". Le aseguramos que eso era imposible, que hacia cientos de años que ningún agua que no fuese la de la lluvia mojaba aquellos parajes, pero se puso tan nervioso, que Héctor nos pidió que cambiásemos **el emplazamiento** de las tiendas para que se tranquilizase. Buscamos otro sitio y no lo encontramos tan llano. Sin embargo, tuvimos que aguantarnos. Estábamos arrepentidos de haberle contado nuestro proyecto a Fidelín con tanto fervor, pues sentíamos que habíamos sido nosotros mismos los causantes de aquella actitud suya. Mientras acabábamos de montar las tiendas y de ordenar las cosas, Fidelín volvió a **merodear** por el bosquecillo. Héctor le había dicho que no fuese lejos, que no se apartase mucho de nosotros, y regresó al cabo de un rato, muy excitado. "¡Los esclavos!—gritaba—, ¡los esclavos! ¡Los atan con cadenas para llevarlos a dormir, les dan de cenar un pedazo de pan!" "Vale, Fidelín, ahora vamos a cenar nosotros", le dijo Héctor, pero Fidelín **nos hizo seguirle,**[5] mientras corría con sus andares **bamboleantes**. El sol ya se había puesto y había **una opacidad azulada**, una bruma ligerísima embalsada entre las masas **picudas (pointed)** de los montes arruinados. Fidelín señalaba aquella opacidad como si mostrase algo muy interesante. "Los soldados, los esclavos", murmuraba, pero allí no había otra cosa que árboles, rocas, y la oscuridad que iba depositándose en silencio sobre todas las cosas. Regresamos con él al campamento, pero parecía muy nervioso, y Héctor **estaba contrariado**. "Mira que si hoy le da uno de sus ataques aquí, lejos de todo el mundo, **sin pastillas**". Pero al cabo Fidelín dejo de hablar de aquellas cosas, de los esclavos desarrapados, de los soldados con sus lanzas

5 he had us follow him.

y escudos. Hicimos **una hoguera**, cenamos con hambre **unos bocadillos**. Yo creo que sentíamos la aventura como un sabor, como un tacto en la piel. Salió una luna enorme, al principio rojiza, luego amarillenta, por fin blanca con nieve, que llenó el paraje **de claroscuros**, de sombras movedizas. Empezando a oírse cantos o **graznidos** de pájaros, **aleteos**, **crujidos en la maleza**, ruidos de insectos, sonidos en lo oscuro que nos inquietaban, aunque disimulásemos.

La narración del profesor Sierra se había hecho más lenta y parecía recrearse en la memoria de aquel anochecer. Tras una pausa, se puso de pie para reclinar otra vez el cuerpo en la mesa, cruzado de brazos y de piernas.

—Acordamos el plan del día siguiente: penetrar en alguna de las grandes cuevas, cavar, cerner la tierra cavada en busca de las riquísimas pepitas. A la luz de la hoguera los ojos de Fidelín brillaban muy abiertos, como si permaneciese **pasmado** por alguna visión. Después de un rato, seguros de que la jornada próxima estaría llena de estupendos hallazgos **áureos**, nos acostamos. Estaban en la tienda más pequeña Héctor y Fidelín, y en la otra Antonio, Luis Belinchón y yo. Creo que a todos nos costó un poco quedarnos dormidos, porque aquellos murmullos del monte parecían dar señal de muchas presencias **acechantes**, y **la lona** de la tienda, iluminada por la luna, mantenía sobre nuestras cabezas un raro fulgor. Pero al fin caímos en el sueño. Nos despertó de repente la voz de Héctor, que llamaba repetidamente a su hermano, y luego sonó **la cremallera** de nuestra tienda. El tono de la voz de Héctor daba señal de su inquietud: "¡Fidelín no está en la tienda, ni alrededor! ¡Ha desaparecido!", gritaba. Salimos de los sacos, nos abrigamos un poco, cogimos las linternas. Ante la noche, a la vez luminosa y llena de sombras indescifrables, nos sentíamos confusos, desorientados. "¡Hay que encontrarlo!", decía Héctor. Nos separamos y recorrimos el lugar **llamándole a voces**, pero no contestaba. La búsqueda duró bastante tiempo, y a veces nos encontrábamos los propios buscadores, sobresaltándonos, pues no conseguimos identificarlos en lo oscuro. Después de un rato bastante largo volvimos a concentrarnos en el campamento. Héctor propuso ir al pueblo a pedir ayuda. Los demás no sabíamos qué hacer. La noche se había puesto fresca y yo, entre el frío y el sueño, tenía una fuerte sensación de **pesadilla**. Cuando habíamos decidido que iríamos al pueblo Héctor y yo, y que los demás permanecerían en el campamento, con un fuego encendido para señalar el lugar, se escuchó la voz de Fidelín. Estaba en el borde del bosquecillo, mirándonos con los mismos **ojos desorbitados** que había mostrado a la luz de la hoguera. **Musitaba** palabras ininteligibles y sufría una fuerte **tiritona**. Héctor le obligó a acostarse, nos acostamos todos, y nos quedamos durmiendo hasta que el sol estuvo muy arriba.

El profesor Sierra había bajado de la tarima y estuvo moviéndose **con parsimonia** por los pasillos entre los pupitres, deteniéndose de vez en cuando para mirarnos de cerca, como si estuviese hablando con cada uno de nosotros.

Volvió a subir a la tarima, se apoyó otra vez en su mesa y se frotó las manos con lentitud.

—Os preguntaréis adónde quiero ir a parar. Bueno, la aventura, así contada, parece que no tiene nada de particular, y estoy seguro de que bastantes de vosotros, chicos o chicas, habéis vivido alguna noche semejante. Pero aquella vez sucedió algo que no consigo explicarme, algo que me ha hecho evocar esa noche con viveza, cuando supe que el pobre Fidelín había muerto. Os dije que dormimos hasta la media mañana. Nos despertamos con hambre. El sol tan cálido y el descanso nos habían puesto de buen humor y **acosábamos** entre risas a Fidelín para que nos contase en qué discoteca o club de alterne se había metido. Él nos miraba un poco aturdido, porque no entendía nuestras bromas. Luego, cuando ya no le hacíamos caso, dijo que había encontrado el oro. Así lo dijo: "Encontré el oro". Era una salida tan rara, que los ojos de todos nosotros quedaron fijos en él. "Lo tienen en unas cajas de hierro muy grandes. Hay allí muchos soldados, pero no me cogieron. Estaban allí mismo, al lado mío, pero no me dijeron nada, como si no me viesen". Metió entonces la mano en un bolsillo del pantalón y sacó algo que brillaba en su palma. "Os las traje de recuerdo, las más gordas que encontré. Una para Héctor, otra para Antonio, otra para Miguel, otra para Beli". Eran cuatro piedrecitas doradas, del tamaño de **avellanas**.

En la clase había eso que se llama verdadera expectación, aunque luego supe que, como yo, muchos pensaban que el profesor Sierra **nos estaba gastando una broma**. El caso es que se desabrochó la camisa, **sujetó** una cadena que llevaba al cuello y, tras soltarla, nos enseñó un pequeño colgante dorado.

—Aquí está la mía. Echadle un vistazo, si queréis, írosla pasando. Oro puro, macizo. Ése fue el oro que conseguimos, aunque yo no puedo imaginar de donde lo sacó el pobre Fidelín. Y ahora que lo he vuelto a recordar, pienso que acaso **lo más razonable sea no seguir dándole vueltas al asunto.**[6]

Después de leer

Preguntas de comprensión

En grupos de dos contesten las siguientes preguntas primero oralmente y después escriban sus respuestas.

1. ¿Cómo se siente un día el profesor Sierra al llegar a la clase? ¿Por qué les sorprende a sus estudiantes?
2. ¿Quién es Héctor? ¿Cuánto tiempo hace que el profesor Sierra y él se conocen?

---

6 the most reasonable thing would be to not keep thinking about this.

3. ¿Qué noticia le trae Héctor al profesor Sierra acerca de su hermano Fidel?
4. ¿Qué les va a contar a sus alumnos hoy el Señor Sierra?
5. ¿Qué dibuja en la pizarra el profesor?
6. ¿Cómo se llamaban los compañeros del Instituto del profesor? ¿Qué actividades hacían juntos?
7. ¿Quién es Fidelín? ¿Cómo es físicamente y por qué es diferente de los otros chicos?
8. Den dos ejemplos de cómo Fidelín se comporta de una manera un poco extraña cuando está con los otros chicos.
9. ¿Qué son Las Médulas? ¿Por qué van allí los chicos?
10. ¿Por qué quiere Fidelín que los chicos cambien el emplazamiento de las tiendas de campaña?
11. ¿Por qué, de repente, Héctor despertó a todos sus compañeros?
12. ¿Cómo sorprende Fidelín a todos sus amigos al día siguiente?
13. ¿Qué les enseña—literalmente—el profesor Sierra a sus alumnos?

Preguntas de interpretación

En grupos de dos contesten las siguientes preguntas primero oralmente y después escriban sus respuestas.

1. Aún si sólo parece ser en su imaginación, Fidelín, en Las Médulas, tiene contacto con el pasado. Busquen ejemplos de estos contactos.
2. ¿Por qué es tan enigmático que Fidelín haya encontrado oro en la antigua mina?
3. ¿Por qué podemos decir que el mundo de la imaginación y de la realidad se mezclan en "El Inocente"?
4. En su opinión, ¿dónde encontró el oro Fidelín? ¿Creen que vio algo o alguien más durante su caminata nocturna?
5. En su opinión, ¿por qué el profesor Sierra lleva su pepita de oro colgada al cuello?
6. Comenten acerca del título. ¿Les gusta el título? ¿Pondrían otro título?
7. ¿Qué aspectos simbólicos ven en este cuento? ¿Qué mensajes nos quiere comunicar José María Merino con el "El Inocente"?

Actividades de escritura creativa

En grupos de dos, hagan las siguientes actividades. Su profesor/a revisará lo que han escrito y luego cada grupo presentará su trabajo al resto de la clase.

1. Cambien el final y el título del cuento "El inocente". ¿Encuentran a Fidelín? ¿Trajo Fidelín otra cosa que el oro?
2. Escriban un mini cuento en el que se mezcle la realidad y la imaginación. ¿Dónde tiene lugar la acción? ¿Quiénes son los personajes?
3. Escriban una reseña de este cuento. Incluyan la siguiente información:
   - para qué tipo de lectores es este cuento
   - cuáles son los mensajes trasmitidos
   - comenten acerca del estilo literario

17. Manuel Hidalgo

(Pamplona, 1953)

Biografía e Información Literaria

Manuel Hidalgo es periodista, columnista, crítico de cine, novelista y guionista de películas. Estudió filosofía y letras y se licenció en ciencias de la información en la Universidad de Navarra en 1977. En 1988, dirigió y presentó en TVE el programa de entrevistas "Tal Cual", en emisión diaria y en directo, programa en el que realizó más de 500 entrevistas. Desde 1989 es columnista del periódico *El Mundo*.

"Rosita" (*Inmenso estrecho*, Kailas, 2005) es un cuento que trata el tema de la inmigración en España. La inmigración en España es desde 1990 un fenómeno económico y demográfico muy importante. Según el censo de 2008, el 11.3% de la población en España es de nacionalidad extranjera. El 36.2% de los inmigrantes procede de países latinoamericanos. La mayoría de los inmigrantes latinoamericanos provienen del Ecuador. Como en toda nación donde hay inmigración, algunos inmigrantes sufren de discriminación tanto en su vida personal como en su vida profesional.

Obras más importantes

Novelas

1986 *El pecador impecable*

1988 *Azucena, que juega al tenis*

1991 *Olé*

1997 *La infanta baila*

2000 *Días de agosto*

2008 *Lo que el aire mueve*

Cuentos

2003 *Cuentos pendientes*

Obras de géneros diversos

1995 *Todos vosotros*

2000 *La guerra del sofá*

2001 *El Hombre Malo estaba allí*

2003 *Me temo lo peor. Diario y confesiones de un hipocondriaco*

Participación en los siguientes libros colectivos

1996, 1997 y 1998 *Aquel verano, Aquel verano, aquel amor* y *El sueño de un verano*

1998 *Cuentos de fútbol 2*

1999 *Guía Hemingway*

2003 *Cuentos solidarios*

2005 *Inmenso estrecho*

2006 *Dieciocho cuentos móviles*

Premios

1988 Colón de Oro en el Festival de cine de Huelva

1999 el X Premio de Periodismo

2008 I Premio de Novela Logroño

Enlace

Los artículos publicados en *El Mundo* por Manuel Hidalgo.

http://www.elmundo.es/papel/historico/9.html.

Antes de leer

Para conversar

En grupos de dos, discutan las siguientes preguntas. ¡Ojo! ¡Sólo hablen español!

1. En tu región, ¿hay muchos inmigrantes? ¿De qué países vino la mayoría de ellos?

2. ¿Qué tipo de trabajo tienen los inmigrantes que vinieron a tu región?
3. ¿Naciste en el país donde vives ahora? ¿De dónde vinieron tus antepasados?
4. En el lugar donde vives, ¿hay alguna tensión racial y cultural entre las personas nacidas en tu país y los inmigrantes? Da detalles.

Palabras difíciles

achaparrado/a: *short and overweight*
alborotarse: *to get excited, agitated*
alisarse: *to smooth out one's clothes*
apretado/a: *tight*
armar bulla: *to create a ruckus*
canturrear: *to sing softly to oneself*
el cerezo: *cherry tree*
el Colacao: *Cocoa drink with many vitamins that was created in Spain*
chafarle la sorpresa a alguien: *to ruin someone's surprise for them*
chulín: *cocky*
la discoteca: *night club*
la encimera: *counter*
escotado/a: *low-cut*
la figurilla articulada: *little action figure*
la habladuría: *gossip, rumor*
indiecito/a: *with indigenous features*
la machada: *stunt*
manso/a: *tame*
el manto: *cloak*
menudo rollo: *how boring!*
la mochila: *backpack*
oblicuo/a: *slanted*
los Phoskitos: *sponge biscuit with a milk filling and a cocoa and milk coating.*
la plancha: *iron*
rabiar: *to annoy*
el recado: *dedication, message*
el seto: *hedge*
soltar: *to untie, to undo*

Práctica del vocabulario

A. Empareja cada palabra con la definición que le corresponde.

____	alborotarse	a. dócil, suave
____	canturrear	b. arrogante
____	soltar	c. un lugar para ir a bailar de noche
____	manso/a	d. enfurecerse
____	alisarse	e. desatar algo que está atado
____	achaparrado/a	f. cantar en voz baja
____	chulín	g. instrumento electrodoméstico usado para quitarle las arrugas a la ropa
____	la plancha	h. los chismes

____ la discoteca   i. poner liso

____ la habladuría   j. persona baja y un poco gorda

B. ¿Estás de acuerdo o no? Para cada oración, indica si estás de acuerdo o no.

1. Si tu pantalón es muy apretado, es muy cómodo.
2. El colacao parece ser una bebida buena para el desayuno.
3. Los leones suelen ser unos animales mansos.
4. Cuando eras niño/a, armabas bulla con mucha frecuencia.
5. En la región donde vives, hay muchos cerezos.
6. Si estás a dieta, los Phoskitos son una buena opción para la merienda.
7. Cuando eras niño/a, jugabas con figurillas articuladas a menudo.
8. Una persona chulín te cae bien.

C. Completa el texto con las palabras apropiadas

la discoteca	achaparrado	la habladuría
alborotarse	chulín	canturrear

El sábado pasado, Rosita y sus amigas fueron a bailar a ________________.

Allí, conocieron a varios muchachos. De uno de ellos, El Ciro, se puede decir que es un poco ________________ porque no es muy alto. Como a Rosita le gusta la canción de Merengue por Juan Luis Guerra "La bilirrubina", la empezó a ________________ mientras bailaba con El Ciro. De repente, ella y El ciro se besaron, lo que seguramente empezó una ________________ con sus amigas. ¡Ellas son tan chismosas! Allí también, conocieron a otro muchacho, Carlos, que era un poco ________________ y empezó a molestar a los demás cuando ________________ a sus compañeros. Finalmente, Rosita y sus amigos se fueron a casa. Rosita, secretamente, espera volver a ver a El Ciro, el próximo sábado.

Rosita (2005)

Manuel Hidalgo

Rosita está sola en la gran cocina blanca. Por la ventana, ve un trozo bonito del jardín: césped muy cuidado, dos cerezos en flor, el banco de hierro, el seto alto. El cielo azul. El sol llega **oblicuo**, en retirado, hasta la mesa cuadrada que ocupa el centro y deja sobre ella **un manto** rojo que pronto se retirará. Aún no son las seis.

La señora no comió en casa, pero regresó hará una media hora. Es simpática, la señora. Más simpática cuando están a solas las dos. Le cuenta cosas. Cuando el señor está delante, la señora es más reservada. El señor es más seco. Callado, quizás. Pocas veces se dirige a ella directamente. Casi nunca está en la casa, un chalé grande, de ladrillo visto, blanco, con techo de pizarra, en Pozuelo. Tiene piscina.

La señora le ha dado instrucciones sobre **la plancha**. Necesita un vestido para la noche. Los señores saldrán a cenar. Sucede con frecuencia, y Rosita se queda con los niños viendo la televisión. Raúl, el mayor, va para los quince años, es muy rubio, como su mamá. Y es cariñoso, aunque ahora hace **rabiar** a Rosita con **machadas** de chico **chulín**. Está en la edad. Rosita lo conoció con diez años, y era más **manso**. El pequeño, Alejo, es gordito, y no se sabe **a quién salió**.[1] Cumplirá ocho. Están al llegar del colegio. Merendarán con ella.

Rosita plancha con cuidado el vestido negro de la señora, el muy **escotado**, el de tirantes. A la señora le gusta mucho porque la hace delgada. La señora ya está delgada, pero quiere estar más delgada todavía. Rosita, mientras plancha, escucha la radio, Onda Latina, en un aparato que tiene enchufado sobre **la encimera** de la cocina. Están dando las canciones dedicadas. "*Cuéntale que te conocí bailando, / cuéntale que soy mejor que él, / cuéntale que te traigo loca, / cuéntale que tú me quieres ver...*"

Rosita se sabe bien la canción, y la **canturrea** por lo bajo con su voz finita, de niña casi. El *reggaeton* lo baila mucho en la disco los domingos por la tarde, cuando va con las amigas, con su camiseta y sus pantalones **apretados**. Ella sí quisiera estar más delgada, menos ancha por todas partes, con lo bajita que es. No tiene remedio.

Se oye ruido del portón y, desde la ventana, ve entrar a los chicos, el pequeño siempre detrás, siguiendo al mayor. Rosita deja la plancha sobre la tabla y va a buscar un par de vasos para los **colacaos** con leche fría. Los chicos irán a saludar a su mamá, dejarán **las mochilas** en sus habitaciones, irán al baño a lavarse y, en cinco minutos, ya estarán en la cocina.

---

1 who he takes after.

Rosita **se alisa** su uniforme gris y aprieta el lazo de su delantal. No servirá de nada. Raúl, como cada tarde, **se lo soltará** nada más llegar.

– ¿Cómo están? ¿Les fue bien en los estudios?

Los chicos buscan bollos y dulces en los armarios, y Rosita les hace el colacao, a cada uno según su gusto, tres cucharaditas para Raúl y dos con azúcar para el chiquito.

–No se me **alboroten**, y tengan cuidado con el vestido de su mamá.

Raúl va derecho hacia la radio. Cada tarde, según entra, le cambia a Rosita la sintonía para poner Los 40 Principales durante el ratito de la merienda. Hoy Rosita se interpone.

–No lo voy a dejar. Yo decido esta vez.

–**Menudo rollo**–dice Raúl, pero acepta.

Rosita, además, aumenta un poco el volumen del aparato. Los chicos **arman bulla**, y ella no quiere perderse un segundo de la emisión. Tiene sus motivos. Apremia a los chavales.

–Me van terminado, que estoy muy atareada.

Alejo ha abierto un paquete de **Phoskitos** sólo para quedarse con **la figurilla articulada** de *La Isla del Tesoro* que trae de regalo. La saca de su bolsita, le mueve sobre la mesa y lee la explicación que viene en el envoltorio: «Kraken, el antiguo almirante del capitán Skull recorre el mundo atormentado por la traición». El niño va a salir.

–¿Y ese beso? –le frena Rosita.

Alejo se vuelve sin decir palabra y sin dejar de manipular su pirata con hacha y pata de palo. Llega hasta Rosita, levanta su cabeza y le ofrece una mejilla.

–Nooo…¡Usted a mí! –le dice ella.

Y Alejo besa a Rosita y se va, tan articulado como su muñeco. Le sigue Raúl.

"Esta noche haremos el amor bailando / tu cuerpo es mío, tuyo es mi corazón / vamos a perder el control bailando / que estoy caliente y ardiendo en pasión…"

Rosita baja el volumen de la radio. A la señora no le gusta que la cocina parezca **una discoteca**. Así se lo tiene dicho.

Rosita mira por la ventana antes de volver a la plancha. Sus enormes ojos negros repasan el césped, los dos **cerezos** en flor, el banco de hierro, **el seto** alto. Un pájaro de larga cola sobre el banco.

El reloj dice que faltan cinco minutos para las seis. Va a terminar el espacio de dedicatorias de Onda Latina, y Rosita no oyó aún su canción. ¿Y si fueran **habladurías** de sus amigas?

Se lo dijo Betsy y **le chafó la sorpresa**:

– El Ciro te va a poner un **recado** el lunes.

Niño volando en el carrusel.

El Ciro es un muchacho ecuatoriano, como Rosita, que está de camarero en Madrid. Se conocieron en la discoteca y se gustaron. A Rosita le parece que se pasa de serio, aunque ella los prefiere formales. **Achaparrado**, moreno, **indiecito**. Rosita le sacó defecto a sus dientes, muy pronunciados. Pero tiene manos fuertes y una mirada que brilla en lo oscuro. Estudioso, le dijo que él no vino e España a morir de camarero. No se besaron apenas.

Cuatro minutos para acabar el programa, y suena el timbre ronco del interfono de la cocina. La señora le llama. A la señora no le gusta esperar. Rosita sale de la cocina, pues no termina de acabar le canción que están poniendo.

Y ya se oye al poco la voz del locutor:

– A Rosita, en Pozuelo, Ciro le manda un beso con Celia Cruz y le dice que guarda su sonrisa en su pecho. ¡Qué hermoso, Ciro!

Y Celia Cruz comienza a cantar despacio mientras Rosita camina deprisa hacia el cuarto de estar.

"*Te busco perdida entre sueños / el ruido de la gente me envuelve en un velo / te busco volando en el cielo / el viento te llevaba como un pañuelo viejo / y no hago más que rebuscar paisaje conocidos / en lugares tan extraños que no puedo dar contigo...*"

Y esa tarde Rosita no pudo escuchar el recado de Ciro, aunque sí, más fuerte, los latidos de su corazón.

Después de leer

Preguntas de comprensión

En grupos de dos contesten las siguientes preguntas primero oralmente y después escriban sus respuestas.

1. ¿A qué se dedica Rosa?
2. ¿Quiénes son los personajes? ¿Dónde tiene lugar la acción?
3. ¿Cómo es Rosita físicamente? ¿Le gusta su apariencia física?
4. ¿De dónde es Rosita?
5. ¿Por qué es importante que escuche el programa hoy?
6. ¿Quién es El Ciro? ¿Cómo es físicamente?
7. ¿Cómo termina el cuento?

Preguntas de interpretación

En grupos de dos contesten las siguientes preguntas primero oralmente y después escriban sus respuestas.

1. En su opinión, ¿por qué la señora se comporta de una manera diferente con Rosita cuando su esposo está presente?
2. ¿Qué efecto crea en el lector cuando Rosita se refiere a sus jefes como "los señores"?
3. ¿Cómo es la vida de Rosita?
4. ¿Por qué no puede escuchar la dedicatoria Rosita y qué símbolo tiene este detalle sobre su vida?
5. "Y Celia Cruz comienza a cantar *despacio* mientras Rosita camina *deprisa* hacia el cuarto de estar". Comenten en el uso de las palabras *despacio* y *deprisa* aquí. ¿Qué mensaje quiere comunicar aquí Manuel Hidalgo con esta comparación?
6. Expliquen el sentido de la última frase del cuento.
7. ¿Qué temas o problemática social quiere el autor comunicar a través de este cuento? En otras palabras, ¿por qué escribió este cuento Manuel Hidalgo?

Actividades de escritura creativa

En grupos de dos, hagan las siguientes actividades. Su profesor/a revisará lo que han escrito y luego cada grupo presentará su trabajo al resto de la clase.

1. Rosita le escribe una carta a su mamá que está en Quito, Ecuador. Le cuenta de su vida en España y cómo le va.
2. El Ciro está enamorado de Rosita. Él le escribe una canción de amor. Escriban la letra[2] de esta canción.
3. Han pasado cinco años. El Ciro logró ingresar a la universidad y Rosita cambió de trabajo. ¿A qué se dedica Rosita ahora? ¿Qué estudió el Ciro y qué trabajo hace ahora? ¿Siguen juntos como pareja?

---

2 lyrics.

Un poco de historia

España en el siglo XIX

1805 España pierde la batalla de Trafalgar.

1803-1813 Francia ocupa España bajo José I (hermano de Napoléon Bonaparte).

1808-1814 Estalla la guerra de independencia. España gana contra las tropas francesas que ocupan su territorio.

1812 Se establece la Constitución Española.

1813-1833 Fernando VII gobierna España y ejerce un monarquismo absoluto.

1820-1823 El trieno constitucional. Durante estos tres años, un grupo liberal—dirigido por el General Rafael de Riego en una localidad de Sevilla—quiere reinstaurar la constitución española de 1812. Francia, Austria y Rusia tienen que intervenir para proteger la monarquía de Fernando VII. Al final, Rafael de Riego es ahorcado y Fernando VII reina por unos diez años más.

1833-1839 Primera guerra carlista. España se pelea por el/la sucesor/a al trono después de la muerte de Fernando VII. Carlos María Isidro—hermano de Fernando VII—se auto-proclama rey. Sin embargo, Fernando VII y su esposa María Cristina, tienen una hija, Isabel II, quien será reina.

1833-1849 Regencia de María Cristina de Borbón-Dos Sicilias.

1837 Se establece una nueva constitución.

1843-1868 Isabel II es reina.

1845 Se establece una nueva constitución.

1846-1849 Segunda guerra carlista.

1868 Tras la Revolución Gloriosa, Isabel II, destronada, se marcha a Francia.

1872-1876 Tercera guerra carlista.

1871-1873 Reinado de Amadeo de Saboya. En 1873, abdica y regresa a Italia, su país de origen.

1873 Febrero - Declaración de la Primera República.

1875-1885 Alfonso XII es rey.

1886-1902 Regencia de María Cristina de Habsburgo-Lorena, madre de Alfonso XIII.

1902- 1931 Alfonso XIII sube al trono.

1895-1898 Cuba lucha contra España para tener su independencia. El 15 de febrero de 1898, el *Maine*—un acorazado estadounidense—sufre una explosión que causa su hundimiento en la Bahía de La Habana. Los Estados Unidos entran en la guerra; este conflicto se llama la guerra Hispano-Cubana-Estadounidense. Esta guerra termina con la firma de un tratado de paz, el Tratado de París, el 10 de diciembre de 1898 entre España y los Estados Unidos. Como resultado de este Tratado, Los Estados Unidos reciben el control absoluto de Cuba, Puerto Rico y las Filipinas.

España en los siglos XX y XXI

1902–1936

1902 Empieza el reinado de Alfonso XIII; conserva a España apartada de la primera guerra mundial.

1917 Huelgas (strikes) generales contra el gobierno.

1923 Golpe de estado por el General José Miguel Primo de Rivera quien toma el poder e impone una dictadura que dura hasta 1930.

1930 La dictadura es derrotada; Unas elecciones municipales tienen lugar. El rey Alfonso XIII abdica. **El 14 de abril 1931** los republicanos ganan y se proclama la Segunda República.

1936-1939: La Guerra Civil española

El ejército, bajo la dirección del general Francisco Franco, se levanta el 18 de julio de 1936 en Marruecos. Muy rápidamente, esta insurrección contra el gobierno de la Segunda República toma la posesión de la mitad de España.

España está divida en dos zonas: una zona ocupada por los Nacionales cuyo jefe es el General Francisco Franco y otra zona bajo el control de los Republicanos. Después de numerosas batallas y se estiman unos 220,000 muertos, el **General Francisco Franco** toma el poder **el 1 de abril de 1939**. Termina la guerra civil y empieza la dictadura que dura hasta 1975.

1939–1975: El Franquismo

España no se involucra en la segunda guerra mundial.

Diciembre 1946 Las Naciones Unidas excluyen a España de sus relaciones comerciales (por su régimen fascista).

Los años 40 "Los años de hambre": el aislamiento económico de España.

El bloqueo impuesto por las Naciones Unidas es anulado en la década de los 50.

1961-1973 "Los años de desarrollo": la economía crece tremendamente. En 1973, España llega a ser la séptima nación del mundo (económicamente); la censura se relaja.

1969 el Rey Juan Carlos I es designado como sucesor de Francisco Franco cuando muera.

El 21 de noviembre de 1975: Franco muere. El rey, Don Juan Carlos I sube al trono como sucesor de Franco. El anuncia sus propósitos reformistas y su deseo de llevar España a la democracia.

1975-1982: La transición a la democracia

1976 El 15 de diciembre se celebra el referéndum sobre la reforma política, que da paso a la democracia en España. **Adolfo Suárez** es nombrado presidente.

1977 Primeras elecciones generales tras la dictadura, en las que triunfa la Unión de Centro Democrático (UCD), partido dirigido por **Adolfo Suárez**.

1982-Hoy: La España democrática

1982 Triunfo electoral del PSOE (Partido Socialista Obrero Español). **Felipe González** es elegido presidente.

1989 Elecciones generales: el PSOE gana, **Felipe González** es elegido presidente una vez más.

1993 **Felipe González** del PSOE sigue presidente.

1996 Elecciones generales. El Partido Popular (PP) gana. **José María Aznar** es elegido presidente.

2000 Elecciones generales: el PP gana. **José María Aznar** sigue presidente de España.

2002 El 1 de enero **el Euro** se convierte en la moneda oficial de España.

El 11 de marzo 2004 Unos atentados organizados por Al Qaeda, causan 192 muertes y más de 1800 heridos en Madrid.

El 14 de marzo de 2004 **José Luis Rodríguez Zapatero** (PSOE) es elegido presidente. Después de su elección, Rodríguez Zapatero saca las tropas españolas de Iraq y manda más tropas a Afganistán.

El 9 de marzo de 2008 **José Luis Rodríguez Zapatero** (PSOE) gana las elecciones y sigue presidente hasta hoy.

Palacio De La Aljafería, Zaragoza.

Glosario Español-Inglés

A

a cuestas: uphill
a guisa de bendición: as a kind of blessing
a toda prueba: foolproof
a todo tronar: a lot
a tono: in the right mindset
los abalorios: beads
abatido/a: downhearted
el /la abogado/a: lawyer
abstemio/a: teetotaler
el acceso: a fit, anger attack
acechante: threatening
la acera: sidewalk
la acelga: chard
acoger: to receive
acontecer: to take place
acosar: to hound someone
acuchillado/a: stabbed
acudir: to show up (somewhere)
achaparrado/a: short and overweight
adecuadamente: properly
el ademán: gesture
afable: good-natured
afablemente: nicely
el algarrobo: carob tree
agarrar: to grab
agobiarle a uno: to bother someone, to get on someone's nerves
agolpado/a: gathered
agraciado/a: attractive
aguardar: to wait for
agruparse: to gather
agua de borrajas: to come to nothing
las agujetas: stiffness
ahogado/a: drowned
ahuecar: to deepen (voice)
airado/a: angry
aislarse: to isolate oneself
ajeno: of others
ajustar: to hire
alabar: to praise
al azar: at random
los albores: beginnings
el albornoz de felpa: plush bathrobe
alborotarse: to get excited, agitated
el alcalde: mayor
las aletas: nostrils
los aleteos: flutters
la algarabía: gibberish, chatter
la algazara: noise, racket
alisarse: to smooth out one's clothes
aliviar: to relieve, to make feel better
aliviado/a: relieved
el alma (fem.): soul

el almocafre: a hand tool used to remove weeds
alzarse: to rise
allanar: to overcome obstacles
amagar: to threaten
la amatoria : love
amazacotado/a: hard
amonestar: to reprimand
los andares: a way of walking
el ándito: outer corridor
el andrajo: old and dirty piece of clothing
andrajoso/a: ragged
el ángel bienhechor: a benefactor angel
anhelante: longing
antaño: in days past
el anticipo: anticipation
anticuadamente: out of date, old-fashioned
antojarle a uno: to feel like having/doing something
anular: to void
apañar: to hook
apagarse: to turn off, to disappear
apearse: to get off a train, a bus, etc.
apenas: barely
apesumbrar: to sadden
apetecer: to feel like something
aplastar: to squash, to flatten
apresuradamente: hasty
apresurar el paso: to quicken one's step, to accelerate
apretado/a: tight
el apretón: squeeze
la apuntación: written note
el apuntador: the prompter (theater)
el apunte: sketch
los apuntes: class notes
el árbitro: referee
la arena: sand
armar bulla: to create a ruckus
el armario: wardrobe
el armario-luna: wardrobe
armónicamente: harmoniously
arracimarse: to gather, to be around
arrancar: to start (a car)
arrasador/a: destructive
arrastrar: to drag down
arreciar: to get worse, to intensity
arreglar: to repair, fix, sort out
arreglárselas: to manage to do something
arremangarse: to roll up
el arrobamiento: ecstasy
arrojado/a: thrown out of
aseado/a: clean, neat
asemejarse: to look like
asentir: to assent, agree
asir: to grab
la asistenta: cleaning lady
asomarse: to lean over
áspero/a: rough
asqueado/a: revolted, sickened
atañer: to concern
aterrado/a: terrified
atildado/a: neat, elegant
atracar: to make someone eat and drink in excess
el atrevimiento: daring, audacity
el augurio: omen
el aula (fem.): classroom
aullar: to howl
áureo/a: golden
aurífero/a: gold-filled
los avatares (de la vida): life's changes
avejentar: to age, to make look older
la avellana: hazelnut
el ayuntamiento: city council
la azada: hoe
azulado/a: bluish

B

las bambalinas: theater background
bamboleante: swaying
el barbo: river fish
el barquillo: cone, wafer
el barro: clay
bastarle a uno: for something to be enough for someone
la bata: robe
el belén: nativity scene
la bellota: acorn
besuquear: to smother with kisses
el bicho: insect, animal, creature (used in Spain)
bigotudo: with a big mustache
el bisoñés: toupee
el bocadillo: sandwich made with French bread (used in Spain)
el bodoque: raised pattern
el bolsillo: pocket
boquiabierto/a: open-mouthed, agape
el bordado: embroidery
bordear los veinte: to be close to 20 years old
borrarse: to be erased
bostezar: to yawn
la bóveda: vault
las bragas: panties, underwear
brindarse: to offer
el broche de azabache: old jet-black brooch
el buey: ox
el bulto: bulk, bundle, volume
el bullicio : noise
bullicioso/a: noisy
el burro: donkey
la butaca: armchair

C

cabal y entero: honest and upright
un calavera: madcap, rake
el calentamiento: warm-up
la calzada: sidewalk
calzarse: to put shoes on
la campana: bell
el campanario: bell tower
el can: dog
el cántaro: pitcher, jug
canturrear: to sing softly to oneself
el capacete: part of the armor that protects the head
carcomido/a: eaten-up
la careta: mask
la caries: tooth cavity
la carrera: university degree
cascado/a: hoarse, harsh
casero/a: home made
la caspa: dandruff
la casulla: chasuble
el cayado: stick, cane
la cecina: sausage
el cedazo: sieve
la ceguera: blindness
el cendal: gauze
la cera: wax
el cerezo: cherry tree
el ciprés: cypress
chafarle la sorpresa a alguien: to ruin someone's surprise for them
charlar: to chat
el chascarrillo: funny story
el chasquido: tongue click
chillar: to shout
el chisme: gossip
la chispa: spark
el chopo: black poplar
chulín: cocky
circundante: surrounding
el claroscuro: chiaroscuro (contrast between light and dark)
la clave: key (to a problem)
el cogote : scruff of the neck

las cogotudas hambrientas: starving stuck-up ladies
la cola: line
el Colacao: cocoa drink with many vitamins that was created in Spain
la colcha: bed cover
la colina: hill
el comerciante: storekeeper
el cómico: actor
la comisura: corner
colmarse de: to be filled with
columpiarse: to swing
compadecido/a: empathetic
compaginar: to combine
la confitería: candy store
el consejo: advice
contraer matrimonio: to get married
la copa: drink
con ahínco: diligently, eagerly
con que: so
con recelo: cautiously
con sobresalto: with shock, fright, startled
la Costa Brava: coastal northeastern region of Catalonia
conchabar : to plot
la congoja: anguish
conjeturar: to figure out
conmutar la pena de muerte: to commute death penalty
el consuelo: comfort
contrariado/a: upset
convivir: to live together
el/la cónyuge: spouse
copiar a máquina: to type (on a typewriter)
coqueta/o: flirt
coronado/a: crowned
las costumbres: customs, habits
la cortedad: shyness
el corro: circle
la cremallera: zipper (used in Spain)
el criado: servant
el cronista: feature writer
el crujido: creaking
cruzarse de brazos: to fold one's arms
cuajar: to get off the ground (for a project, an idea)
la Cuaresma: Lent
la cuartilla: sheet of paper
cuchichear: to whisper
la cuenta: bead
cuerdo/a: mentally sane
el cuerpo: body
la cueva: cave
la cúpula: dome
el currusco: daily bread
cursi: in poor taste
el curso: academic year
custodiarse: to watch over
chafarle la sorpresa a alguien: to ruin someone's surprise
el chambelán o gentilhombre: noble who served the King in his chamber
charlar: to talk, to chat
la chicuela: the young girl
chillar: to scream, yell, shout
la chispa: spark
el chopo: black poplar
chulín: cocky

D

el dado: dice
dar tormento a: to torture
darle un empujón a alguien: to push someone
darle vuelta al asunto: to keep on thinking about something
darse puñetazos: to punch one another
de quince abriles: fifteen years old

de reojo: sideways, askew
de sobras: excess, surplus
decidido/a: determined
dejar plantado/a a alguien: to stand someone up
deparar: to offer, to give
derrumbar: to demolish
desacostumbrado/a: unusual
desahogarse: to relieve oneself
la desaprobación: disapproval
desasosegar: to disturb
el desasosiego: uneasiness
desazonado/a : tense
descartar: to discard, to reject
el desconcierto: puzzlement, confusión
desconcertado/a: disconcerted
descoyuntado/a: dislocated
desencajado/a: twisted, shaken, distorted
desechar: to reject
desentender: to deny
desflecar: to fray
desganado/a : apathetic
desgraciado/a: despicable
desgraciadamente: unfortunately
el deshacimiento: worry
deshincharse: to exhale
deslizarse: to slide, to flow
deslumbrarse: to be blinded
desmentir: to deny, refute
desmañado/a: clumsy
despreciar: to despise
el desprecio: disdain
desprender: to cut off
destacarse: to stand out
destemplado/a: harsh, unpleasant
el destierro: exile
destocado/a: without a hat
desvanecer: to vanish
desvelado/a: awake
detenerse: to stop, to linger
la diestra: right hand
dilatarse: to expand
la discoteca: night club
discurrir: to pass through
doblegarse: to give in
el donjuán de opereta: womanizer
dorado/a: golden
dos perrillas: currency
dulcificar: to soften
duradero/a: lasting

E

echar de cara: to throw someone face down
echar su cuarto: to speak in favor of
el eje: axle
embalsamado/a: embalmed
embestir: to crash into
emborronado/a: faded
embozarse: to hide
empañar: to taint
el empeño: endeavor
el emplazamiento: location
emplumado/a: covered with feathers
emprender: to embark on
la empresa: public sector, a private company
en el colo: against her breasts
encajado en un mástil: fitted on an upright support
encajar: to fit
encallecerse: to become callused
encarecer: to make more expensive
la encimera: counter
encogerse de hombros: to shrug one's shoulders
endiosar: to deify
el enebro: juniper tree
enfrascarse: to do something intensively

engullar: to gulp down
el enjambre: a swarm
enrojecer: to blush
ensalzar: to praise
ensimismarse: to be lost in thought
el/la escribiente: clerk
escoger: to chose
ensordecer: to deafen
entablar: to initiate
la entereza: integrity
entorpecer: to hold up
entornar: to close half-way
las entrañas: entrails
erguir: to rise, to lift up
escasamente: scarcely
espiar: to spy
estar en boga: to be in vogue, in fashion
estremecerse: to shudder, to tremble
entretenerse: to have fun
en vano: in vain
envenenado/a: poisoned
errabundo/a: wandering
los escalofríos: chills
la escapada: escape, short trip
el escaparate: window shop
el escarabajo: beetle
escarbar : to rummage around
escardar: to weed
el escarmiento: punishment with the goal of teaching a lesson to someone
escarnecido/a: ridiculed
escaso/a: scarce
el esclavo: slave
el escollo: reef
escotado/a: low-cut
el escote: neck, neckline
escrutar: to scrutinize
el esfuerzo: effort, courage
esfumarse: to disappear
esgrimir: to wield
la esmeralda: emerald
esmero: very cautiously, with great care
espantar: to scare
espantado/a: scared
espeso/a: thick
espiar: to spy
el espíritu: spirit
esposado/a: handcuffed
el espumarajo: foamy saliva
esquela: obituary
esquivar: to avoid
estar a la mira: to be on the lookout
estar hecho/a un Argos: Argus is a mythological person who has a hundred eyes. To be very vigilant
estrafalario/a: eccentric
estrechar: to make narrow
estrellarse: to fail
estrepitosamente: very loudly
explayarse: to talk at length (about)
extraer: to extract
extraviado/a: lost

F

la faja: belt
los faralaes bordados: embroidered and flounced
la faz: face
febril: feverish
la fiereza: wildness, fierceness, hostility, aggressiveness
la figurilla articulada: a little action figure
la fila: file, row
el fingimiento: falseness
fiscalizar: to control
flexionar: to bend
flor y nata: crème de la crème

el foco: spotlight
la fonda: an inn, a motel
el fondista: the owner of a inn
fregar pisos: to scrub floors
el friso: frieze
fulminar: to strike dead; to detonate, explode
fumigar: to spray

G

gacho/a: bowed, looking down
la galería interior: a corridor
la gallina: hen
el ganado: livestock
el garabato: doodle
garbosito/a: graceful
el garito: joint, dive
gastarle una broma a alguien: to play a joke on someone
el gemido: groan, moan
la genciana: aromatic plant used to fight fever
el gesto: gesture
la golondrina: dove
el gorro: cap
con…gracia: in a funny way
el gracioso: the joker, the funny one
graduado/a: prescribed (as in glasses)
granate: maroon
el granero: barn
el graznido: squawk
el granizo: hail
el grito: shout
la grieta: crack, crevice
grueso/a: thick
el guante: glove
la guarida: den
guiñar: to wink

H

la habladuría: gossip, rumor
hacer aspavientos: to wave one's arms about, to gesticulate
hacer el juego: to go along with someone or something
hacer las paces: to make peace with someone
hacerse añicos: to shatter
halagar: to compliment
hallar: to find
el harapo: rag
hartarse de: to get tired of
harto: very
el haz: shaft
el haza (fem.): a part of a field where crops are planted
hecho y derecho: full-grown, full-fledged
herir: to hurt
hervir: to boil
el hilo: linen
hincar: to thrust something into something
hincharse: to inhale, to inflate oneself
la hogaza: loaf
la hoguera: bonfire
holgazán: lazy
hormiguear: to bustle, to swarm
huelga decir que: it goes without saying that
huérfano/a: orphan
la huesa: grave
el/la huésped: guest
los humos: the airs
el hundimiento: sinking, collapse

I

ignoto/a: unknown
igualar: to make even; to put on the same level
impertérrito/a: undaunted

importarle un comino a uno: to not care at all about someone/ something
inagotable: endless
incorporarse: to sit up
indiecito/a: with indigenous features
indispuesto/a: unwell
individualizar: to single someone out
la índole: kind, nature
inescrutable: inscrutable
injerir: to insert, to include
inmutarse: to get upset
innegable: undeniable
insinuante: suggestive
insinuarse: to make advances to someone
insoslayable: unavoidable, inescapable
el instituto: high school in Spain
la intromisión: intrusion
la ira: rage
irse para+ profesión: to become… soon

J

el jacinto: hyacinth
la jaqueca: headache
jaspeado/a: veined
el Jefe de Negociado de tercera: third-class bureau chief
el jirón: shred
jocoso/a: humorous
el jornal: day's pay
el juego de escarpias: a set of screws
juguetear: to toy, play, frolic

L

el lamento: wailing
la lana: wool
laqueado/a: covered with hairspray
el lavadero: sink
latir: to beat (heart)
la legaña: sleep crust
las lentillas: contact lenses
la letra de molde: capital letter
levantarse de un salto: to jump up
el Levante: Easterly wind
leve: light
la levita: frock coat
la linterna: flashlight
el lobo/a: wolf
la locuela: loca
el locutor: newscaster
lograr: to achieve, to attain
la lona: canvas (from a tent)
loquear: to behave foolishly
lucir: to show off
la luna de miel: honeymoon

Ll

llamar a voces: to call in a loud voice
lleno/a de matices: full of nuances

M

la machada: stunt
la madeja: hank
magullado/a: bruised
la maleza: weeds
malgastar: to squander, waste
mal intencionado/a: malicious
el mamón ajeno: someone else's baby
mandar a paseo: to send to take a hike
la manecita: little hand
las mangas: sleeves
el manicomio: mental hospital
la manopla: mitten
manosear: to tamper, handle, do business with
manso/a: gentle, tame
el manto: cloak
la maraña: thicket, entanglement, tangled web
la marea: tide

más bendito/a que el pan: good—literally, "more blessed than the bread"
el matiz de suplica: hint of entreaty
el matiz: shade, hue
matizar: to clarify
el matorral: thicket, bushes
los meandros: meanders
el mecanógrafo: typist
mecerse: to swing, to rock
meditar: to meditate, to ponder
mejer (mezclar): to mix
la mejilla: cheek
melífluo/a : very sweet and delicate
menesteroso/a: to be lacking the most basic in order to survive
menguar: to decrease
menudo rollo: how boring!
mercar: to buy, to acquire
la mercería: notions store
mero: simple
merodear: to prowl
meter: to put
meterse con alguien: to pick on someone
la minería: mining industry
la miopía: nearsightedness
miope: nearsighted
la mirra: myrrh, aromatic resin used in perfume
la misa: mass
la mocedad: youth
la mochila: backpack
la mole: mass, shape
montar una tienda: to pitch a tent
el moño: bun
mordaz: sharp
morganáticamente: a marriage between one person who is of royal or noble rank and one who is of a lower social class
mosén: title used for a clergyman
el mostrador: counter
movedizo/a: mobile, portable
el mozo: young boy
mudo/a: dumb
la mueca: grimace, grin
la muñeca: doll
el murmullo: murmur
musitar: to whisper

N

la navaja: pocket knife
la niebla: mist
no mirar a alguien a derechas: to not take care of someone properly
no tener reparo en: to not think twice about something

O

oblicuo/a: slanted
el obstáculo: obstacle
obsequiar: to give (away)
el ocaso: sunset
ocioso/a: idle
oculto/a: hidden
ojeroso/a: with bags under his/her eyes
los ojos desorbitados: eyes that are popping out of one's head
el olfato: sense of smell
el olmo: elm tree
la opacidad: darkness
el orgullo: pride
el oro: gold
la oruga: caterpillar
el ozopino: cleaning product

P

pacer: to graze
el paje: a convex basket
la pala de jardín: shovel
palidecer: to turn pale
la pandilla: group of young friends

la pantalla: screen (tv)
el pantano: marsh, swamp
el pañuelo: shawl
el papel: the role
la papeleta: tricky problem
el paraninfo: the man who gives away the bride
la paradoja: paradox
la parsimonia: calm
pasar a alguien a: to sign someone up for something
pasmado/a: amazed, stunned
la pastilla: pill
el pastor: shepherd
las patillas: sideburns
patullar: to stomp around
la pauta: the norm, the rules
paulatinamente: little by little
pavoroso/a: horrific
pedregoso/a: rocky, stony
pegar: to hit
pelado/a: bald
la pelambrera: very messy hair
la pelusa del cuello: neck's fuzz
el pellizco: pinch
la peña: rock
la pepita de oro: gold nugget
los percebitos (percebe): a type of shellfish that is attached to rocks close to the ocean shore
el perchero: clothes rack
la pereza: laziness
perito/a: skilled, expert
perlático/a: paralyzed
perpetuo/a: perpetual
las perrillas: currency
la pesadilla: nightmare
la pesca: the catch (in fishing)
las pescantinas: the women who sell fish at the market.
pesetero/a: stingy, greedy person, mercenary
pestañear: to blink
los Phoskitos: sponge biscuit with a milk filling and a cocoa and milk coating
el pícaro: rogue, villain
picudo/a: pointed
la pila: battery
pillado/a: caught (by surprise)
las piñas de percebes: a group of shellfish attached to rocks close to the ocean shore
pinturero/a: one who sees oneself as elegant
pisar: to step
la plancha: iron
el pliegue: pleat, fold
poner al tanto de: to put someone up to date
poquitín: tiny, miniscule
por convicción: as a believer
por dicha: luckily
por las buenas: gladly, pleasant
el pórtico: porch
el posticero: a person who makes/sells hairpiece
el postizo: hairpiece
pregonar: to proclaim, announce
las prerrogativas anejas: privilege
presumir: to predict, to suppose
el primer lance bueno: a first good catch
procurar: to try
prometer su mano: to promise to become the husband or wife
la propiedad (del lenguaje): correctness
providencial: fortunate
pulcramente: meticulously
puntiagudo/a: pointed

el punto de fuga: vanishing point
los puntos suspensivos: suspension points, ellipsis
la pupila: pupil
el pupitre: desk

Q

quedar con alguien: to arrange to meet someone
quejarse: to complain
quejumbroso/a: complaining; whining, whiny
la quimera: wishful thinking

R

rabiar: to annoy
el rabillo: corner
rapado/a: shaved
las rarezas: peculiarities
reacio/a: reluctant
reanudarse: to resume
rebuscar: to rummage around something
el recado: a dedication, a message
recalcar: to emphasize, stress
el recinto: premises
rechazar: to turn down
rechoso/a: chubby
el reconocimiento: recognition
la red fluvial: river
regatear: to bargain, haggle
rehusar: to refuse
el relato: short story
rematado/a: topped off with
la renta: income
el reo: defendant
reportar: to produce, to yield
reposado/a: calm
la repostería: baking of pastry, desserts
representar: to act
la res: animal
el resabio: bad habit
restregarse: to rub
resuelto/a: determined
retorcido/a: twisted
retraer: to dissuade, to put off
retrasado/a: mentally handicapped
revestirse de: to disguise oneself as
revolotear: to flutter around
el revoloteo: fluttering
el riachuelo: stream
la riña: quarrel, argument
el rincón: corner
risueño/a: smiling
el roble: oak
robusto/a: strong
rodeado/a: surrounded by
roído/a: gnawed
la ropilla: clothing with short sleeves
el ruego: plea
rumiar: think it over

S

S. M.: Su majestad, His Majesty
sacar a la luz pública: to make public
el saco de dormir: sleeping bag
el saldo: clearance sale
la saliente: west
salpicar: to splash
salvo: except
la saya: skirt
el sebo de cabra: goat's fat
la seda: silk
semejar: to look like
semioriginal: not very original
el señor cura: the priest
el seno: heart (figuratively), center
sepultado/a: buried
ser digno/a del bronce: to be worth remembering
serenarse: to pull oneself together, to become calm

la seriedad: seriousness
sestear: to take a nap
el seto: hedge
sigilosamente: stealthily
sigiloso/a: stealthy, secretive
el sinfín: many
singularizarse: to single oneself out
sin ton ni son: without any reason
singularísimo/a: very strange, exceptional
el sino: fate
sobrarle a uno: to have something left
sobrenadar : to stay above water
sobresalientemente: outstanding
el sol poniente: the setting sun
las solapas: lapels of a jacket
el solar yermo: barren land
sólidamente: firmly
soltar: to untie, to undo, to let go
sonarse la nariz: to blow one's nose
sorber: to swallow
sortear: to get around, to avoid
de soslayo: sideways
sueco/a: Swedish
sujetar: to hold
el sumidero: drain
surcado/a: lined
el surco: wrinkle, line

T

las tablas: stage
el taburete: stool
el talante: mood, temper
tarado/a: mentally handicapped
la teja: sweet made with flour and sugar
la telaraña: spider web
temblar: to shake
temblón/a: shaky
la temporada: season
tener a raya: to keep at bay
tener la bondad: please
la tentación: temptation
terso/a: smooth, pursed
el tesoro: treasure
la tienda de campaña: tent
tierno/a: tender, affectionate
tieso/a: stiff
el timbre de gloria: seal of glory
los tirantes: suspenders
la tiritona: shivering fit
el títere: puppet
el título: title, qualification
los títulos de escarnio: insults
la tiza: chalk
tocar a rebato: to beat very strongly as a sign of an imminent danger
tomarse una copa: to have a drink
tonti-locas: tontas y locas
torpe: clumsy
traer: to bring
la traíña: fishing net
el traje (teatro): costume
los transeúntes: pedestrians
el trapo: piece of cloth
la trascendencia: significance, importance
traslucirse: to show (through)
trastabillar: to stamble
la trenza: braid
la treta: ruse
trocar: to exchange
tropezarse con: to run into someone
tropezar: to trip
el tropiezo: mistake, slip

U

ufano/a: proud
el umbral: threshold
al unisón: in unison, all together
las uñas lívidas: nearly purple mollusk that lives on rocks

V

vacuo/a: empty
el vahído: dizzy spell
valerse: to make use of
velar: to watch over
la vejez: old age
la veleta: weathervane
el venero: water spring
veraniego/a: summery
verdulero/a: insolent, coarse
verídico/a: truthful
verter: to convey
la vertiente: slop
la veta: veins (in marble)
las viejas del lugar: the village's old ladies
las vísceras: entrails
el visillo: lace curtain
la vitrina: display cabinet, window shop
la viuda: widower
vivir hasta el tope: to live to the fullest
vociferar: to yell, shout, vociferate

Y

yermo/a: barren

Z

el zagal: youth
la zancada: stride
la zarpa: paw
zozobrar: to capsize
zurdo/a: clumsy
el zurrón: bag

Credits

Text Credits

pp. 49–53, "El amor que asalta" by author Miguel de Unamuno (taken from: *El espejo de la muerte. Novelas cortas*. Madrid: Renacimiento, 1913). Reprinted by permission: Heirs of Miguel de Unamuno - Contact: www.uklitag.com. A special thank-you to Ute Körner and Guenter G. Rodewald.

pp. 61–69, "Tal vez mañana" by author José María Sánchez Silva (taken from: *Cuento español de Posguerra*. Ed. Medardo Fraile. Madrid: Cátedra, 1988). Reprinted by permission: Heirs of José María Sánchez Silva - Contact: www.uklitag.com. A special thank-you to Ute Körner and Guenter G. Rodewald.

pp. 75–78, "Pecado de omisión" by author Ana María Matute (taken from *Historias de la Artámila*. Destino: Barcelona, 1961). Reprinted by permission: Agencia Literaria Carmen Balcells, Barcelona. A special thank-you to Ana Paz.

pp. 85–87, "Don Elías Neftalí Sánchez, mecanógrafo" by author Camilo José Cela (taken from *Mesa Revuelta*. Madrid: Ediciones Alfaguara, 1965). Reprinted by permission: Agencia Literaria Carmen Balcells, Barcelona. A special thank-you to Ana Paz.

pp. 92–95, "Al colegio" by author Carmen Laforet (taken from *La niña y otros relatos*. E.M.E.S.A, Madrid, 1970). Reprinted by permission: Agencia Literaria Carmen Balcells, Barcelona. A special thank-you to Ana Paz.

pp. 101–107, "La indiferencia de Eva" by author Soledad Puértolas (taken from *Una enfermedad moral*. Madrid: Trieste, 1982). Reprinted by permission: RDC Agencia Literaria, Madrid. A special thank-you to Beatriz Coll.

pp. 113–119, "Final absurdo" by author Laura Freixas (taken from El asesino en la muñeca. Barcelona, Anagrama, 1988). Reprinted by permission: Antonia Kerrigan Agencia Literaria, Barcelona. A special thank-you to Laura Freixas and Hilde Gersen.

pp. 126–128, "Una bonita combinación" by author Mercedes Abad (taken from *Felicidades conyugales*. Tusquets, 1989). Reprinted by permission: Antonia Kerrigan Agencia Literaria, Barcelona. A special thank-you to Hilde Gersen.

pp. 135–139, "Cuento de la peluca" by author Vicente Molina Foix (taken from González L. y Miguel, Pedro de (eds.), *Últimos narradores. Antología de la reciente narrativa breve española*. Hierbaola, Barcelona, 1993). Reprinted by permission: RDC Agencia Literaria, Madrid. A special thank-you to Beatriz Coll.

pp. 144–146, "Desaparecida" by author Maruja Torres (taken from *Como una gota*. Madrid, El País/Aguilar, 1995). Reprinted by permission: RDC Agencia Literaria, Madrid. A special thank-you to Beatriz Coll.

pp. 153–156, "En el viaje de novios" by author Javier Marías (taken from *Cuando fui mortal*. Madrid: Alfaguara, 1996). Reprinted by permission: Agencia Literaria Mercedes Casanovas S.L. Barcelona. A special thank-you to Verónica Berrocoso.

pp. 164–170, "El inocente" by author José María Merino (taken from *Cuentos de los días raros*. Madrid: Alfaguara, 2004). Reprinted by permission: Antonia Kerrigan Agencia Literaria, Barcelona. A special thank-you to Hilde Gersen.

pp. 177–179, "Rosita"by author Manuel Hidalgo (taken from *Inmenso estrecho*, Kailas, 2005). Reprinted by permission from Manuel Hidalgo. A special thank-you to Manuel Hidalgo.

Photo Credits

"Paella de mariscos" (p. xiii), "Ventana a la playa" (p. 137), "La vista desde el balcón" (p. 155), and "Palacio De La Aljafería, Zaragoza" (p. 186) reprinted by permission from Dr. Rachel Bauer. A special thank-you to Rachel Bauer and Noël Pilar.

"Paseo nocturno por la playa" (p. xx), "Alfonso III, Claustro del Pazo de Fonseca, Santiago de Compostela" (p. 51), "Catedral de Santiago de Compostela" (p. 127), and "Las dos Marías, Santiago de Compostela" (p. 145) reprinted by permission from Lauren Poteat. A special thank-you to Lauren Poteat.

"Paseo de la Explanada, Alicante" (p. 5) and "Gárgola gótica" (p. 19), reprinted by permission from Kellie Deaton. A special thank-you to Kellie Deaton.

p. 29, © istockphoto / Pattie Calfy

p. 41, © istockphoto / juanolvido

p. 63, © istockphoto / Elena Aliaga

p. 77, © istockphoto / GavinD

p. 86, © istockphoto / parema

p. 93, © Astrid Billat

p. 103, © istockphoto / Irina Belousa

p. 115, © istockphoto / Ivan Bliznetsov

p. 165, © istockphoto / Johannes Norpoth

p. 179, © Astrid Billat